DANS L'ŒIL DE L'ANGE

Toxicologue, expert auprès de la NASA et de diverses grandes entreprises, Andrea H. Japp est née à Paris en 1957. Elle s'est lancée dans l'écriture de romans policiers en 1990 avec *La Bostonienne*, qui remporte le Prix du festival de Cognac en 1991. Cultivant deux veines bien distinctes, la comédie policière et le suspense, *La Femelle de l'espèce*, Masque de l'année 1996, et *La Parabole du tueur*, le premier thriller mettant en scène Gloria Parker-Simmons, l'ont consacrée comme révélation française de ces dernières années.

Paru dans Le Livre de Poche :

LA FEMELLE DE L'ESPÈCE

LA PARABOLE DU TUEUR

AUTOPSIE D'UN PETIT SINGE

LE SACRIFICE DU PAPILLON

ANDREA H. JAPP

Dans l'œil de l'ange

LIBRAIRIE DES CHAMPS-ÉLYSÉES

For Elisabeth Ann Stevenson.
Rest in peace for love only may persist.

« Les créatures qui peuplent la voûte céleste
Font naître l'incertitude dans le cœur des hommes sages.
Aussi garde-toi bien de lâcher le fil de la sagesse,
Car les puissances qui nous gouvernent elles-mêmes sont égarées. »

Omar Khayyam

Randolph, Massachusetts,
3 septembre

Charles J. Seaman réprima pour la centième fois de la journée, de la semaine — pas tout à fait, six jours exactement — l'envie qu'il sentait monter de tout envoyer promener, de cogner à poings fermés sur la plaque de noyer de son bureau presque directorial. Il aurait adoré s'exploser les phalanges, sentir tous les os de ses mains se fracturer, se disjoindre, avoir mal de quelque chose de réel, une chose qui eût un nom, une chose descriptible. Il contint, retint la quinte de sanglots qui lui râpait la gorge, jusqu'à sentir son diaphragme trembler.

Quarante-cinq ans de prudence, de calculs. Quarante-cinq ans de *garden parties* à pleurer d'ennui, de fausses confidences, de pleutres connivences. Son passé avait fini noyé sous les omissions, les lâchetés, quant à ce qu'il était devenu, c'était si ténu que lui-même en était incertain. Finalement, il avait manqué de couilles pour trouver quelque plaisir à ses mensonges. Ou peut-être, ainsi que ce journaliste lui avait dit une nuit dans la chambre d'un motel, n'avait-il pas été suffisamment moral pour accéder au cynisme. Sur le coup, Charles avait jugé qu'il s'agissait d'un de ces aphorismes faciles mais qui sonnent bien. Et puis, il s'était convaincu qu'il faut en effet une conscience aiguë de la morale pour la transgresser méticuleusement.

Lorsqu'il avait reçu la première lettre, six jours plus tôt, un vendredi, il l'avait brûlée dans les toilettes réservées aux *exécutifs*, au troisième étage de leur nouvel immeuble, l'étage des chefs. Comme si ce pathétique réflexe pouvait faire oublier son contenu à son destinataire : « pauvre pédale ». Rien d'autre. Et d'une certaine façon, c'était ce que valaient ces quarante-cinq années de vie. Quarante-cinq années tissées de mensonges aboutissaient à cet échec absolu. Il ne méritait même pas le qualificatif haineux de « sale pédale », non, lui était grotesque.

Charles J. Seaman avait trouvé la deuxième lettre anonyme dans son casier, le lundi matin suivant. Il en avait eu le souffle coupé et avait senti les larmes lui piquer les yeux, peut-être parce qu'il était presque parvenu à se convaincre tout au long de cet interminable week-end qu'il s'agissait d'une mauvaise blague, d'une coïncidence. Les quelques mots sortis d'une imprimante semblaient luire sur l'élégant papier marqué du sigle de l'entreprise. « Ton ascension se termine ici, pédale. » Ce que sous-entendait cette phrase l'avait trompeusement soulagé sur le moment. Il ne s'agissait pas de la hargne d'un puritain que son mode de vie offusquait, il s'agissait de menaces proférées par un rival professionnel. L'objectivité du motif était presque rassurante : on peut lutter contre une opposition objective. Il s'était ensuite rendu compte de l'optimisme de cette consolation. L'expéditeur n'allait pas s'arrêter là. Il voulait se débarrasser de Charles, son motif objectif ou les moyens qu'il avait trouvés de l'atteindre n'y changeraient rien.

Charles avait cependant cru tenir le début d'une solution. Il avait réfléchi toute la journée à l'identité du corbeau. Il devait s'agir de quelqu'un qui briguait son poste, ou de quelqu'un qu'il avait évincé, ou encore d'un supérieur qui le craignait. En d'autres termes, à peu près de n'importe qui à l'exception des standardistes, des coursiers ou de la dame-pipi, et encore. Ce dont il était pourtant sûr, c'est qu'il s'agissait d'un employé de Caine ProBiotex Laboratories. Charles était arrivé très tôt le lendemain matin, hier donc. Il n'avait pas fermé l'œil de la nuit, s'inquiétant de ce que peut-être son ennemi déposait la lettre tard dans la soirée, et si quelqu'un la subtilisait, la lisait ? Il avait feint de pianoter sur son ordinateur, sortant de son bureau toutes les cinq minutes pour voir si la lettre était apparue. Il sentait la sueur lui tremper les omoplates, les aisselles. Neuf heures passèrent, puis dix. Il avait trouvé les deux précédentes aux environs de 9 heures et quart en arrivant au bureau. Le fait que l'horaire fatidique fût dépassé n'apaisa nullement l'obsession qui le poussait à se lever, se précipiter vers la porte, puis compter jusqu'à trois pour calmer son souffle, ordonner sa démarche avant d'aller d'un pas tranquille vers les casiers à courrier, vers ce recoin de couloir qui le terrorisait et le fascinait. La journée s'écoula dans cette sorte de tension incontrôlable, dans une sorte de rêve désagréable où s'enchaînaient des bribes de mise en scène sans logique. Sarah, sa secrétaire, entrant en trombe et brandissant une missive décachetée, Edward Caine, son patron, le sommant de s'expliquer sans détour, les standardistes se dissimulant derrière les grands vases de fleurs qui alourdissaient le bureau de la réception pour glousser sur son passage.

Ce matin, Charles J. Seaman avait recommencé son rituel cauchemardesque. Il n'avait pas trouvé de lettre en arrivant à 6 heures du matin. Elle l'attendait à 8 h 30, posée perpendiculairement au reste de son courrier. Il avait soudain compris qu'elles étaient envoyées par courrier interne alors qu'il s'était jusque-là convaincu que leur auteur les déposait lui-même. Interroger Barney, l'intérimaire qui changeait les bouteilles d'eau fraîche des couloirs, s'assurait que les documents sensibles étaient convenablement déchiquetés et distribuait le courrier, aurait été d'une rare maladresse.

Charles s'était enfermé dans son bureau, la lettre posée devant lui, la fixant comme si sa réalité restait à démontrer. Lorsqu'il l'avait enfin ouverte, il lui avait semblé que son cœur dirigeait ses battements vers ses mains. Son sang cognait contre la peau mince du bout de ses doigts, exacerbant sa sensibilité jusqu'à lui faire mal. Il sentait vibrer le papier de la longue enveloppe blanche, frémir le logo vert tendre de la société. Ses yeux lui échappaient, effleurant à plusieurs reprises les mots comme s'ils refusaient de les voir vraiment. « C'est le commencement de ta fin, fillette. » Charles avait ravalé un sanglot sec. Lorsque les pulsations de son sang dans les veines de son cou s'étaient un peu apaisées, lorsqu'il était à nouveau parvenu à focaliser son regard sur un point précis du mur, lorsque les gouttes molles et tièdes avaient cessé de filer de ses tempes vers le col de sa chemise, il avait constaté avec surprise qu'il était plutôt soulagé. Les choses avaient perdu de leur flou, semblaient s'organiser selon une architecture qu'il ne perçait pas encore mais qui existait.

La journée s'était écoulée sur un rythme déroutant.

Il avait parfois l'impression de n'être pas sorti du bâtiment fumé et chromé depuis des jours, ou bien, au contraire, que les minutes s'oubliaient en chapelets.

Il était déjà 7 heures du soir. La lumière de septembre s'inclinait un peu, cassée par les hautes baies en verre teinté de l'immeuble. Il n'avait rien fait de la journée, pas plus qu'hier, sans doute pas plus que demain, à moins qu'il ne parvienne à se décider. Il n'existait pas beaucoup de solutions. Attendre était une possibilité, bien sûr. C'est ce qu'il avait fait, et c'était crétin parce qu'il ignorait ce qu'il attendait, parce qu'il espérait attendre pour rien, tout en sachant qu'il passerait le reste de sa vie à attendre une certitude, n'importe laquelle : un soulagement ou le début de la curée. Partir, donner sa démission, cela aussi il y avait songé. Mais c'était inacceptable. Ce n'était pas tant la perte d'un emploi et d'un statut social obtenu grâce à des années d'acharnement qui était intolérable, c'était la conviction que cela n'empêcherait pas l'expéditeur de la lettre de répandre son venin. Depuis quelques heures, depuis cette dernière lettre, tournait dans sa tête une dernière possibilité. Affronter, dire, être le premier à tout déballer. Mais c'était au-delà de sa volonté parce qu'alors, il aurait vraiment tout perdu, jusqu'à ce reste d'espoir qu'il avait quand même eu raison de mentir toute sa vie.

Il enfila sa veste légère et ferma son attaché-case. Ce gouffre d'angoisse avait du moins eu le mérite de lui faire oublier temporairement qu'il avait d'autres choix à effectuer, d'autres calculs compliqués à comprendre, lorsque morale et intérêt s'additionnent selon des théorèmes interchangeables.

Il préféra emprunter l'escalier pour descendre jusqu'au somptueux hall de réception, puis au parking.

La perspective d'être enfermé quelques secondes dans un ascenseur avec la personne qui, peut-être, avait écrit ces lettres lui donnait la nausée. Il salua d'un sourire vague mais affable et d'un petit signe de la main la femme qui décorait le bureau en fer à cheval du hall, puis se ravisa et décida d'aller aux toilettes réservées aux visiteurs ou aux manutentionnaires. L'odeur de déodorant au muguet lui leva le cœur mais, au moins, les toilettes étaient désertes. Il referma la porte de la cabine en mélaminé blanc et son regard tomba sur le graffiti malhabile représentant un pénis éjaculant. L'artiste avait stylisé les poils raides des testicules à coups de crayon feutre bleu. Le dessin avait un côté comique mais étrangement meurtrier. Et Charles J. Seaman lut que « Charles J. Seaman aimait tailler des pipes à de grosses bites juteuses pour 200 dollars ». Il n'eut pas le temps de se relever de la cuvette, et vomit sur le pli de son pantalon et sur ses chaussures.

Charles traversa le hall en courant, sous le regard médusé de l'hôtesse. Il dévala les quelques marches en béton qui menaient au parking souterrain et s'affala contre la portière de sa Mercedes blanche, se cramponnant d'une main à l'antenne. Il lui sembla que ce crachat de peine qui s'était formé dans son larynx allait le suffoquer, et il toussa jusqu'à avoir mal dans les côtes. « E.B. » Ces quelques mots goguenards qui venaient de le démolir plus sûrement qu'un scandale, qu'un licenciement, ou un chantage, étaient signés E.B. Eddy Brown, le gentil Eddy qui s'était confié un soir en pleurnichant sur son épaule. Le charmant Eddy, si tendre, désintéressé, qui ne voulait rien mais qui avait besoin de 200 dollars pour faire changer les pneus de sa vieille Ford, et puis de 300 pour son assurance et puis cette molaire qui avait tant besoin d'une couronne et puis... Charles avait adoré ses mines effarouchées et son sourire enfantin, ses épais cheveux blonds coiffés à la Jeanne d'Arc. Il avait été attendri lorsque Eddy avait demandé, faussement jaloux : « C'est qui ce John, un de tes mecs ? » Charles avait cru ce que lui répétait Eddy, qu'il était une victime du système, qu'il n'avait eu aucune chance de s'en sortir, qu'il aurait voulu faire autre chose. Eddy ne se sentait pas à sa place dans cet emploi de coursier pour leur laboratoire pharmaceutique. Charles n'avait pas douté, probablement parce qu'il était en train de tomber amoureux. Et puis Eddy était devenu lointain. Un soir, il n'était pas venu. Il avait téléphoné pour expliquer que tout était fini. Il rompait pour Charles, pour ne pas nuire à sa réputation. Après tout, ils n'étaient pas du même monde. Charles avait compris qu'il avait, comme d'habitude, cru ce qu'il avait envie de croire, et qu'Eddy se sentait parfaitement à sa place dans son univers, où le choix se résumait à mettre ou à se faire mettre. Il était la star des petits bars pas même louches dans lesquels il passait ses meilleures heures, le pivot des soirées entre potes, des blagues de vrais mecs. Attention, lui n'était pas pédé, la preuve : il était gigolo et puis, il ne suçait pas, c'est lui qui se faisait sucer, et là était toute la différence. Eddy n'était finalement qu'un joli carnassier, qu'une mâchoire de plus.

Cette aventure de trois semaines avait coûté quelques larmes, quelques regrets à Charles, en plus de 4 000 dollars. De cela, il avait l'habitude. Ce qu'il avait par contre découvert ce soir, dans ces chiottes aspergées de désodorisant bas de gamme, c'était le saccage obscène et méchant de ce qu'il avait pris pour un souvenir somme toute tolérable. La lettre venait-elle d'Eddy ? Sans doute pas. Le mépris économe de ces quelques mots ne cadrait pas avec la vulgarité joviale d'Eddy Brown.

Charles parvint, après plusieurs essais, à déclencher l'ouverture des portes de la Mercedes. Il avait envie de partir d'ici, de marcher, de respirer, de se laver aussi. Il avait envie d'il ne savait plus quoi. Il démarra en trombe et conduisit dans une sorte de coma efficace, respectant des priorités dont il n'avait pas conscience, s'essuyant l'eau qui s'accumulait sous ses paupières et gênait sa vision. Il obliqua dans Pond West Street, juste avant l'intersection avec l'Interstate 93 et longea Great Pond Reservoir. Enfin, il s'arrêta à l'orée de Blue Hills Reservation. Il sortit de voiture et posa une fesse sur le capot, tentant vainement de se rappeler ce qu'il avait pensé durant cette demi-heure de route. Avait-il seulement pensé à quoi que ce fût ? Il expira, bouche ouverte, l'air presque frais du soir, chargé de cette tranquillité indifférente que sécrètent les forêts. Il sentit quelque chose d'étrange s'installer par vagues dans ses muscles, remplaçant par ondes de plus en plus profondes la douloureuse contraction de tout son corps.

Il suffisait de réfléchir un peu pour que la solution s'impose. Il fallait dompter le séisme qui ravageait son cerveau depuis six jours et toutes les pièces se mettraient en place. Finalement, il y avait une autre possibilité.

Paris, France,
17 septembre

Gloria Parker-Simmons s'abrita frileusement sous l'auvent rouge et blanc de la chocolaterie du coin de la rue du Faubourg-Saint-Honoré. Il tombait une grosse pluie molle et presque froide, de larges gouttes paresseuses qui s'écrasaient en s'épatant comme si elles avaient peur de faire du bruit. Mme Morel gardait Clare dans ce grand appartement trop sombre de la rue Saint-Roch que Gloria avait loué un peu au hasard. Elle avait d'abord pensé s'installer en Ardèche, parce que Hugues de Barzan lui avait parlé de ce soleil qui devient liquide lorsqu'il se couche, comme une coulée de sorbet, orange, jaune et feu, une larme de jus d'abricot. Il l'évoquait avec une gloutonnerie qui donnait envie de l'avaler, de le laisser glisser en fondant le long de sa gorge. Mais elle ne savait pas très bien où se trouvait l'Ardèche dans ce petit pays de France si complexe où les régions ne sont pas des départements. Et puis, elle avait envie d'une ville, une grande ville, une ville où tout se fond et se perd, une ville où l'on peut naître, vivre et mourir sans que vos voisins de palier s'en inquiètent. Paris représentait un des plus vastes océans d'anonymat dont on puisse rêver. Elle était américaine, et bénéficiait de l'affection que l'on portait généralement à ses compatriotes parce qu'ils sont plutôt plaisants, qu'ils avaient bien aidé durant la dernière guerre, qu'ils ont souvent de l'argent et ne discutent pas les additions de restaurants.

Gloria se retourna vers la vitrine pour y détailler l'objet des fringales de Clare : de grands paniers d'osier dans lesquels étaient artistement disposées des fèves de cacao aux différentes étapes de leur torréfaction, puis des ballotins de chocolats, sans doute hors de prix. Elle entra et acheta une sélection de truffes à la crème, de bouchées et d'orangettes. Son français impeccable, un rien académique mais assoupli d'une trace d'accent toulousain dont elle n'avait pas conscience, amusait les commerçants.

Rentrer, il le faudrait sans doute un jour. Pas tellement pour gagner de l'argent. Elle en avait suffisamment pour passer le reste de sa vie à flâner dans les rues de Paris. Mais curieusement, cette trêve qu'elle avait tant cherchée, qu'elle avait tant programmée, finissait par lui peser. Elle avait fui pour qu'on ne la retrouve pas, pour que James Irwin Cagney, Hugues de Barzan et les autres perdent sa trace. Elle y était parvenue. Rien n'est plus difficile que de pister quelqu'un dans une grande ville, surtout si la proie a pris soin d'aller précisément où on ne l'attendait pas.

Gloria regarda sans vraiment les voir les devantures des magasins. Il faudrait rentrer, plus tard. Mme Morel était pleine d'attention et de tendresse pour Clare, mais la jeune fille ne progressait pas d'un pouce avec elle, sans doute parce que la vieille femme voyait dans sa débilité un signe de Dieu ou un tour effroyable de la Nature, au lieu d'une pathologie qu'il convient de régler ou du moins d'améliorer. Il faudrait rentrer parce que ce calme avait le côté artificiel d'une fuite.

Gloria savait que la latence qu'elle venait de s'offrir ne résolvait rien, que les choses restaient ce qu'elles étaient et l'attendaient comme un mur à son retour. Pourtant elle aimait ce pays. Finalement, elle avait retrouvé en France ce qu'elle préférait chez Hugues : cette extrême rationalité, parfois déplaisante, mais cet humour presque iconoclaste, cette rondeur qui force les choses à attendre leur tour dans votre tête.

Gloria reprit sans hâte le chemin de son immeuble. Il lui restait une petite demi-heure de vacances. Mme Morel ne restait pas déjeuner avec elles, parce qu'elle préparait le repas de son fils, employé dans une banque voisine, place du Palais-Royal. Mme Morel était la gardienne de l'immeuble ; Gloria avait en effet vite compris le caractère péjoratif dont le mot « concierge », que lui avait appris Hugues de Barzan, s'était entaché. Elle entra dans un café presque désert de la place du marché Saint-Honoré et commanda un kir. Elle ne se lassait pas de cette menue étrangeté : boire debout accoudée à un comptoir. Un homme grand et pâle, d'une cinquantaine d'années, se tenait à deux mètres d'elle, suffisamment loin pour n'être pas insupportable, et pouvoir devenir intéressant. Pâle n'était pas le bon adjectif. Il avait plutôt l'air dévasté. Son regard, fixé devant lui, était collé aux rangées de verres et de bouteilles qui lui faisaient face et semblait pourtant perdu en dedans de lui. Il avait les maxillaires crispés mais l'air doux, et tenait à deux mains son verre de bière. Il penchait parfois la tête vers le comptoir puis la relevait d'un mouvement sec, comme si ce geste l'avait entraîné vers une glissade définitive. Il buvait avec application, reposant sa chope vide que le garçon remplissait aussitôt. Et dans son regard sombre et sans fin, Gloria lut à l'envers, dans la glace face au bar, un résumé des années de peste de Mrs Parker-Simmons. Mais lui, la peste l'avait également rongé de l'extérieur. Elle reposa brutalement son verre de kir et sortit.

Le calme étrange qui régnait dans l'appartement lorsqu'elle ouvrit le battant la surprit. Elle avança prudemment, laissant grande ouverte la porte d'entrée. Elle trouva Mme Morel recroquevillée sur le canapé du salon, la tête cachée entre ses mains, et murmura :

— Vous ne vous sentez pas bien, madame Morel ? Où est Clare ?

La femme âgée leva brutalement le visage, les yeux humides de peur et de colère. Un filet de sang séché traçait un sillon tortueux entre la commissure de ses lèvres et l'arrondi gras de son menton. Mme Morel siffla :

— Elle est folle, vous m'entendez ? Elle est folle et tordue !

— Mais que s'est-il passé ?

— Ce qui s'est passé ? Elle m'a frappée, voilà ce qui s'est passé. J'ai cru qu'elle allait me tuer. Il faut l'enfermer, cette folle ! Je vais porter plainte ! C'est une bête !

— Mais pourquoi ? Qu'avez-vous fait ?

La femme se redressa et hurla :

— Ah parce que c'est de ma faute, en plus ?

Mme Morel remonta la manche de son chemisier et Gloria aperçut la trace rouge sombre des doigts de Clare. Elle plongea la main dans la poche de sa blouse et tira une poignée de fils grisâtres en crachant :

— Et ça ? C'est quoi ? Une pleine poignée de cheveux ! On verra bien ce qu'ils diront au commissariat !

La femme pencha la tête et découvrit une zone de cuir chevelu bleui.

— Et elle m'a dit des horreurs que je n'oserais pas répéter.

Gloria se demanda où était Clare, et surtout dans quel état. Elle repartit d'un ton vague :

— Clare ne parle pas français et vous ne comprenez pas l'anglais, surtout celui de ma nièce.

— Des fois, y'a pas besoin de comprendre pour comprendre !

Gloria sentit une folle envie de rire lui remonter dans la gorge. Elle rameuta dans son cerveau certains de ses pires souvenirs pour se maîtriser et garder son sérieux. En ce moment, elle n'avait vraiment pas besoin d'une plainte, d'une enquête de police, ni de quoi que ce soit susceptible de laisser des traces. Elle temporisa, s'excusa platement, en appela à la compassion de Mme Morel et la remercia habilement par quelques billets et quelques flatteries. Bien sûr, elle savait que Mme Morel n'était pas intéressée, qu'elle n'avait gardé Clare que pour rendre service. Ce n'était donc pas un dédommagement, mais plutôt un cadeau et comme elle ne savait pas quoi lui offrir... Gloria n'osa pas lui conseiller d'aller chez le coiffeur avec l'argent de peur de pouffer de rire d'une façon incontrôlable.

Une fois la gardienne calmée et partie, Gloria tenta de décider Clare à ouvrir la porte de sa chambre. Elle demeura assise par terre, adossée au battant, parlant doucement. Clare ne comprenait pas le quart de ce qu'elle disait, mais c'était une musique rassurante pour elle. Gloria promit qu'elles iraient se promener au jardin des Tuileries, et même qu'elles emmèneraient un sac de brisures de riz pour nourrir les pigeons gras et voraces que Clare adorait parce qu'ils venaient lui manger dans la main et qu'elle criait de peur et de délice lorsqu'elle sentait le choc de leurs becs contre sa paume.

La promesse porta, et Gloria entendit le bruit de la clef dans la serrure. Elle ne se précipita pas de peur d'affoler la jeune fille, mais entra lentement. Clare avait mis leur chambre à sac, renversant tous les objets, vidant pêle-mêle sur le sol le contenu des tiroirs et du placard, retournant la chaise et la petite table basse. Elle était recroquevillée sur son lit défait, le front tassé contre ses genoux repliés, les cheveux en bataille.

Gloria s'allongea contre elle, son ventre et ses cuisses repliées épousant la forme fœtale allongée. Elle serra le corps rigide de Clare dans ses bras et chantonna inlassablement les mêmes mesures. Enfin les sanglots de Clare s'apaisèrent, enfin ce grand corps dur mollit, enfin elle renifla bruyamment.

— Ma chérie, Caille chérie ?

— Tata, tata Caille !

Clare se retourna et se lova contre elle, tentant de s'enfouir en elle comme lorsqu'elle était enfant, mais elle dépassait maintenant Gloria d'une bonne tête.

Les yeux mi-clos, Gloria découvrit les larges boursouflures d'un rouge cru laissées par les ongles de Clare sur la peau fine de ses bras. Elle ne pensa pas une seconde qu'il pût s'agir de Mme Morel, d'abord parce que Clare l'aurait assommée si elle avait tenté de la frapper et ensuite parce qu'elle était coutumière de ces automutilations lorsqu'elle avait trop de peine, trop mal ou trop peur. Gloria ferma les yeux tout à fait pour ne pas fondre en larmes et resta silencieuse quelques secondes pour reprendre le contrôle de sa voix.

— Ça va mieux, mon ange, ma Caille ?

— Non, non, geignit Clare.

Elle se redressa sur le lit, poussa Gloria et hurla :

— Méchant parlé, méchant parlé !

— Mme Morel t'a dit des choses méchantes, ma Caille ? Elle a été méchante, c'est cela ?

Hurlant encore plus fort, Clare répéta :

— Nooon ! Tous, tous, méchant parlé !

Clare fondit en larmes parce qu'elle ne comprenait rien à ce que lui disaient les gens, aux échanges entre eux. Gloria s'en voulut de sa bêtise. Elle s'était convaincue que ses mots à elle suffiraient à eux seuls à peupler le désert de la jeune fille. Clare, pour qui les quelques phrases d'anglais qu'elle comprenait étaient un des rares liens qu'elle possédât avec les autres. Clare n'avait pas vraiment compris qu'elles étaient dans un autre pays, au milieu de gens parlant une autre langue, parce que Clare ne pouvait pas intégrer le fait qu'il existait d'autres langues que celle qui la tenait aux autres. Un chagrin immense et un remords meurtrier envahirent Gloria. Clare devait souffrir depuis des semaines de ce vide, cherchant vainement à attraper un mot, un bout de phrase qui lui assurât qu'elle existait encore avec les autres.

Elles devaient rentrer, maintenant.

Bar Harbour, Maine,
11 octobre

Barbara Horning hésita, debout au milieu de son vaste dressing. Elle avait toujours beaucoup aimé cet endroit et ces rayonnages en acajou dont elle avait dessiné le projet. L'odeur forte et presque camphrée des copeaux de cèdre qui se dégageait des innombrables petits sacs de toile qu'elle suspendait un peu partout parce qu'elle avait une peur bleue des mites et de leurs ravages la combla de plaisir. C'était une odeur familière et presque personnelle. Ce parfum était finalement une des rares choses qui n'était qu'à elle, parce qu'elle était la seule à s'en émouvoir.

La chienne cocker, Roxy, était couchée à côté d'elle et la regardait en remuant la queue. Barbara murmura : « Oh ! que tu es jolie, mon bébé ! », et le mouvement de la queue devint frénétique.

Elle sourit aux casiers en plastique transparent suspendus à de jolies barres de bois massif qui lui permettaient de contempler ses deux cent dix-sept paires de chaussures. D'aussi loin qu'elle se souvienne, elle s'était toujours offert une paire de chaussures lorsqu'elle allait mal. Cela prouvait qu'elle s'était récemment sentie mal au moins deux cent dix-sept fois. Elle avait le double de cette pathétique collection à Boston.

C'était une condition essentielle à ses yeux. La forme, la couleur, la hauteur de talon étaient secondaires, mais elle voulait à chaque fois deux exemplaires de la même paire. Barbara se foutait qu'on la prît pour une excentrique ou même une névrosée : c'est un des nombreux privilèges des riches. Ces chaussures, pour la plupart, n'avaient jamais été portées, ce n'était d'ailleurs pas leur fonction. Il s'agissait de symboles superstitieux, d'amulettes, presque. Acheter une paire de chaussures, c'était évacuer la douleur, la peine. C'était comme si tout ce qu'il y avait de malfaisant pouvait se concentrer entre le talon et la semelle, s'incruster dans le cuir, y transpirer, pour disparaître enfin.

Elle soupira et son sourire mourut. Elle compta jusqu'à trois, puis ouvrit d'un geste brusque une des quatre grandes penderies. L'intérieur des battants était tapissé de miroirs. Elle repoussait ce rite, jadis quotidien, depuis plus de trois semaines, s'en voulant de sa lâcheté et de sa mièvrerie. Ce n'est pas parce que l'on se contraint à la cécité que les choses cessent d'exister, n'est-ce pas ? Même cet aveuglement, au début plutôt confortable, était devenu dérangeant, humiliant. C'est l'inévitable destin de toutes les accommodations avec soi-même.

Barbara Horning ferma les yeux et défit lentement les boutons de son déshabillé rose pâle. Elle le laissa tomber à ses pieds et pour la première fois le son mou et étrangement sensuel du satin qui s'effondrait sur l'épaisse moquette gris pâle ne la séduisit pas. Elle passa sa chemise de nuit par-dessus sa tête et resta là, nue, les bras ballants, les paupières serrées.

Elle se força à penser à sa mère qui répétait en lui caressant la joue :

— Nous avons une peau de pêche, ma chérie, une peau rose pâle. C'est magnifique, mais ça vieillit très mal.

Elle en savait quelque chose. Barbara s'était convaincue qu'avec les traitements, les cosmétiques modernes, la chirurgie esthétique, elle échapperait à cette fatalité cellulaire. Elle s'était plantée, là comme ailleurs. Le plus amer de l'histoire, ce n'était pas les rides ou la couperose, ce n'était pas les seins qui s'affaissent, les années qui s'additionnent et perdent toute courtoisie. Non, c'était tout simplement qu'Edward Caine, son mari, n'était pas Albert Horning, le père de Barbara. Albert Horning n'avait vraiment aimé qu'une femme, *sa* femme, sans se rendre compte qu'elle vieillissait, ou alors retombant amoureux de chacun de ses changements. Pourquoi Barbara avait-elle épousé Edward en secondes noces ? Non, la question était idiote. Elle savait parfaitement pourquoi elle l'avait épousé. Parce qu'il était séduisant, élégant, beau, et riche. Elle-même était riche, très riche, et elle avait suffisamment souffert en comprenant, un soir de novembre, que son premier mari l'avait épousée uniquement à cause de son argent, pour ne plus accepter qu'un homme qui n'en avait pas besoin. L'éloge de Caine s'arrêtait là, mais cela, elle ne l'avait découvert que beaucoup trop tard. Finalement, certaines filles ne devraient épouser que leur père. Si l'on excluait l'implication sexuelle de cette hypothèse, les choses devenaient parfaitement évidentes. Barbara avait mis plus de cinquante ans avoués avant d'admettre que c'était exactement ce qu'elle aurait souhaité : rester la petite fille unique, sans âge et sans véritable sexe, de l'homme adulé.

Barbara passa une main hésitante sur son ventre, remontant vers ses seins. Elle palpa ses fesses et le haut de ses cuisses. Puis, se baissant, les yeux toujours clos, elle tâtonna à la recherche de sa chemise de nuit qu'elle réenfila.

C'était un vain combat, il fallait trouver une autre solution. Caine la trompait, même son acharnement à se mentir à elle-même avait dû céder le pas devant l'accumulation des évidences. Il la trompait déjà très probablement avant leur mariage en grande pompe. Quelle parodie, quel pitoyable gâchis ! À l'époque, le père de Barbara était mort depuis longtemps. La fille de Barbara, Vannera, née de son premier mariage, avait tout juste 15 ans et elle était très fière d'offrir sa mère en remariage. Elle en avait maintenant 22 et avait quitté la maison aussi rapidement que possible. Barbara la voyait peu et toujours à l'extérieur. Encore un échec ; sa vie pouvait se résumer à une succession d'échecs, entrecoupée de souvenirs d'échecs et de craintes de futurs échecs. C'était comme une fatalité ; d'ailleurs, Barbara ne se souvenait pas d'avoir été vraiment l'actrice de sa propre vie. Qu'avait-elle raté, ignoré, qui expliquât cette irrécupérable distance entre elle et sa fille ?

Lorsque la débâcle de son deuxième mariage avait été suffisamment évidente pour que même elle soit contrainte de s'en apercevoir, elle s'était raccrochée à l'idée que Vannera lui restait, que quelqu'un au moins était un peu à elle. Mais Vannera non plus n'avait pas voulu d'elle autrement que comme banquière. Barbara avait tenté de comprendre où elle avait péché, avait essayé de provoquer une explication. Mais Vannera ne lui avait rien dit. Du reste, elle avait pour le secret un goût presque pathologique. De quelques gênes, quelques silences, Barbara avait conclu que la cohabitation faussement affable avec son beau-père la « gonflait », comme elle disait, qu'elle n'avait pas envie « qu'on lui prenne la tête » et que cela valait pour sa mère également.

Le printemps et l'été, à Bar Harbour, sur Mount Desert Island, avaient été à peu près tolérables comme tous les ans. On s'y retrouvait entre soi, reprenant, d'une année sur l'autre, les parties de tennis, les barbecues, et échangeant les anecdotes accumulées durant l'année passée puisque finalement, Bar Harbour était avant tout le confessionnal huppé de New York, Boston et Philadelphie. Barbara aimait beaucoup Horning Mansion. Le faux manoir Tudor avait été reconstruit exactement à l'identique de leur maison de famille, détruite comme la plupart des grandes demeures de ce coin de côte par le gigantesque incendie de 1947. L'arrogance pompeuse de l'immense maison amusait Barbara. Elle avait apporté relativement peu de modifications, en dehors des cuisines et salles de bains, et avait fait ériger un haut mur rébarbatif pour protéger la propriété de l'insolente curiosité des touristes. Edward n'avait passé que les deux premières semaines d'août avec elle. Cela faisait partie des rites sociaux et conjugaux. Il s'était ennuyé à mourir, elle le savait à ce ton particulièrement doux et affable qu'il adoptait avec elle, et à sa dévorante envie de relire Tolstoï. Il avait pris prétexte du premier fax émis par sa secrétaire, Patricia Park, pour repartir, faussement alarmé, à Boston. Sans doute avait-il, avant de partir, donné l'ordre à cette pauvre Patricia de lui faire parvenir un fax de rappel, un mot d'excuse en quelque sorte.

Mount Desert s'était progressivement vidé. Même les touristes les plus tenaces avaient finalement abandonné la petite île qui retrouvait ses manies frileuses en ce début d'automne. Edward lui téléphonait peu. Il avait déterminé un admirable quota d'appels lui permettant de rester courtois sans surtout lui donner l'impression qu'elle lui manquait et qu'elle devait rentrer. Du reste, il ne lui demandait jamais quels étaient ses projets. Il insistait à chaque fois longuement sur son emploi du temps chargé, sa mauvaise humeur, une accumulation de prétendus ennuis et contretemps, comme autant de bonnes raisons lui démontrant qu'elle était bien mieux à Bar Harbour.

Les larmes lui montèrent aux yeux. Il faudrait un jour qu'elle procède au scrupuleux bilan de sa vie. Qu'elle en établisse une honnête comptabilité. Elle gloussa, s'interdisant la crise de sanglots. Ce serait un vrai passeport pour l'hôpital psychiatrique ou le suicide. Il y avait cependant quelques petites choses qu'elle pouvait régler, au moins pour ne pas totalement démériter à ses propres yeux. Depuis presque deux ans, elle tournait autour de cette idée. Divorcer, ne plus tolérer qu'on la prenne pour une conne, même si on la considérait comme quantité négligeable.

Barbara frissonna. Le temps devenait mordant. L'embryon d'été indien de cette année n'avait que peu duré. Elle sortit lentement du dressing, suivie par Roxy, et traversa le petit boudoir qui menait à sa chambre. Elle avait dû mal refermer la grande fenêtre.

De ce ton qu'elle réservait aux domestiques, pour qu'ils ne se rendent pas compte qu'ils l'impressionnaient toujours, elle faillit demander à la silhouette debout à côté des grands doubles rideaux ivoire ce qu'elle faisait là. Mais quelque chose dans la position de l'ombre lui fit comprendre qu'il fallait fuir, dévaler à toute vitesse l'escalier, sortir de la maison et hurler. Elle s'élança vers la porte mais une main saisit sa cheville. Elle tomba à genoux en haletant et tenta de se débattre. Quelque chose de froid et d'impitoyable trancha sa peau, juste au-dessous du sternum. Et elle n'eut pas le temps de hurler.

Fredericksburgh, Virginie,
22 décembre

James Irwin Cagney expira, hésitant entre une exaspération sans aigreur et une extrême lassitude. Il lui restait à peine une heure pour prendre une douche, se raser, trouver une chemise propre, si possible repassée, et parvenir à se convaincre d'afficher une jovialité de circonstance. La petite fête de pré-réveillon de Noël commençait à 20 heures et il lui faudrait une bonne heure pour rejoindre la base de Quantico sous cette bruine grêle mais glacée. Cette « sauterie », comme l'avait baptisée avec ironie Richard Ringwood, l'un de ses adjoints, l'emmerdait avant même d'avoir eu le temps de l'ennuyer. D'un ton sarcastique mais vaguement envieux, Ringwood avait ajouté en haussant les épaules :

— Les conjoints sont invités. Les conjoints de toutes sortes, légaux ou pas. Quel progressisme !

Cagney l'avait fixé un instant, attendant la suite, mais elle n'était pas venue. Ringwood avait tourné la tête vers l'écran grisâtre de son nouvel ordinateur et s'était replongé dans ses programmes.

Cagney entra dans la cabine de douche et, fermant les yeux, retenant sa respiration, ouvrit brutalement le mitigeur. Le pari, toujours le même, consistait à savoir s'il allait être aspergé par une pluie glacée ou bouillante. L'eau était tiédasse, plutôt fraîche, mais il n'en modifia pas la température.

Il s'essuya rapidement. L'idée de retourner vers cet ensemble compact de bâtiments entouré de bois l'épuisait. Et pourtant, il ne quittait presque plus son bunker souterrain du bâtiment Jefferson. Cette enfilade de petits cubes de béton, enfouie profondément sous terre, abritait le CASKU, anciennement Unité d'Aide à l'Investigation du FBI qu'il dirigeait depuis plusieurs années. Elle sécrétait une quotidienneté bienveillante, cette familiarité rassurante des territoires acquis. L'unité avait été rebaptisée à plusieurs reprises, comme si son monstrueux contenu parvenait à suinter dans son sigle, et à faire peur. Pour James Irwin Cagney, et sans doute pour Ringwood et Jude Morris, l'un de ses enquêteurs, elle demeurerait l'Unité des Sciences du Comportement, une appellation largement plus adéquate mais sans doute trop évidente pour les politiques.

Cagney se demanda vaguement combien d'agents se rendraient à l'invitation enjouée de Véronique Harper, la tendre et rose épouse française d'Andrew Harper, directeur adjoint du FBI. Une poignée ou toute la base ? Sans doute toute la base. Cagney s'étonnait toujours du nombre de gens qui participaient à ce genre de réunions, se demandant à chaque fois s'ils n'avaient vraiment rien d'autre à faire de leur soirée. Il se dit qu'une bonne moitié répondait à une obligation presque professionnelle, comme lui. Quant aux autres, la bonhomie transitoire de cette soirée les dédommageait peut-être du reste.

Véronique Harper lui semblait un curieux mélange d'infantilisme et d'habileté. Cagney ne parvenait toujours pas à démêler ce qui, chez elle, était le plus factice : la tacticienne ou l'enfant charmante. *A priori*, il penchait plutôt pour la deuxième. Après tout, pourquoi voulait-il voir un artifice dans cette étrange association de comportements ? Andrew Harper était assez éloigné de la définition que Cagney donnait de l'imbécile. Il avait, comme Cagney, suffisamment pataugé dans l'âme humaine pour ne plus s'illusionner. Même sa femme n'aurait pu le berner longtemps. Véronique avait-elle poussé le goût de la convivialité jusqu'à répéter ce pré-Noël dans toutes les grosses antennes fédérales du FBI, ou la base de Quantico avait-elle été la seule distinguée ? Et qu'est-ce que ça pouvait foutre, de toute façon ?

Il retourna dans le salon, meublé de bibliothèques anglaises en bois roux et d'un Chesterfield en cuir havane d'une élégance interchangeable. Il enfila sa veste et enfonça machinalement la touche du lecteur de disques compacts. Les premières mesures sobres et charmantes de la *Pavane pour orchestre* de Gabriel Fauré lui firent suspendre son geste. Il demeura là, un bras passé dans une manche, la veste pendante.

Bientôt cinq mois. Il y aurait bientôt cinq mois que Gloria Parker-Simmons avait quitté, ou plutôt fui, le pays, embarquant avec elle une nièce attardée qui était sa fille, un chien vieillissant et une montagne de questions qu'elle avait décidé d'enterrer quelque part pour ne plus y revenir. Elle les avait abandonnés, lui et une autre montagne de questions qu'il n'avait pas l'intention d'enfouir parce qu'elles remontent spontanément à la surface, ou que leurs réponses finissent par tant manquer qu'il faut de toute façon les déterrer.

Lorsque Cagney trouvait assez d'énergie pour reprendre le fil de l'absence de Gloria, il devait admettre qu'il en avait pris plein la gueule, à un point qu'il n'aurait jamais soupçonné. Au tout début, la rage d'avoir été plaqué sans une explication avait recouvert la douleur de façon suffisamment étanche pour le préserver un peu. La rage est une des rares émotions capables de recruter l'intégralité des secousses de l'esprit, même la peur, même la souffrance. Et puis, il avait fini par accepter l'évidence : elle ne l'avait pas plaqué, parce qu'il n'était pas à elle, même s'il avait décidé qu'elle était à lui. Finalement, ce n'était pas tellement de son absence qu'il ne parvenait pas à se remettre, mais de cette appropriation univoque.

Parfois, lorsqu'il allait bien, ou lorsqu'un détail anodin l'apaisait — trouver une place de parking juste en bas de chez lui, une inconnue qui lui souriait en pensant à quelqu'un d'autre — il poussait la lucidité jusqu'au bout, jusqu'au moment où elle devient insupportable. Il aimait Gloria, elle ne l'aimait pas. Il avait envie d'elle jusqu'à formuler de stupides ex-voto, s'imposer de futures et infantiles épreuves, si, si seulement si... Gloria n'avait envie de rien, si ce n'est d'oubli et de vide. Il avait développé pour elle, pour le son de sa voix, pour le lent sourire économe, une sorte de dépendance. Elle n'avait besoin de rien, de personne, sauf peut-être de cette métastase de vie qui la liait à Clare, sa fille.

Merde ! où se trouvait-elle ? En Europe, peut-être. Pensait-elle vraiment que les cadavres de souvenirs se jettent aussi facilement que les cadavres des bouteilles de chablis qu'elle alignait lorsque les heures devenaient trop glissantes ? Il avait tenté de la tracer, sans succès. Elle était assez riche pour ne pas avoir à travailler, où qu'elle soit, et de futures recherches auprès des services des impôts ne donneraient rien parce qu'elle savait que c'était un des moyens les plus faciles de pister quelqu'un. Il y avait bien sûr les banques, mais les banques sont des structures privées pour la plupart et renâclent dès que l'on cherche à ennuyer leurs clients, surtout leurs gros clients. Il faudrait donc passer par une procédure officielle qu'il ne pouvait aucunement justifier. Cagney avait songé à rappeler Hugues de Barzan, l'ancien professeur de mathématiques fondamentales de Gloria, du temps où elle affûtait son génie au Massachusetts Institute of Technology. Mais Barzan, pour lequel il éprouvait une hargne mêlée de respect, lui mentirait systématiquement. Il chercherait avant tout à protéger Gloria, et puis surtout il l'aimait, l'avait toujours aimée et la faillite sentimentale de Cagney le réconforterait.

Ils étaient trois, trois spécimens que relativement peu de chose apparentait, perdus dans cet amour sans histoire, dans ce fantasme qui ne se nourrissait que de dérobades, de fuites, d'absence. Jude Morris complétait le trio. D'une certaine façon, son amour à lui était sans doute le moins incongru, parce qu'il était convaincu depuis longtemps de sa totale inutilité. L'espoir est sans doute le piège à cons le plus sournois et le plus efficace qu'on ait jamais inventé. Morris était le seul des trois à avoir gagné quelque chose de cette passion qui les avait assommés, peut-être parce qu'il n'en attendait rien de spécifique. Gloria était devenue pour lui une sorte de métaphore parfaite de la femme aimée. Ne la connaissant qu'au travers de deux rencontres fugaces, il lui avait prêté des envies, des exigences qu'elle était probablement incapable d'héberger parce qu'elle se foutait de tout. Il s'était convaincu qu'elle voulait qu'il réussisse et il s'était poussé pour la satisfaire. Mais le cas de Cagney, et celui de Barzan, était insoluble parce qu'ils n'avaient d'envies que pour elle. C'était la seule similitude qu'il voyait entre eux et elle le conduisit à repenser à leur âge. Morris avait à peine 30 ans, deux ans de moins que Gloria. Il avait 56 ans et Barzan douze de plus.

À cela succéda dans son esprit, comme d'habitude, l'inévitable constatation que ce qui n'était pas déjà avait peu de chance d'arriver, qu'il devrait sans doute se contraindre à laisser tomber tant qu'il en avait la force et, comme d'habitude, il sut que cela ne changerait rien.

Il éteignit brutalement le lecteur de CD et termina d'enfiler sa veste.

L'Interstate 95, qui reliait la jolie ville de Fredericksburgh, bercée par le Potomac, à la base militaire de Quantico, plus au nord, avait été sablée en fin d'après-midi. Cagney se concentra pourtant sur sa conduite, sélectionnant à la radio une fréquence diffusant de la *country music* en dépit du peu de goût qu'il avait pour ce genre musical. C'était suffisamment éloigné de Gabriel Fauré pour être reposant. Il tomba sur les dernières mesures de *C'est la vie*, interprétée par Emmy Lou Harris, et fredonna « *It is there to show you never can tell* ». Il sourit amèrement : cela n'avait rien de révolutionnaire, mais ça tombait à pic.

Il s'était opéré chez Jude Morris un étrange changement après le départ de Gloria Parker-Simmons. Il semblait avoir eu raison de ce désespoir agressif dans lequel l'avait plongé l'attirance de Cagney pour Gloria. Cagney gloussa au volant en répétant ce pathétique euphémisme, « attirance ». Il en était tombé raide amoureux, plutôt. Il en était tombé d'autant plus amoureux qu'il se rendait compte que pour la première fois, les notions d'adéquation ou d'utilité n'avaient rien à voir dans les sentiments qu'il éprouvait ou subissait. Cagney avait épousé Tracy, son ex-femme, parce qu'elle était parfaite pour ce rôle d'épouse, entrait dans la définition qu'il avait de la vie d'un homme normal, ou plutôt « aux normes ». L'amour qu'il faisait avec Tracy était sans doute ennuyeux, mais raisonnable et aux normes, leur vie quotidienne se conformait à la même description. Ce qu'il soupçonnait de Gloria, ce qu'il en savait, ne pouvait se réduire à une norme. Toujours est-il que le départ de Gloria avait soulagé Morris, comme si cette absence la lui rendait. Après tout, il n'avait jamais eu de Gloria qu'une absence et c'était un vide qu'il était parvenu à aménager au cours des années. L'animosité de Gloria pour Morris, l'opposition qu'elle faisait à ses délires cessaient avec son départ et il la retrouvait donc exactement comme il l'aimait : inexistante et par conséquent totalement à lui.

Cagney gonfla les joues d'énervement : merde, il était encore et toujours reparti dans cette histoire. Il ne pensait qu'à cela depuis des mois, ne rêvait que de cela sauf lorsque la monstruosité de l'extérieur arrivait par dossiers en carton jaune pâle sur son bureau, sauf lorsque des tordus faisaient hurler, torturaient, massacraient.

Il ralentit devant la grande herse. Les crocs des déchiqueteuses de pneus luisaient sous la clarté de la lune et semblaient encore plus féroces. Cagney baissa légèrement sa vitre. Quelques gouttes glacées lui mouillèrent le visage et il frissonna. Le planton lui fit un signe amical de la main et s'avança vers la voiture, légèrement courbé :

— Bonsoir, monsieur. Il y a déjà beaucoup de

monde de revenu. Mais on m'a dit que plein de gens s'étaient changés sur place.

— Oui, j'ai moi-même hésité, surtout avec ce temps, mais je n'avais plus une seule chemise correcte à la base, répondit Cagney pour contenter le très jeune homme dont les oreilles étaient cramoisies de froid. Vous avez trouvé à vous faire remplacer pour venir sabler le champagne avec nous ?

Le garde rosit de bonheur comme s'il était invité à dîner au *Hilton*.

— Oui, monsieur, merci. Un autre Marine assurera la garde pendant une petite heure. C'est sympa.

— Bon, eh bien à tout à l'heure, en ce cas.

La herse roula sur ses rails et Cagney avança au pas. Il n'avait jamais autant parlé à un planton qu'en cette exceptionnelle occasion. Il s'en voulut de son aigreur. Depuis quand ne pouvait-il plus profiter des moments qui viennent, des petits moments plutôt heureux, plutôt sans heurt qui, mis bout à bout, parfois intercalés de larmes, de regrets, de deuil, décrivent la majorité des vies humaines ? Avait-il jamais été capable de le faire ?

Il gara sa voiture juste à côté du parking situé face au bâtiment Jefferson et qui était déjà bourré à craquer. Il n'avait pourtant qu'une petite demi-heure de retard. Lorsque la grande porte vitrée qui ouvrait sur le hall de réception glissa devant lui, il afficha un sourire détendu. Il répondit affablement aux saluts, aux poignées de main de dizaines de gens dont il aurait été incapable de dresser une liste cinq minutes plus tard. Il détecta d'un coin du regard un petit groupe compact d'agents serrés les uns contre les autres comme s'ils faisaient bloc contre une attaque. Cagney n'avait pas l'impression de les connaître, bien que leurs visages ne lui soient pas tout à fait étrangers. Il en conclut qu'il s'agissait des ingénieurs et des scientifiques de l'ERF, l'unité d'ingénierie du FBI. Ils poussaient l'espionnite et la paranoïa jusqu'à se méfier des autres agents, décalant leurs horaires de travail et de repas pour minimiser les contacts avec eux, et Cagney n'était pas du tout convaincu qu'il s'agissait d'une recommandation officielle. Même le grand bâtiment occupé par l'ERF ressemblait à un kyste refermé sur lui-même. Il était équipé d'un système de sécurité et d'un poste de contrôle autonome. Cet isolement, assez compréhensible eu égard à la nature plus que sensible des recherches en cours dans l'unité, semblait avoir déteint sur tout son personnel. Cagney était certain que s'il s'approchait du petit groupe, la conversation animée qui semblait les occuper mourrait aussitôt pour être remplacée par une attente polie et surtout muette.

Un verre de champagne à la main, Cagney parcourut quelques mètres en direction de Véronique Harper, toute de bleu bébé vêtue, qui gazouillait en compagnie de son mari, nœud papillon et lunettes d'écaille de rigueur, et de Ringwood. Quelqu'un le bouscula légèrement, et il crut qu'il allait renverser le contenu de son verre. Il tourna la tête et se figea. Il entendit à peine les excuses de Bob Malley, un de leurs pilotes d'hélicoptère. Gloria ! Gloria était à cinq mètres de lui et lui tournait le dos. Elle disparaissait parfois, dissimulée par des dos qui passaient, des gens qui s'embrassaient. Gloria était très menue et plutôt petite. Elle portait ce soir un sobre et très élégant tailleur noir, qui mettait en valeur le blond-châtain de ses cheveux coupés au carré, et des escarpins à petits talons. Elle discutait avec quelqu'un que Cagney ne parvenait pas à voir, parce que l'homme se tenait de profil et était à moitié caché par l'un des larges piliers ronds qui soutenaient le plafond du hall. Un million de pensées, de bribes de souvenirs, de tentatives de décisions se télescopèrent dans l'esprit de Cagney. Un vide étrange et presque douloureux s'installa sous son sternum, et il déglutit avec peine parce que sa gorge s'était asséchée. Il eut l'impression de rester là durant des heures, debout, sans savoir quoi faire : partir, avancer, hurler son prénom... mais il s'entendit répondre d'un ton courtois :

— Je vous en prie, Bob, ce n'est rien, mais mon pantalon a eu chaud.

Il parvint à focaliser son regard sur le visage souriant et ouvert du pilote et en conclut qu'il avait dû répondre ce qu'il fallait au moment opportun.

Ringwood apparut à ses côtés :

— Bonsoir, monsieur. Ouf ! j'ai réussi à échapper au déluge verbal de Véronique Harper au moment où j'allais être englouti.

Cagney le fixa sans le voir vraiment.

— Ça va, monsieur ? insista Ringwood d'un ton un peu surpris. Ah, voilà Morris qui nous rejoint. (Baissant le ton, il murmura rapidement :) Il est accompagné. Vous allez voir, il y a quelque chose qui ne va pas.

Un doute étrange s'immisça dans le cerveau de Cagney. Il était impossible que Ringwood n'ait pas vu Gloria Parker-Simmons. Quelqu'un effleura son coude et il se retourna. Morris souriait platement et la jeune femme qui s'accrochait à son bras n'était pas Gloria, même si elle lui ressemblait de façon déplaisante.

— Bonsoir, monsieur. Permettez-moi de vous présenter Virginia Allen, une amie.

— Enchanté, mademoiselle. Bonsoir, Morris.

Cagney fournit un effort surhumain pour sourire à la jeune femme. Il avait le front glacé et tenait son verre à deux mains. Il cherchait le regard de Morris qui évitait le sien depuis le début. Il lança :

— Morris ?

Les yeux mordorés se levèrent, et l'agressivité que ressentait Cagney envers son adjoint tomba, remplacée par une lancinante compassion pour Morris, pour lui, et aussi pour cette fille qui comprendrait trop tard qu'elle n'existait pas.

— Oui, monsieur ?

— Il fait très chaud, non ?

— Oui, c'est la chaleur animale. Il y a un peuple ! Le plus marrant c'est que tout le monde pensait qu'il n'y aurait pas un chat.

— C'est toujours comme cela.

Virginia Allen souriait. Elle était à peine maquillée et ne portait ni parfum, ni bijou, à l'exception d'une paire de perles d'oreilles, exactement comme Gloria. Cagney aurait parié son salaire du mois que Morris avait habilement mentionné, un jour, dans la conversation, ce qu'il préférait chez une femme. Il ressentit une peine diffuse lorsqu'il se demanda si Morris avait rencontré la jeune femme par hasard, ou s'il l'avait soigneusement sélectionnée.

Prétextant un rendez-vous informel avec Harper, il les abandonna tous les trois aussi calmement que possible.

Véronique Harper le noya sous une série de coq-à-l'âne, de phrases tronquées auxquelles il ne comprit pas grand-chose, si ce n'est qu'elle était EN-CHANTÉE par le succès de la soirée. Il la complimenta sur sa toilette, la félicita pour son talent d'organisatrice et la remercia pour cet excellent moment, sous l'œil attendri de son mari qui la couvait.

Cagney s'éclipsa peu après, aussi discrètement que possible.

Base militaire de Quantico,
Virginie, 23 décembre

La douleur en étoile s'était réveillée dans la nuit et irradiait à la base de sa nuque, descendant progressivement le long de la face externe de son bras droit. Cagney s'était levé vers 4 heures du matin, le souffle coupé. Il avait fouillé tous les tiroirs à la recherche du flacon d'anti-inflammatoires que son médecin lui avait prescrits lors d'une précédente crise, retournant tout, mettant à sac l'ordre méticuleux qu'il imposait à tout ce qui composait son quotidien, comme s'il avait voulu se venger de lui, se taper sur les nerfs. Le résultat était assez réussi, à ceci près qu'il n'avait pas retrouvé les comprimés, et il avait devant lui plusieurs heures de rangement pour occuper sa prochaine soirée.

Finalement, le fait de souffrir lui occupait l'esprit et l'empêchait de repenser à Morris et à cette Virginia Allen. Cagney s'adossa prudemment contre le haut dossier de son fauteuil de bureau et tenta de respirer avec le ventre, comme une femme enceinte. Il soupira un « Entrez, Richard » en réponse à Ringwood qui poussa la porte et passa la tête par l'entrebâillement.

— Bonjour, monsieur. Vous êtes tombé du lit ! Comment savez-vous toujours qui frappe ?

— Bonjour, Ringwood. Je ne sais pas toujours qui frappe, mais je sais quand c'est vous.

— Bon, je sens que l'explication ne sera pas forcément flatteuse, donc je monte nous chercher un café.

Cagney expira profondément. Il n'avait pas envie de café, n'avait pas envie de papoter avec Ringwood, n'avait envie de rien, si ce n'est que cesse cette putain de douleur qui le faisait transpirer de tension.

Ringwood réapparut, poussant la porte du bout de la chaussure et tenant précautionneusement deux gobelets fumants en polystyrène.

— Je trouve que leur café sent de plus en plus âcre. Tenez, ajouta-t-il en tendant son café à Cagney et en déposant sur le bureau deux gros comprimés blancs.

— Qu'est-ce que c'est ? demanda Cagney, hésitant à esquisser un mouvement pour se pencher.

— De l'*Excedrin* renforcée. Vous n'êtes pas allergique à l'aspirine ?

— Non, mais je deviens allergique à la souffrance.

— C'est une allergie saine. Avalez, ça devrait vous calmer un peu.

Cagney obtempéra et grimaça en avalant le café insipide mais bouillant. Il fixa Ringwood à qui il avait toujours prêté un sens psychologique de pachyderme adulte et demanda :

— Comment savez-vous ?

— Je le vois à votre regard. J'ai l'impression que vous allez me coller votre poing sur la figure alors que je n'ai encore rien dit, ni fait de connerie.

Cagney ne put s'empêcher de sourire. Ringwood avait changé, beaucoup changé. Il faisait partie de ces individus relativement rares à qui les baffes dans la gueule peuvent profiter. Le départ de sa femme, sans aucune explication, sans aucune demande pécuniaire, sans rien, l'avait profondément affecté, parce qu'il n'en avait que très récemment compris les raisons. Il s'était dans un premier temps caparaçonné dans une espèce de beaufitude triomphante, étalant son inculture comme une preuve indéniable d'originalité, entassant lieux communs et poncifs dans tous les recoins de sa vie et de son esprit avec une énergie digne d'admiration. Seuls son savoir-vivre, dont il était redevable à l'une des plus vieilles familles virginiennes, et ses étonnantes qualités d'informaticien l'avaient rendu supportable à Cagney durant ces années. Et puis, il s'était passé quelque chose et Ringwood avait décidé d'abandonner sa panoplie du parfait petit beauf goguenard. Quelle que soit la nature de ce catalyseur, il lui avait fait un bien fou.

— Merci, vous êtes gentil. Que ferais-je sans vous, Ringwood ? Vous êtes une mère pour moi.

Richard Ringwood lui rendit son sourire, puis son visage se ferma :

— En parlant de maternité, vous avez vu Morris, ce matin ?

— Non. Il a pris deux jours. Il descend dans sa famille pour Noël. Pourquoi « maternité » ?

Ringwood hésita, ouvrit la bouche, se ravisa, puis lança précipitamment :

— Écoutez, monsieur, ce ne sont pas mes oignons et j'aime plutôt bien Morris, mais là, je trouve que... Enfin, je veux dire, cette fille...

— Virginia Allen ?

— Oui. Remarquez, elle a l'air gentille comme tout, mais c'est... Enfin on dirait une photocopie un peu fadasse de Mrs Parker-Simmons et... Enfin, j'ai eu l'impression que Morris était totalement fasciné par cette femme. Je ne crois pas que cette ressemblance soit fortuite.

— Moi non plus. J'espère simplement que Morris ne la téléguide pas. Pourquoi « maternité », Richard ?

— Oh, je ne sais pas au juste. J'ai fait une association d'idées avec ce dieu grec, je crois, qui voulait créer une femme parfaite selon lui.

— Pygmalion. Ce n'était pas un dieu, c'était un sculpteur et Vénus a donné la vie à son œuvre de pierre. Ce pourrait être en effet une jolie métaphore de la maternité masculine.

Ils finirent leur café en silence puis Ringwood rejoignit son bureau. Il semblait à Cagney que la douleur cédait un peu. Ringwood avait parlé d'une photocopie un peu fadasse. Pauvre Virginia Allen, qui avait accepté sans le savoir le rôle de la poupée dans les fantasmes désespérés de Morris ! Il la pousserait sans doute subtilement à maigrir, elle n'était pas assez menue pour ressembler tout à fait à Gloria. Elle irait se faire couper les cheveux de deux ou trois centimètres et demanderait à son coiffeur un reflet à peine plus clair. Elle ne sourirait bientôt plus aussi facilement, Morris trouverait bien un prétexte, et couperait ses ongles pour qu'ils dépassent à peine de la chair du bout des doigts. Car elle aimait Morris, Cagney l'avait senti à la façon qu'elle avait de le regarder, de sourire de ses moindres mots. Qu'allait faire Morris pour sa voix, beaucoup trop aiguë, beaucoup trop... comment dire... collégienne, pour être jamais confondue avec le son de gorge, grave et un peu essoufflé de Mrs Parker-Simmons ? Et surtout qu'allait-il faire pour ce regard qui aurait pu être du même bleu que celui de Mrs Parker-Simmons, s'il avait hébergé la même terreur qui se nourrissait de l'intérieur ?

Cambridge, Angleterre,
27 décembre

Il y avait un long couloir étroit et il devait le parcourir, cela ne faisait aucun doute. Pourtant, il hésitait, se tenant d'une main à une sorte de grand miroir d'entrée orné de bois de cerf. Il régnait une chaleur étouffante dans cette espèce de boyau. L'obscurité semblait s'épaissir devant lui pour devenir compacte. Il avait le sentiment qu'il devrait lutter contre cette substance ténébreuse, qu'elle allait ralentir ses mouvements. Mais c'était inerte, tout était inerte, il n'y avait plus que lui qui vivait, qui bougeait.

Il progressa, s'avançant vers cette vague obscure et immobile, sans avoir l'impression de s'être vraiment décidé. La paume de sa main gardait pourtant la sensation du contact irrégulier du bois de cerf qu'il avait serré plus tôt. Il déboucha enfin dans une grande pièce aveugle et sentit que ses pieds cognaient contre une chape de ciment cru qui n'aurait pas dû exister. Le gémissement assourdi d'une scie circulaire lui parvint. Cela, c'était normal, ce son était à sa place, au bon moment, mais il n'aurait pu dire pour quelles raisons.

Il regarda tout autour de lui sans même tourner la tête. D'abord il n'y avait rien, et il crut qu'il allait pouvoir être satisfait. Et puis, elles étaient là, les carcasses, pendues par la nuque à des crocs luisants de boucherie. Des femmes éventrées, décapitées. Il voyait distinctement la section brun-rouge du cou de celle contre laquelle il s'était appuyé et la circonférence blanchâtre de la moelle épinière. Il apercevait, par l'incision béante qui courait de sa trachée jusqu'à son pubis, la masse rose sang des poumons. Toutes avaient une longue étiquette nouée à leur gros orteil. Et une immense tristesse le fit tomber à genoux sur le sol qui maintenant avait la résistance molle du lino, c'était bien mieux comme cela. Il éclata en sanglots.

Guy Collins se réveilla en hoquetant. Il était trempé de sueur, et son nez coulait. Il essuya les larmes qui lui mouillaient les joues et se redressa. Il aurait aimé pouvoir téléphoner pour en discuter mais cela ne servait à rien. Cela se terminerait encore par un de ces monologues entrecoupés de soupirs d'exaspération. Et puis la conclusion, toujours la même : ce n'était pas de sa faute. Non, il n'était pas coupable, voilà tout.

Il prit une longue douche brûlante et enfila son survêtement. Il avala rapidement une tasse de thé et un muffin puis descendit de son appartement de Regent Street. Il adopta une foulée économe mais efficace, tourna dans Lensfield Road et se dirigea vers les jardins botaniques de l'université. Il traversa les pelouses, désertes à cette heure matinale, cinglante de fraîcheur, inspirant à pleins poumons l'odeur à peine perceptible en hiver des conifères tricentenaires, s'émerveillant pour la millième fois du bleu-vert des grands cèdres. Ce n'était plus une couleur, le regard pouvait presque la toucher. C'était onctueux, doux comme une étoffe. Guy Collins jeta un regard attendri aux canards ébouriffés de froid qui semblaient contempler d'un air navré la progression de la nappe gelée qui leur interdirait bientôt leurs nages paresseuses sur la petite rivière traversant les jardins.

Tout à l'heure, il irait déjeuner copieusement au *Bun House*. Il avait toujours aimé ce restaurant du centre-ville, vivant sans être assourdissant. Il n'y allait plus aussi souvent que dans le passé, parce qu'il lui avait fallu apprendre à compter. Ce mois avait été plus difficile financièrement parce que l'hiver était rude et qu'il avait dû payer un surcroît de chauffage. Mais il ne voulait pas demander une rallonge, du moins pas tant qu'il pouvait tenir. L'idée de sa déchéance sociale était assez insupportable pour qu'elle n'ait pas d'autres témoins que lui.

Peut-être pourrait-il quand même téléphoner ?

Non, ce n'était pas de sa faute, il n'était pas coupable et voilà tout !

Base militaire de Quantico,
Virginie, 3 janvier

Le froid rampait à l'intérieur de Cagney, s'enfonçant toujours plus profondément dans ses cellules. Il se demanda si ce n'était pas cela la mort, cette sensation de réfrigération progressive, définitive. Il frissonna et jeta un regard sur le petit thermomètre-baromètre en forme d'ancien gouvernail de navire qui faisait partie de « son petit musée des horreurs », comme l'appelait Morris. Il régnait un dix-neuf degrés des plus réglementaires dans son bureau. Cagney tripota sans vraiment y penser la boule remplie d'eau qui lui servait de presse-papiers. À l'intérieur, une petite Blanche-Neige cramponnait nerveusement deux de ses nains. Il retourna la boule et une pluie de minuscules flocons synthétiques doucha les figurines. Il neigeait par intermittence depuis plusieurs jours, une de ces neiges sans conviction qui s'attarde un peu, fond un peu, puis gèle un peu.

Cagney avait passé le réveillon de Noël seul, le jour de Noël seul, avait achevé l'année agonisante seul pour sauter dans l'autre sans grandes illusions et avec pour toute compagnie une rediffusion de *Vertigo* et une demi-bouteille de champagne. Il avait gardé son répondeur enclenché durant toutes ces journées, ne répondant même pas à Ringwood, qui l'appelait de chez ses parents où il passait les fêtes, certain que son adjoint l'inviterait alors que lui était désireux de conserver la netteté de sa solitude.

Cagney repoussa le dossier sur lequel il planchait depuis des semaines, se leva et s'étira. Il sortit de son bureau, et s'étonna du silence qui régnait. Lorsqu'il était arrivé, ce matin, il n'avait pas vu beaucoup de voitures garées sur le parking, mais il était encore très tôt, et il subsistait une de ces nuits épaisses de neige.

Il gravit rapidement les marches raides qui menaient à l'étage supérieur et s'arrêta devant le distributeur de boisson. Un son de pas étouffé par la moquette rase du couloir le fit se tourner.

— Ah ! monsieur ! j'ai vu votre voiture. J'ai essayé de vous appeler chez vous, mais vous étiez déjà parti.

Richard Ringwood tenait une feuille pliée à la main.

— Bonjour, Ringwood. Que se passe-t-il ? Il n'y a pas un chat, ici ? On a annoncé une alerte nucléaire ou quoi ?

Ringwood eut l'air surpris, puis sourit en secouant la tête :

— Ouh, ouh... On est samedi ! Je sais que pour vous, cela ne veut rien dire, mais pour le commun des mortels, c'est grasse matinée, courses et repos !

— Oh merde ! j'ai encore raté un épisode. Vous avez des nouvelles de Morris ?

— Non, monsieur. Il a dû rentrer assez tard de New York. S'il avait eu du nouveau, il nous aurait tirés du lit. Il appellera sans doute un peu plus tard.

— Sans doute.

— Où en est-on, monsieur ?

— On va bientôt boucler, Ringwood. C'était long mais sans surprise.

— C’était bien la mère ?

— Oui. Elle a noyé le bébé, sans doute pour punir le père de l’avoir quittée. Ensuite, elle a prétendu qu’il avait enlevé l’enfant et essayé de lui faire porter le chapeau.

Ringwood hocha la tête, les yeux fixés sur son gobelet :

— Vous savez, j’ai cru jusqu’au bout... qu’on s’était plantés.

Cagney sourit tristement :

— Vous vouliez dire que *je* m’étais planté, non ? Je sais, c’est toujours une de ces hypothèses dont on veut croire qu’elle est purement théorique. Ça n’entre pas dans les schémas rassurants auxquels on tient, n’est-ce pas, la mère qui torture et qui noie son bébé ? Morris l’a bluffée durant plusieurs heures et elle a craqué.

Ringwood hésita, soupira, puis se lança enfin :

— Il a l’air d’aller plutôt bien, vous ne trouvez pas ?

Cagney répondit plus sèchement qu’il ne l’aurait souhaité :

— Qui cela ? Morris ? Oui, en effet. Vous me cherchiez ?

— Oui. J’ai reçu un fax de la police de Montréal hier soir, juste après votre départ. J’ai pensé que cela pouvait attendre ce matin. Une fille retrouvée dans une forêt, aux trois quarts à poil et pas mal esquintée. De toute évidence, elle a été abattue à bout touchant.

— Elle a été torturée ?

— Non, mais un bon tiers de sa tête a été arraché par le projectile.

— Une Américaine ? Et l’arme ?

— Oui, c’est une des raisons pour lesquelles ils

souhaitent nous refiler le bébé. Une certaine Grace Burkitt. Quant au flingue, la balistique est en cours. Si on se fie aux cinq striures qui filent à gauche, il s'agit d'un revolver Smith & Wesson calibre 32.

— Où ont-ils retrouvé la femme et quand ? Quel âge avait-elle ?

— Elle avait 28 ans. Le corps a été trouvé le 2 janvier, entre Magog et Saint-Jean-sur-Richelieu. Magog est située à l'intersection de leurs autoroutes 10 et 88, à quatre-vingt-dix miles à l'est de Montréal.

Le faux accent français qu'avait tenté d'imiter Ringwood rendait les deux noms incompréhensibles.

— Où cela ?

Ringwood lui tendit la feuille et Cagney lut le message laconique.

— Je les ai rappelés pour les prévenir que j'allais essayer de vous joindre, monsieur, mais que je doutais de pouvoir faire quelque chose avant lundi. J'ai parlé à ce Barney, Barnabé Lagrange, qui a signé le fax. C'est l'inspecteur-chef chargé de l'affaire. Ils ont été appelés par les flics de Magog assez vite, parce que la fille a été retrouvée quelques minutes après sa mort. Ils pensent que le tueur a été dérangé par un petit groupe de chasseurs qui arrivaient avec leurs chiens. En fait les chasseurs, trois types, se sont précipités sur les lieux parce que leurs chiens ont commencé à faire un raffut de tous les diables. L'un des gars a cru entendre quelqu'un prenant la fuite au milieu des bois, et il s'est lancé à sa poursuite avec son fusil. Il n'était pas certain que ce soit la voiture du tueur, mais il a aperçu en contrebas une conduite intérieure qui filait. Une vieille Ford bleu clair métallisé avec un toit noir.

— Ils ont retrouvé la voiture ?

— Oui. Une voiture volée la veille à Vaudreuil.

Putain, ces noms français, c'est pas possible ! On dirait qu'on a de la bouillie pour chat plein la bouche !

— C'est exactement ce qu'ils disent de l'américain. Et c'est tout ?

— Non, les Canadiens ont fait du bon boulot.

— Et si nous poursuivions dans mon bureau ? Je commence à fatiguer et puis, il fait froid dans ces couloirs, surtout lorsqu'ils sont déserts.

Inquiet, Ringwood demanda en plissant les yeux :

— Vous ne nous couvez pas quelque chose, au moins ?

Cagney gloussa :

— Non, nous allons bien, nous vous remercions. Vous avez vraiment dû être mère-poule ou infirmière major dans une vie antérieure, Ringwood.

Cagney se dirigea vers le petit escalier, Ringwood lui emboîtant le pas :

— En parlant de vie antérieure, qu'est-ce que vous pensez du bouddhisme, monsieur ?

Cagney pila en bas de l'escalier et leva les yeux vers Ringwood, trois marches plus haut. Il hésita et opta pour l'humour.

— Vous n'allez pas vous y mettre, vous aussi ! Ça ne doit pas être évident, un super-flic bouddhiste. Pensez à tous ces magnifiques T-bones saignants qui vont se morfondre sans vous.

— Super-flic, super-flic... moi, je descends surtout des claviers et des écrans. Et puis, certains bouddhistes mangent de la viande, enfin parfois. Simplement ils ne tuent pas les animaux, et je n'ai encore aucun bœuf sur la conscience.

— Oui, mais ces gens-là ont toujours été bouddhistes, ils ne le sont pas devenus. Ce genre d'adoption, de conversion sur le tard, exige une adhésion sans faille, un surcroît de pureté et d'orthodoxie. Parce que si cela consiste à prendre le meilleur de deux mondes, alors vous êtes un charlot. Qui plus est, dans ce cas, vous êtes un charlot indigne, à la recherche de son douillet confort intellectuel. C'est rassurant, n'est-ce pas, la réincarnation ? L'idée que tout n'est pas perdu et qu'on finira bien par se retrouver quelque part. Parce que voyez-vous, les occidentaux n'ont rien compris au bouddhisme pour la plupart ; au demeurant, cela ne les intéressait pas d'y comprendre quoi que ce soit. Ils en ont pris ce qui les calmait, un antalgique de plus.

— Vous n'êtes pas très encourageant, ce matin.

— Je ne suis jamais encourageant lorsque je rate une grasse matinée.

Cagney s'effaça pour laisser Ringwood pénétrer dans son bureau puis contourna la grande plaque de Plexiglas sur laquelle il avait abandonné un dossier quelques minutes plus tôt. Il referma la narration plate et sans hésitation de la mort d'un bébé de treize mois, lentement noyé par sa mère, comme un chaton, plongé dans la baignoire, sorti, puis replongé encore et encore, petit exutoire inconscient d'une haine qui ne le concernait pas, d'un sadisme dont il serait la victime sans jamais le comprendre. C'étaient les cicatrices des fractures des deux clavicules et du petit doigt droit, les multiples traces de coupures et de piqûres relevées par le légiste sur les bras et les jambes du petit garçon et surtout les plages d'alopécie traumatique du cuir chevelu qui avaient alerté Cagney. Les hommes qui martyrisent leurs enfants cognent, cassent, fracturent. Les mutilations plus sournoises et répétitives, les bras que l'on griffe, les cheveux que l'on arrache par poignées sont généralement des manifestations du sadisme au féminin. Il revit, souhaitant que ce soit la dernière fois, les grands yeux verts, inquiets, mouillés de larmes, qui se levaient vers lui comme pour une prière, les sanglots incontrôlables de mère qui s'affolait pour son bébé.

Cagney rangea sans hâte le dossier dans l'un des casiers qui couvraient le mur situé derrière son bureau pour chasser cette séduisante envie de meurtre qu'il sentait envahir son cerveau. Oui, une enquête sans surprise, une monstruosité bien homogène et parfaitement organisée.

Cagney se laissa tomber sur son fauteuil plus qu'il ne s'assit.

— Bien, continuons, Ringwood. Donc, les flics de Montréal ont bien travaillé.

— Oui, monsieur. En dépit de l'état du visage de la victime, cette Grace Burkitt, ils sont donc rapidement parvenus à l'identifier. C'est aussi une des raisons pour lesquelles on pense que le tueur n'a pas eu le temps de finir.

— Vous croyez qu'il voulait éviter qu'on connaisse l'identité de sa victime ?

— Ben, ça ne m'étonnerait pas. D'abord, le corps a été retrouvé à plus de vingt miles de... comment ça s'appelle, déjà, cette merde...

— Magog.

— Ah oui. Il n'y avait pas d'autre voiture abandonnée aux environs, donc elle est venue avec lui. Elle s'est déshabillée. Lorsque les chasseurs l'ont retrouvée, elle ne portait plus que son slip et une de ses chaussettes, ce qui tendrait à prouver qu'elle faisait confiance à son meurtrier... On sait qu'elle le connaissait.

— Mais qu'est-ce que vous insinuez, Ringwood ?

Qu'elle s'est déshabillée pour une partie de jambes en l'air dans la nature ? Il fait quelle température, en ce moment, là-haut ?

— Juste, vous avez raison, là. Il doit faire un petit – 30 °C. Il y a de quoi se la faire congeler instantanément. Vous croyez qu'il l'a menacée ?

— Je ne vois vraiment pas pourquoi elle se serait déshabillée sans cela.

— Mais enfin, elle devait savoir qu'il allait la buter, à ce moment ! Alors pourquoi obéir ?

— L'espoir, Ringwood, l'espoir ! L'espoir que si vous faites ce que l'on vous demande, si vous êtes sage, on vous épargnera, et c'est valable dans tant de situations ! Putain, quelle lamentable connerie !

Cagney comprit, au regard gêné de son adjoint, qu'il venait de souffrir d'un embarrassant moment de transparence. Il reprit sèchement :

— L'autre hypothèse, plus plausible selon moi, c'est qu'il a tenté de faire disparaître ses vêtements et qu'il l'a dévêtue *post mortem*. Et puis ?

— D'après le légiste, la fille a donc été abattue à bout touchant. Tout y est, le décollement tissulaire, les traces de brûlures et une plaie contuse, irrégulière et étoilée, ainsi que les dépôts de poudre et de suie. La balle est entrée par l'os temporal droit non loin de la suture lambdoïde.

Cagney se tourna vers son ordinateur et d'un petit geste de la main, intima à Ringwood l'ordre de patienter. Il afficha son menu d'icônes et cliqua sur celle qui commandait l'ouverture de son logiciel d'anatomopathologie.

— Là, j'y suis. Attendez... ça y est, je suis sur le crâne.

— Vous devriez demander une plongée en réalité virtuelle, vous l'auriez en relief.

— C'est déjà assez vomitif comme cela, merci. Donc plutôt à la base de l'os temporal et puis ?

— La balle a suivi une trajectoire oblique ascendante gauche vers le sommet de l'os frontal. C'est en accord avec le tatouage ovoïde résultant du dépôt des particules de poudre et de plomb autour de la plaie.

— Il était gaucher ?

— C'est en effet une des hypothèses du légiste. Pour le reste, les tests toxicos ne sont pas encore revenus et l'analyse des diverses fibres textiles retrouvées sur la fille non plus. De toute façon, rien n'indique qu'elles auraient pu être laissées par les vêtements du tueur.

— L'anatomopathologiste mentionne-t-il des marques de prise dans son rapport ?

— Non. (Ringwood demeura bouche ouverte durant quelques secondes, puis conclut :) Donc, vous avez sans doute raison. Elle n'a pas dû comprendre qu'il allait la descendre, je veux dire rien dans l'attitude du meurtrier n'a dû l'inquiéter. Or s'il avait exigé qu'elle se déshabille, elle aurait paniqué et se serait défendue lorsqu'il s'est approché d'elle, à moins d'imaginer que la trouille l'ait tétanisée. À part cela, les flics canadiens ont rapidement pu remonter jusqu'à un motel, le genre passe-partout et propre, le *Maple tree motel*, enfin, c'est la même chose mais en français.

— Érable.

— Quoi ?

— *Maple tree* se dit « érable ».

— Cette manie de tout compliquer, c'est tellement français !

Cagney se demanda s'il était sérieux, mais préféra ne pas le vérifier. Ringwood poursuivit :

— Un certain Oliver Holberg avait loué et payé une chambre pour la semaine. En liquide. Un Américain, un type tranquille qu'on voyait peu. Au début, il n'avait pas de voiture, il était arrivé en taxi le 1er janvier dans l'après-midi. Le patron est formel : le 2 au matin, une fille l'a demandé à la réception. Ils sont restés jusqu'à 11 heures environ dans la chambre, puis sont partis dans une Ford bleue, un ancien modèle. Il n'a plus revu le client et lorsqu'il a dressé l'inventaire des lieux, toutes les affaires du type avaient disparu. Le patron du motel n'est pas allé voir plus loin, après tout, le mec l'avait payé.

— La fille ?

— Semble parfaitement correspondre à la description de Grace Burkitt.

— Et lui, on a un signalement ?

— Blanc, dans les 30 ans, assez grand, plutôt beau mec, les cheveux entre châtain moyen et châtain clair. Il portait des lunettes de glacier. Le patron a cru que c'était pour faire chic. C'est la mode en ce moment.

— On a d'autres précisions ? La fille a été violée ?

— Non, d'après le rapport de l'anatomopathologiste, elle n'avait pas eu de rapports sexuels, du moins pas depuis plusieurs heures. Donc, il ne l'a même pas sautée dans la chambre du motel. Il a soigneusement nettoyé sa baignoire. Les draps n'avaient pas été utilisés mais pliés sur un fauteuil. Le type avait dû en amener une paire avec lui. Ça n'a pas vraiment surpris le patron du motel. Il paraît que pas mal de clients microphobes font la même chose. Quant aux empreintes digitales, les flics ont retrouvé un échantillonnage qui doit correspondre à la moitié de la ville. Ils les ont relevées et nous les envoient.

— Les tordus en savent presque autant que nous sur les empreintes génétiques.

— Les flics ont aussi coulé des moules des empreintes de bottes du tueur.

— Ce seront des bottes de neige ordinaires et il va s'en débarrasser puisqu'il a été assez malin pour amener des draps. Autre chose ?

— Grace Burkitt était serveuse depuis deux mois dans un restaurant de Magog, le *Saint-Hilaire*. C'est un petit restau assez coté, le genre cuisine québécoise, enfin française, quoi.

— Ça n'a rien à voir.

— Ah bon. Bref, la femme qui tient le restaurant était bouleversée par la nouvelle. Selon elle, Grace était une fille charmante, sans problème, une bosseuse. Et puis, elle parlait quelques mots de français et le comprenait approximativement. Si l'on en croit ce qu'elle affirme, Grace n'était pas du genre bavard mais elle lui avait tout de même confié qu'elle avait perdu son boulot aux États-Unis, et puis qu'elle en avait marre. Elle serait entrée au Canada au mois de novembre. Elle ne lui avait jamais parlé de types et encore moins d'un petit ami. Elle lui faisait l'effet d'une fille avec une certaine culture, et de bonnes manières. Les clients l'appréciaient beaucoup. Son de cloche très similaire chez sa logeuse. Il n'en demeure pas moins qu'elle était séropositive.

Cagney soupira. Il y avait longtemps que Ringwood ne l'avait pas exaspéré, mais il mettait les bouchées doubles. Glacial, il demanda :

— Pourquoi « il n'en demeure pas moins » ?

— Ben, elle avait le SIDA, quoi !

— Merci, j'avais compris.

— Ben, je veux dire, une fille que tout le monde décrit comme une gentille petite bien sage, enfin, je veux dire...

— Quoi ? C'est une punition divine pour ceux qui n'ont pas été « sages », le SIDA ? Parce que lorsqu'on fait l'amour, on est forcément quelqu'un de malpropre, quelqu'un de pas bien, Ringwood ? C'est cela ? Et lorsqu'on chope une salmonellose en mangeant un gâteau, c'est aussi bien fait parce qu'on est un enfoiré de pécheur ?

Une étrange pâleur glaça le visage de Ringwood. Cagney la vit monter progressivement, d'abord l'arrondi du menton, puis les joues, enfin le front :

— Merde, j'ai recommencé ! Bordel, quel con ! Chiottes, chiottes, chiottes ! Je n'arriverai jamais à m'en défaire ! Dès que je me rassure, ça revient. Vous savez, c'est toujours cette idée que les choses ont un sens, une signification, que rien n'est aléatoire... Qu'une cause produit une conséquence et qu'une conséquence a forcément une cause mais une cause, enfin je veux dire, intelligente, dirigée. Je ne sais pas si vous voyez...

— Oh, je vois très bien ! Que si on vit, c'est pour une raison, et que donc si l'on meurt, c'est qu'on sera réincarné. On en est tous là, Ringwood. À chercher un sens, une logique, une motivation, comme on dit maintenant, à l'impondérable, au hasard et à l'irrationnel.

— Pardon ! Enfin bref, Grace Burkitt était atteinte du SIDA. Ça peut, peut-être, vouloir dire quelque chose, je ne sais pas.

— C'est possible. Les flics de L.A. ont arrêté un mec, il y a quelques mois. Il avait étouffé sept prostituées, toutes malades. Ce dégénéré voulait, je cite : « nettoyer la nouvelle peste millénaire », Dieu lui était apparu et bla-bla et bla-bla.

— Il y en aura de plus en plus, n'est-ce pas ?

— Oui. Selon l'Organisation mondiale de la santé, vingt nouvelles maladies menacent l'homme depuis vingt ans. C'est une fréquence inaccoutumée et nous n'avons aucun traitement pour lutter contre elles. Vous ajoutez à cela le saut dans le troisième millénaire, la résurgence de cette vieille crainte millénariste, qui a déjà tenté tant de gens il y a plus de neuf cents ans et vous obtenez des légions de déjantés qui sortent de terre comme des rats. Ils ne redécouvrent Dieu que pour massacrer et torturer en Son Nom, ce n'est pas très nouveau.

— Vous croyez que l'on a affaire à ce genre de dingue ?

— Je n'en sais foutre rien. Quoi d'autre ?

— La police canadienne a retrouvé la trace de cet Oliver Holberg, à l'aéroport international de Montréal. Il est arrivé le 30 décembre en provenance de New York.

— Bien. Donc, en première analyse, on peut conclure qu'il est venu spécialement pour elle. On demande un mandat d'arrêt contre cet Oliver Holberg et on regarde si on a quelque chose concernant cette Grace Burkitt.

— Ça roule. Vous déjeunez ici ?

— Oui. Je rentrerai après. À défaut de grasse matinée, je tenterai une sieste.

— Je peux m'inviter ?

— Ça dépend. Si vous devez manger du boulghour et du tofu, c'est non. Je ne suis pas d'humeur à supporter que l'on me culpabilise.

— C'est trop ringard ici, ils n'en ont pas.

Ils sortirent en silence du bureau de Cagney et se dirigèrent vers le petit escalier. Ringwood faillit tomber à la renverse lorsque la poigne de Cagney, qui gravissait les marches à sa suite, s'abattit sur son poignet.

— Attendez, là... il y a un truc qui ne va pas. Elle mesurait combien ?

Ringwood s'immobilisa et se retourna :

— 1,65 mètre, cinquante-sept kilos.

Cagney avança le majeur et l'index tendus vers la tempe de Ringwood.

— Le type était plus petit qu'elle ou quoi ?

— Euh... Ben non, le patron du motel le décrit comme un grand beau mec.

Les yeux bleu pâle de Cagney fixèrent Richard Ringwood sans le voir et celui-ci comprit qu'il était ailleurs, qu'il réinventait la forêt enneigée, un couple qui s'avance. L'homme plaisante sûrement, se prétend heureux de cette bonne balade dans les bois, commente la pureté de l'air frais, l'étrange qualité des silences d'hiver. Dans quelques secondes, il explosera la boîte crânienne de la jeune femme qui sourit à ses côtés, qui glisse dans la neige et se redresse en se cramponnant à la manche de la veste de son compagnon.

Cagney demanda d'une voix très douce :

— Comment était la neige sous elle ?

— Quoi ?

Cagney articula d'un ton péremptoire et presque métallique :

— Comment était la neige sous elle ? Maintenant !

Ringwood sauta à pieds joints les trois marches qu'il venait de gravir et se précipita dans son bureau.

En dépit du week-end et de l'heure, il joignit immédiatement Barnabé Lagrange qui lui fournit le renseignement, à la fois étonné de sa question et ravi de pouvoir y répondre. Lorsque Ringwood retrouva Cagney, il était toujours immobile sur la première marche et son regard semblait être rentré à l'intérieur de lui.

— Monsieur ? Monsieur ?

— Oui.

— La neige était à peine tassée. Barney l'a remarqué parce qu'il est montagnard et skieur et qu'il cherchait les empreintes de pas.

Cagney cligna des paupières et Ringwood eut le sentiment que son regard ressortait du plus profond de lui pour voir à nouveau.

— Ringwood, je veux tout savoir sur les anciens petits amis, amants, frères, père de Grace Burkitt. Bref, tous les hommes de sa vie.

— Vous croyez qu'il était aussi proche d'elle que cela ?

— Oui. Il l'aimait bien, ou du moins lui a-t-elle laissé un souvenir plaisant.

— Pourquoi dites-vous cela ?

— Parce qu'il est droitier. Comme cela...

Cagney passa son bras droit derrière le dos de Ringwood en continuant :

— Il a plaqué la jeune femme contre lui. Il a sorti son flingue et l'a passé derrière elle. Et puis il a tiré, mais il n'a pas voulu qu'elle tombe comme un sac. Il l'a soutenue et allongée doucement dans la neige.

— Pour...

Cagney ferma les paupières et se laissa aller contre le mur de l'escalier de béton :

— Pour ne pas voir ses yeux mourir, pour ne pas

qu'elle ait peur, pour ne pas lui faire mal, pour qu'elle ne se blesse pas en tombant.

Cagney s'interrompit quelques instants, puis reprit d'une voix à peine audible :

— Ringwood, nous cherchons une ordure de tueur attendri.

Boston, Massachusetts,
3 janvier

Gloria renversa le lourd verre à pied en tentant de le remplir avec le fond de la deuxième bouteille de chablis. Des renvois de vin tiède dilué de sucs gastriques et de bile lui remontaient dans la bouche, corrodant les cellules des muqueuses de ses joues, brûlant sa gorge. Une migraine rampait depuis l'arrière de son crâne pour envahir bientôt sa tempe droite. Rien à foutre. Clare dormait et avec la migraine viendrait le sommeil. Germaine, le boxer qu'elle avait acheté pour amuser les absences de Clare, dormait à ses pieds, ronflant péniblement. Le magnifique corps nerveux et musclé du bringé se raidissait progressivement. Il mourrait bientôt, lui aussi.

Quelle idée stupide d'être revenue ici ! Elle admettait que c'était une jolie ville, une des plus jolies des États-Unis sans doute. Une ville vivante, pleine de théâtres, de bibliothèques, de musées. Une ville d'apprentissage aussi, une ville bien élevée. Tous les touristes y allaient de leur éloge de ces charmants immeubles bas en briques rouges, de cette délicieuse Charles River, dont le cours bien élevé savait enchanter sans jamais déranger.

Elle détestait cette ville ! Elle détestait ce petit

appartement meublé du North End qu'elle avait loué pour un mois. Elle détestait la peinture blanche à paillettes scintillantes qui recouvrait les murs et le plafond.

Morts. Ils étaient tous morts ici. Comment faut-il ranger les morts ? Chronologiquement ou par essence ? Les morts d'avant et d'après ou alors les morts dévastatrices et les morts adorables ? Ce n'est pas bien, Gloria : on ne doit pas se réjouir d'une mort. Foutaises ! Pourquoi existeraient-elles si ce n'était pour que l'on s'en désespère ou que l'on s'en félicite ? Hein, pourquoi ? Par essence, sans doute par essence, car le temps devenait parfois flou. On aurait dit des replis qui se chevauchent. L'avant se repliait sur l'ensuite et il lui devenait difficile de remettre les événements à leur place, surtout lorsqu'elle avait bu. Elle gloussa et redressa le verre. Non, elle ne buvait pas : elle se saoulait, ça n'a rien à voir. Elle était comme ce grand homme dévasté entr'aperçu dans un café du marché Saint-Honoré, Paris, France. Pierre, elle avait décidé qu'il s'appelait Pierre, c'est un beau prénom. Pierre, tu es pierre et sur cette pierre...

Il allait encore falloir partir. Mais où ? On part toujours parce que l'on se souvient de, que l'on est attiré par, qu'on sait que... Gloria ne se souvenait de rien qui vaille la peine de la mémoire, rien ne l'attirait, quant à ce qu'elle savait, elle préférait l'oublier.

James saurait, lui... Non, il ne devait pas être James, il devait rester Cagney. Elle avait perdu un Sam, comme on perd un bout de soi, et elle s'était trouvé un Pierre. Il était un peu faux, bien sûr, usurpé en quelque sorte, rien à foutre. Il avait le mérite de n'exister que pour elle, de n'être pas là, de ne pas parler, de ne pas savoir qui elle était, de ne pas la pister, la toucher, de ne pas être. De toute façon, sa vie entière était une usurpation. Elle était si peu là qu'elle n'était pas sûre d'exister encore.

Il était doux. Cagney. Peut-être pas. Il était... Il était, enfin, il n'était pas. Gloria éclata de rire et plaqua sa main sur sa bouche pour ne pas réveiller Clare qui dormait paisiblement dans la pièce voisine. Cagney n'était pas comme ce si joli masque de mâle qui avait épousé sa mère. Il n'avait pas son aisance, son élégance, cette façon de regarder comme s'il savait des choses uniques. Gloria reposa le verre brutalement et le pied céda. Du reste, il savait des choses uniques ; sur ce point précis, du moins, n'avait-il pas menti. Il savait gifler à toute volée, il savait tirer les cheveux à les arracher du crâne, il savait faire un croche-pied pour basculer un corps sur le carrelage dur du sol de la salle de bain. Il savait admirablement remonter son genou entre des cuisses serrées pour les forcer et puis violer. Cela, il savait très bien le faire. Elle refoula un hoquet et sourit. Par contre, il n'avait pas très bien su mourir. Non, il avait été assez lamentable lorsqu'elle avait épaulé le fusil. Il avait pleuré et geint, supplié aussi. Les femmes sont très convaincantes lorsqu'elles supplient, l'habitude sans doute. Les hommes sont souvent grotesques. On a l'impression qu'ils ne savent pas très bien comment faire. Enfin, bref, elle avait tiré et il était mort. Elle avait bien visé. Le ravissant visage coulait en traînées blanches et rouges sur le papier peint à petites fleurs de la chambre de sa mère. Morte elle aussi, exit la mère, la matrice sans plus. Mais Sam, pourquoi lui avait-il fait ce sale coup de mourir ? Sam, le propriétaire de cette invraisemblable boutique de *delicatessen*. Les odorantes fiançailles de l'Orient et de l'Occident s'affichaient dans tous les recoins de sa boutique. Il l'appelait « la petite Mrs Parker-Simmons ». Sam, dont chaque rire s'abattait comme une tornade entre les murs surchargés de victuailles de sa boutique. Sam qui parlait de sa femme, Esther, son amante, morte d'un cancer, comme si elle lui tenait tous les soirs la main pour le conduire chez eux. Sam qui était le seul à pouvoir tenir tête aux démons qui mangeaient Clare. Sam qui les narguait parce qu'ils n'avaient pas son indestructible vitalité, parce qu'il n'avait eu peur de rien si ce n'est de la perte de son Esther. Gloria abattit de toutes ses forces son poing fermé contre la plaque du bureau en acajou vernis, laid, très laid, le bureau :

— Mais pourquoi tu n'as pas attendu, Sam ? Hein, pourquoi ? Je suis si nulle et inexistante que cela ? Elle savait que tu n'étais qu'à elle, tu n'avais pas besoin de mourir et de me laisser seule, elle aurait compris. Les morts qu'on aime savent tout de nous. Tu m'as laissée toute seule. Je ne sais pas quoi faire, Sam... J'ai peur, Sam, si tu savais comme j'ai peur !

Elle ravala les larmes qu'elle sentait monter. Ce n'était pas le moment, du reste, ces extravagances lacrymales ne servaient à rien, elle le savait, elle avait assez pleuré sans que cela change quoi que ce soit.

— Mon Dieu, je vous en supplie, faites que Clare meure juste avant moi. Je ne crois pas en Vous. Je ne pense pas y avoir jamais cru parce que Vous n'étiez jamais là où je suppliais de Vous trouver.

Elle gloussa de nouveau et murmura en pointant l'index vers le plafond :

— Hein ? Où étiez-Vous lorsqu'il m'a frappée, lorsqu'il m'a pénétrée, lorsque j'ai été grosse de son bâtard ? Où étiez-Vous lorsque j'ai mis bas, au Charity Hospital de Boston, lorsque cette femme noire m'a chanté des cantiques en me tenant la main ?

Elle essuya les gouttes d'eau qui ruisselaient de ses yeux et poursuivit en gémissant :

— Bordel ! J'avais 13 ans ! Lorsque l'on a posé ce bébé débile sur mon ventre, lorsqu'elle a ouvert les poings vers moi, je ne sais pas où Vous étiez, mais moi j'étais avec elle !

Gloria se sentit glisser de sa chaise. Elle ne tenta rien pour se redresser et s'affala sur la moquette, tendant, sans s'en apercevoir, le bras vers Germaine qui s'affala en soupirant contre son ventre.

Dormir, ça va s'effacer. Dormir.

Lorsqu'elle se réveilla sous la table, le pingre soleil d'hiver n'était toujours pas ressuscité. Germaine était allongé contre son ventre et elle se demanda soudain d'où provenait cette chaleur tendre qui irradiait contre son dos.

Clare.

Clare s'était sans doute réveillée dans la nuit et ne la trouvant pas dans le lit jumeau voisin du sien, s'était levée. Trouver une couverture pour la recouvrir était trop compliqué pour Clare, alors, elle s'était couchée sous la table contre Gloria pour lui tenir chaud. En dépit de la migraine qui lui ravageait la tempe et l'empêchait d'ouvrir complètement les yeux, Gloria sourit.

Quelle grotesque idée que ce périple inefficace en France ! Qu'avait-elle cru pouvoir y trouver ou y perdre ? Elle n'en avait ramené que quelques livres, des dizaines de pellicules photo qu'elle ne ferait jamais développer et le souvenir du visage d'un homme ravagé aperçu dans un bar et qui partageait tant de débâcles avec elle qu'elle n'avait qu'une envie : l'oublier.

La boucle était bouclée. Non, elle ne s'était jamais ouverte.

Il fallait quitter la ville-cimetière.

Cambridge, Angleterre,
5 janvier

Bon, d'accord, il avait craqué, il avait encore une fois téléphoné et s'était encore une fois fait jeter. On n'allait quand même pas en faire une pendule. Parce que, lui, il était tout seul, ici. La moindre banalité prend toujours des allures menaçantes, inévitables, lorsque l'on n'a personne avec qui en discuter.

Bien sûr, il savait qu'il avait choisi, que « personne ne l'avait contraint à faire ce qu'il ne voulait pas faire ». Mais le problème n'était pas là. Le problème, c'est que Guy Collins s'était rendu compte après son départ que ce n'était pas lui qui menait le jeu. Il n'avait été qu'un pion de plus pour une partie d'échecs dont il ne connaissait pas les règles. Cette constatation l'avait d'abord exaspéré mais maintenant, elle le frustrait. Non, il essayait de se convaincre qu'il ne s'agissait que d'une frustration pour se rassurer mais c'était faux. Maintenant, elle l'effrayait.

Et puis, au début, le risque était tellement lointain et hypothétique qu'il ne valait pas la peine qu'on s'y arrête. Mais au fil des semaines, cette spéculation avait acquis une réalité dévorante qui le poursuivait jusque dans ses rêves. Il s'y mêlait parfois une sorte de réminiscence mystique, ou plutôt superstitieuse. Hier, en remontant

Trinity Lane, de grandes pancartes invitant les passants au silence l'avaient arrêté. Un son d'abord lointain, puis exigeant, l'avait poussé vers l'église. Une autre pancarte en interdisait l'entrée. Le King's College Choir enregistrait. Guy Collins était resté collé à l'un des battants de bois sombre de la lourde porte centrale. *Le Service Funèbre* de Croft. Cela, il ne l'avait appris qu'ensuite, lorsqu'il avait enfin trouvé un petit prospectus annonçant les œuvres. Le chant lent, presque homophonique, dominé par des voix d'adolescents, évoquait si bien l'inexorable progression d'un cercueil au cœur de la nef d'une église qu'une vague de nausée l'avait étourdi. Il avait envie de fuir, d'échapper au cercueil, mais ses jambes refusaient de lui obéir. Et durant plus d'une heure, quelque chose l'avait contraint à supporter ces notes de mort, de deuil et de repentir.

Finalement, il se trouvait proche de ce type... comment s'appelait ce roman qu'il n'avait jamais lu ? Ce Russe qui se croit immunisé contre le remords et qui découvre qu'il le porte déjà en lui... Non, d'ailleurs, s'il voulait être franc, il n'avait rien en commun avec ce type. Lui, ce n'était pas le remords qui le rongeait lentement, mais la trouille de devoir payer plus qu'il n'avait gagné.

Un petit bruit le tira de ses pensées, le bruit d'une clef que l'on introduisait dans la serrure de la porte de son appartement.

Sa visite ne surprit même pas Guy Collins, en fait, elle lui faisait tellement plaisir qu'il ne s'en étonna pas tout de suite. Il se précipita vers les bras tendus et s'y lova comme autrefois. Une main ferme et rassurante plaqua sa tête contre cette épaule dont il reconnaissait l'odeur comme s'il ne l'avait perdue que d'hier.

Deux chuintements successifs, une bourrasque, puis plus rien.

Base militaire de Quantico,
Virginie, 5 janvier

James Irwin Cagney était arrivé très tôt, comme si cette installation précoce dans ces lieux de trêve allait pouvoir l'aider à trouver une solution simple à une question insoluble : devait-il, ou non, forcer Morris à s'expliquer sur son clonage sentimental ? L'idée de parvenir à aider Morris était somme toute secondaire. Ce qui importait à Cagney était de savoir ce que son adjoint espérait retirer de cette parodie, peut-être parce que lui-même y trouverait un indice sur la façon de se guérir de Mrs Gloria Parker-Simmons. Le problème, c'est qu'il n'était même plus certain d'en avoir envie.

Le son à la fois sec et respectueux claqua dans le silence et le fit sursauter :

— Entrez, Morris.

— Bonjour, monsieur. Je vois que nous sommes tous les deux tombés du lit.

— Asseyez-vous. Bravo pour la conclusion de cette enquête, à New York.

Morris, les yeux baissés, murmura :

— C'était une expérience étrange. J'ai été élevé dans l'idée qu'on ne frappait jamais une femme, quoi qu'elle ait fait. Mais, vous voyez, là, je crois que je n'ai jamais été aussi près de tabasser quelqu'un à mort. Je pense même que j'aurais pris mon pied. Ça m'a fait peur.

— C'est une réaction saine si on parvient à la maîtriser.

— Et comment y parvient-on ?

— En se disant qu'on a le pouvoir de le faire, mais qu'on est vraiment différent de ceux qui le font et que nous chassons.

Morris resta muet quelques instants, contemplant le bout de ses chaussures. Il leva la tête lentement et ses yeux noisette se rivèrent au regard bleu pâle de Cagney, pour la première fois depuis son arrivée :

— Alors, affaire classée, monsieur ? On bouge sur quoi, maintenant ?

— Oui, affaire classée. J'espère que cette dégénérée prendra le maximum lors du procès. On bouge sur un meurtre commis au Canada, Magog, pas très loin de la frontière. Une certaine Grace Burkitt, Américaine, abattue le 2 janvier, dans la forêt. Le suspect est un certain Oliver Holberg, en provenance de New York. Nous n'avons pas encore reçu les rapports des Canadiens, mais cela ne devrait pas tarder.

Il ne fallut que quelques minutes à Cagney pour relater ce qu'ils savaient de ce meurtre et évoquer les hypothèses qu'il avait formulées sur le tueur.

Morris acquiesça :

— Je crois comme vous qu'il la connaissait, et que, sans doute, il l'aimait bien, comme un tueur aime bien.

— Malheureusement, nous n'avons pas encore suffisamment de substance pour réduire le problème à une simple équation de tueur.

— Comment cela ?

— Il peut également s'agir d'un connard de « purificateur » investi d'une mission divine. On peut même carrément tomber sur un proche qui a pété un plomb et qui a décidé de l'euthanasier pour lui éviter les souffrances de la maladie. Bref, la chasse est ouverte. Entrez, Ringwood !

Richard Ringwood pénétra dans le bureau, porteur de trois gobelets fumants. Il se laissa tomber sur le fauteuil à côté de celui de Morris et poussa un gros soupir dénué de signification particulière.

— Un début de journée flamboyant, à ce que je vois, Richard ?

— Bof, un jour bien, un jour mal, ça fait toujours deux jours de passés !

Cagney réprima un gloussement :

— Il faudrait nous en réserver une caisse pleine, de celles-là. Du nouveau ?

— Oui. On a demandé un mandat d'arrêt contre Oliver Holberg. J'attends le fax de la compagnie aérienne qui devrait avoir des précisions, en espérant qu'elles ne soient pas bidon. Je viens de trouver sur mon bureau le rapport complet des Canadiens au sujet de Grace Burkitt. Je n'ai pas encore eu le temps de l'éplucher.

— Ce serait peut-être une bonne idée de nous le montrer ?

— Je vais le chercher, alors ?

Cagney poussa un soupir et répondit :

— À votre avis ?

Quelques instants plus tard, Ringwood fit glisser la grande enveloppe marron sur la plaque de Plexiglas fumé du bureau de Cagney. Il parcourut la liste manuscrite des pièces jointes. La petite écriture était fine et nerveuse, irrégulière, sans doute celle de ce fameux Barney. La liste mentionnait l'existence d'un journal intime, dont la lecture n'avait pas apporté grand-chose à l'enquête des Canadiens, semblait-il. Cagney récupéra le gros carnet à spirales et le posa sur la pile de droite sans l'ouvrir. Plus tard. Il étala méticuleusement, devant lui, des pages dactylographiées, des photos, comme les lames d'un jeu de tarot, changeant parfois l'agencement des différentes pièces. Morris et Ringwood, sagement assis en face de lui, attendaient la fin de ce rituel. Cagney prenait pas à pas possession de la mort d'une femme dont il ignorait l'existence quelques jours plus tôt et qui allait devenir son accompagnatrice jusqu'à ce qu'il parvienne à faire parler les arcanes qu'il contemplait. Morris s'était toujours demandé ce que ressentait cet homme austère et secret dans ces moments-là. Une sorte de compassion ? Ou peut-être une colère féroce comme lui. Cagney, le front baissé vers les feuilles, commença :

— Grace Burkitt, née le 15 juillet 1969 à Stockbridge, Massachusetts. Célibataire, pas d'enfant. Elle portait des lentilles de contact lorsqu'on l'a retrouvée. (Il sourit tendrement.) C'était une assez jolie fille, avec ses longs cheveux. Pas de casier judiciaire. Tiens, il y a même un CV. Collège de Stockbridge, et une spécialisation de technicien de laboratoire à Boston University. Des petits boulots et trois ans chez Caine ProBiotex Laboratories à Randolph, Massachusetts, jusqu'en août dernier. Plus rien ensuite. C'est sans doute de cette place qu'elle a été virée avant de partir au Canada. (Cagney ouvrit le dossier médical de Grace Burkitt, réfléchit, puis :) Elle semble n'avoir découvert qu'elle était séropositive que peu de temps avant. Le rapport du Brigham and Women Hospital remonte au mois de juillet, donc approximativement un mois plus tôt. Bon, Morris, vous me retrouvez une éventuelle famille à Stockbridge et... Il y a un problème, Ringwood ?

Celui-ci contemplait, gêné, le morceau de moquette qui séparait son fauteuil des chaussures de Cagney :

— Ben... c'est-à-dire que Barney Lagrange leur a téléphoné, le lendemain de son assassinat. Le père, la mère et un frère. À Stockbridge.

— Et ?

— Il s'est fait jeter par le frère, puis par le père. Il n'a pas pu parler à la mère. C'était plus leur fille, ni leur sœur, et je vous en passe et des meilleures. Le frère est venu en coup de vent à Magog pour reconnaître le corps et ils l'ont enterrée là-bas.

— Eh bien, à défaut de compassion, il va quand même falloir qu'ils nous reçoivent. Soyez sec, Morris. S'ils font des difficultés, demandez aux flics de Stockbridge de les convoquer au poste. Disons, demain en fin d'après-midi. Et si vous rappeliez la compagnie aérienne, Ringwood ?

— Tout de suite.

Les deux hommes sortirent du bureau et Cagney se replongea dans la lecture du dossier composé par Barnabé Lagrange. Ces quelques dizaines de pages, plates et descriptives, dans lesquelles était consignée toute la vie d'une femme, produisaient chez lui un étrange sentiment, la sensation d'une incohérence. On avait le sentiment que tout dans l'existence de Grace Burkitt transpirait une sorte d'ordre, sans démesure, et sans excès. La description que donnait Barney Lagrange du deux-pièces qu'elle louait non loin du restaurant qui l'employait, le *Saint-Hilaire,* et les photos de sa chambre et du salon-salle à manger, obéissaient à une monotonie qui n'avait rien de déplaisant. Son itinéraire académique et professionnel, les témoignages de ceux qu'elle avait fréquentés durant les derniers mois de sa vie, également. Cagney détailla l'une après l'autre les photos de sa chambre. Le lit, orné de quelques coussins ronds en tissu de couleur pastel, les quelques aquarelles qu'il distinguait au mur, un poste de télévision dans un coin, une petite commode de bois clair surmontée d'un miroir ovale. Une banalité presque obsédante. Grace Burkitt aurait dû se marier, avoir des enfants, une maison dans une zone pavillonnaire d'une banlieue réservée à la petite bourgeoisie, ou peut-être rester célibataire mais habiter au même endroit. Logiquement, elle aurait passé Noël dans sa famille et le réveillon du jour de l'an dans celle de son mari. Quel enchaînement d'événements l'avait brusquement contrainte à quitter les États-Unis pour aller se nicher dans une ville de moyenne importance du Québec ? Pourquoi n'avait-elle pas tenté de retrouver un poste de technicien de laboratoire, pour quelle raison un homme avait-il fait le voyage depuis New York pour l'abattre ?

Cagney repoussa les photos et se laissa dériver. Il ouvrit l'épais carnet à petits carreaux et commença une lecture rapide. Il sauta des années entières de vie dont il ne restait que ces lignes aux grosses lettres carrées, bien appuyées. L'encre était préférentiellement violette, parfois verte. C'était la mode à l'époque. Il y avait les années de collège, la relation minutieuse des conversations avec les copines mais il fallait toujours se méfier de *Vipère*, de *Grand Nunuche* et de *Petit Scorpion*. *Grand Nunuche* ne semblait pas méchant mais il était sous la coupe de *Vipère*. Il fallut peu de temps à Cagney pour comprendre que ce code enfantin désignait son père, sa mère et son frère. Une sorte de tristesse l'envahit à la lecture de ces pages enflammées par des rêves de fuite, de liberté, d'histoires d'amour. Il ralentit le mouvement de son regard lorsqu'il atteignit les dernières années de sa vie.

Une page plus épaisse attira son attention. Une photo était collée au verso, la photo d'une grosse jeune fille aux longs cheveux raides et piteux, sanglée dans un bermuda trop juste qui faisait ressortir le pli gras de ses genoux. Elle portait de grosses lunettes qui alourdissaient encore le visage gras et rougeaud. Ses sourcils broussailleux étaient épais comme ceux d'un homme et elle souriait bêtement. En marge de la photo, la même écriture, mais tracée d'une pression rageuse, comme si elle voulait arracher les fibres du papier. Elle avait écrit en capitales : « PLUS JAMAIS ! » Grace Burkitt. La vilaine petite grosse était devenue une jolie jeune femme. Cette métamorphose alerta Cagney parce qu'elle était hargneuse. Il lut posément :

J'ai mis plus de vingt ans à comprendre que Vipère me bourrait. Elle est mince et elle ne supporte pas que je le sois. Elle ne veut pas que je sois jolie. J'ai beau lui expliquer que je dois perdre un peu de poids (je mesure 1,65 mètre et je pèse 80 kilos), elle me confectionne des pâtisseries bien sucrées, des plats pleins de sauce. Elle sait que je suis goinfre, elle y a veillé durant toute mon enfance. Mais Vipère est trop futée, elle n'en mange jamais. C'est comme pour mes sourcils. « Ça donne du caractère à ton visage et il n'y a que les putains qui s'épilent », tu parles ! J'ai l'air simiesque ! et en ce cas c'est elle la putain puisqu'elle dissimule une pince à épiler dans une boîte à chaussures. Et ces deux abrutis qui gobent tout ce qu'elle dit, alors qu'elle ment dès qu'elle ouvre la bouche. Je la déteste, je les déteste tous. Il faut que je parte d'ici avant qu'elle arrive à foutre ma vie en l'air comme elle l'a fait pour les deux autres.

Cagney hésita, se demandant ce qui, dans cette page, tenait du fantasme paranoïaque et ce qui était l'expression de la réalité telle que l'avait ressentie Grace. Le style sans emphase, sans recherche particulière, rendait le contenu très crédible. Il passa rapidement quelques pages, dans lesquelles elle décrivait son arrivée chez Caine ProBiotex, ses espoirs de carrière, ses collègues dans l'ensemble plutôt agréables, quelques sorties, puis revint en arrière pour y trouver la première mention de « Mon Prince ». La naïveté du surnom ne l'amusa pas. Mon Prince l'avait gentiment aidée à porter ses sacs de provisions à la sortie du Safe Way du centre commercial de Randolph. Il était beau, il était drôle et il était adorable, bien sûr. Cagney regarda la date inscrite sur le carnet et calcula que Grace Burkitt avait 25 ans à cette époque. Mon Prince lui faisait la cour durant quelques pages où elle détaillait scrupuleusement le moindre de ses appels téléphoniques, durée incluse, le plus petit bouquet de fleurs. Et puis, elle s'offrait enfin à Mon Prince, un soir qu'il la raccompagnait du cinéma. Cagney lut les lignes suivantes avec la sensation d'être un voyeur, peut-être parce que pour la première fois Grace aimait, Grace se laissait aller et empruntait un langage malhabilement lyrique qui soulevait chez lui une peine étrange.

J'ai eu la sensation de devenir une vraie femme, comme un éclair, comme si le ciel s'entrouvrait... C'est comme si une fée avait décidé de me consoler de toutes ces années... Je voudrais dormir contre lui, sur une plage, au soleil couchant.

Cagney relut le passage et comprit que Grace Burkitt était vierge avant de rencontrer Mon Prince. Il parcourut encore trois pages et tomba sur quelques lignes, qui marquaient la fin du journal intime.

Il faut vraiment que je sois une gourde. Mon Prince, tu parles ! Gizmo l'infâme, plutôt. Je me suis fait rouler, utiliser, lourder. Il est tellement nul cet abruti que je devrais m'interdire de pleurer comme cela. Et puis, il faut que j'arrête de me goinfrer de gâteaux, j'ai déjà repris trois kilos et ça ne sert à rien qu'à donner raison à Vipère.

Mon Prince était-il celui qui l'avait contaminée ? Mon Prince était-il celui qui l'avait abattue ?

Cagney reposa le carnet et s'adossa dans son fauteuil avec un soupir. Il ferma les yeux, laissant la vie de Grace Burkitt sourdre lentement en lui. Il avait appris à maîtriser ce genre d'osmose pour n'en garder que ce qui le servait : la familiarité avec le cerveau de quelqu'un. Il avait de la chance puisque cette fois, il ne s'agissait pas d'un cerveau malade et malfaisant. Il s'agissait d'un gentil cerveau, plein de rêves sans doute inutiles, peut-être même stupides, mais des rêves qui permettent à celui qui les annexe pour un temps de pouvoir dormir.

Il relirait scrupuleusement ces pages plus tard, mais les mots de Grace ne trahiraient rien. Elle ne décrivait jamais personne, ne donnait jamais d'adresse ni de noms. Grace avait vécu si longtemps avec la peur que Vipère ne trouve son carnet, ne fasse du mal à ceux dont elle parlait ou se les approprie, avec la peur qu'elle l'envahisse complètement. La jeune femme se méfiait encore et toujours de cette mère à laquelle elle n'échapperait jamais parce qu'elle la portait dans sa tête. Elle s'était si bien structurée autour de la défense inventée contre *Vipère* qu'elle était incapable d'exister sans elle. Ces lignes souvent fielleuses, parfois bouleversantes, dont Grace pensait sans doute qu'elles représentaient une sorte d'exutoire, n'étaient qu'une captivité de plus. Pas une page n'évitait la mention de la mère, son souvenir. Grace n'avait jamais su agir dans son propre intérêt parce qu'elle avait toujours tout planifié contre sa mère. Il sembla encore plus fondamental à Cagney de rencontrer ces gens.

Le coup frappé à la porte le fit sursauter :

— Morris, alors ?

— J'ai eu le frère. Une gueule d'empeigne, *a priori*. Je les ai convoqués tous les trois au poste, demain à 17 heures. Je pense qu'il m'aurait volontiers insulté. Je lui ai coupé le sifflet en lui rappelant qu'il était témoin dans une enquête pour meurtre.

— Bien. Asseyez-vous, Morris. Ringwood ne devrait pas tarder. J'attends avec impatience le résultat des analyses des échantillons que les flics ont trouvés dans la voiture. Il paraît que l'intérieur ressemblait un peu à une poubelle, mais sait-on jamais.

— Il y a quelque chose d'intéressant, là-dedans ? demanda Morris en désignant du doigt le carnet à spirales.

— Cela dépend de ce que l'on cherche. C'est une narration parfaite d'une relation pathologique mère-fille, mais en dehors de cela, rien de très tangible qui puisse nous permettre d'avancer. Mais je dois le relire. Si l'on exclut son père et son frère, le seul homme dont parle Grace Burkitt, Mon Prince, ainsi qu'elle le nomme au début de leur relation, habitait vraisemblablement Randolph à l'époque où elle-même y demeurait.

— Un type qu'elle avait rencontré au boulot ?

— Ce n'est pas exclu. Elle reste toujours extrêmement vague sur les détails identificateurs. Elle précise juste qu'il l'a aidée à la sortie du Safe Way. Mais on ne sait pas si elle le connaissait déjà. Enfin, c'est un bout de quelque chose à creuser.

— Entendu, je vais me brancher sur le poste de police de Randolph.

Ils gardèrent le silence quelques instants. Au moment

où Cagney s'y attendait le moins, Jude Morris prit son élan et déclara :

— Je voulais que vous soyez informé le premier, monsieur : je vais bientôt épouser Virginia Allen.

Cagney le fixa et répondit platement :

— Tous mes vœux de bonheur.

Morris insista, d'un ton qui devenait sec :

— Et c'est tout ?

— Que voulez-vous que je vous dise, Morris ? Ce que je crois ? Vous le savez déjà. Vous ne m'avez pas mis au courant pour en discuter, mais pour faire une proclamation. Ça laisse relativement peu de marge de manœuvre.

Cagney se tut et il ne voulait rien dire d'autre. Mais une sorte de hargne l'envahit, une sorte de dégoût aussi. Il assena un coup de poing sur la plaque de son bureau qui fit tomber son petit baromètre et s'entendit lâcher d'une voix tremblante de rage :

— C'est une histoire de merde et vous le savez aussi bien que moi ! C'est une histoire dégueulasse ! Vous vous rendez coupable de parjure et de trahison, Morris. Vous prenez possession de cette jeune femme comme d'un jouet à fantasmes ! Elle ne sera *jamais* Gloria et vous le savez aussi. Et si Virginia Allen en prend plein la gueule, comme je le crois, vous serez coupable d'avoir cassé une âme !

Morris baissa la tête et déclara d'une voix butée :

— Ce n'est pas aussi simple. Les choses ne sont pas ou noires ou blanches.

Cagney hurla :

— La ferme, Morris ! Vous me rappelez ma femme, et ce n'est un critère ni d'intelligence, ni d'intégrité !

Le silence hostile qui suivit fut seulement traversé pour Cagney par le souvenir de la voix haut perchée de son ex-femme. C'était un soir, à l'issue d'une de ces scènes de ménage qui n'en étaient jamais parce qu'elle se jugeait trop bien élevée pour hausser le ton et que lui s'en foutait. Elle avait lâché avant de monter dans sa chambre : « Ton problème, c'est que tu voudrais être un archange, un ange. Mais les anges ne savent pas qui nous sommes parce qu'ils voient tout en noir et blanc et rien au milieu. » C'était une phrase étrange venant d'elle, le discours de Tracy se cantonnant d'habitude à des banalités de bon ton. Était-il vraiment ainsi ? Son besoin vital de dissocier le bien du mal le dispensait-il — ou même lui évitait-il — de savoir apprécier les couleurs intermédiaires d'humanité ? Sans doute plus depuis Gloria, depuis ce flou qu'il avait dû accepter pour se rapprocher d'elle.

— Ah pardon... J'aurais dû frapper !

— Installez-vous, Ringwood. Alors, que donne la compagnie aérienne ?

— Plein de choses. Oliver Holberg a fourni une adresse à Boston, dans Massachusetts Avenue.

— Bon, il faut envoyer quelqu'un là-bas.

— Inutile. C'est pour cela que j'ai mis un peu de temps. Dès que je l'ai su, j'ai appelé la mairie et la sécu. Il est mort, il y a deux ans. Du SIDA.

— Merde ! Et donc ces papiers ne sont pas perdus pour tout le monde. Il faut qu'on déniche une famille, d'anciens amis, n'importe quoi ! Vous vous y collez, Ringwood.

— C'est parti...

Stockbridge, Massachusetts,
6 janvier

Le père et le frère Burkitt attendaient dans la salle d'interrogatoire. Cagney finissait son café paisiblement. Le capitaine Bart Drake gardait du Sud natal de sa mère, ainsi qu'il le leur avait confié, la cordialité et le sens de l'hospitalité. D'un ton lent et enjoué, il avait déclaré :

— C'est nous qui faisons les choses, n'est-ce pas, donc elles peuvent attendre notre bon plaisir. Et puis, comme dirait ma femme, les emmerdements c'est comme le repassage, pas la peine de courir après, ça ne s'envole pas !

Cagney avait gentiment répondu :

— C'est une femme de grand bon sens, à ce que je vois.

— Oui, c'est une femme du sud, comme ma mère. Elle est noire. Pas ma mère, mon épouse. Je vous le dis, parce que quelqu'un finira bien par le faire. J'ai deux bébés café au lait, plus café que lait, d'ailleurs. Ben, je vais vous dire, Mr Cagney et Mr Morris, ça m'a fait un choc. L'aîné, c'est un garçon, me ressemble comme deux gouttes d'eau. Et comme dit sa mère, ça ne présage rien de bon pour l'avenir, avec mon caractère ! Ben, ça m'a fait un choc de me voir en petit Noir. Ça prouve bien que c'est très relatif ces choses-là, non ?

Cagney savait qu'il était capital de pénétrer comme un ami dans la vie de ses alliés, que les petites confidences quotidiennes sont autant de points d'ancrage dans une relation.

— C'est en effet extrêmement relatif, capitaine Drake. Et le deuxième bébé ?

— Ben, en fait, je les appelle mes bébés, mais l'aîné a 6 ans et la fille 4. Elle est jolie comme un cœur. Elle ressemble à sa mère. (Il pouffa.) Notez, c'est une bénédiction qu'elle ne me ressemble pas, hein ?

Cagney balaya du regard le grand nez, les sourcils proéminents, le crâne dégarni et plat et sourit. Pauvre petit garçon qui ressemblait à son papa !

— Mrs Burkitt n'est pas venue ?

— Non, il n'y a que les mâles de la famille. Le frère n'est pas marié.

— Je vois. Eh bien, je crois qu'il est temps de rencontrer les Burkitt père et fils.

Bart Drake les précéda dans le couloir et stoppa devant une porte dont le panneau supérieur était en épais verre dépoli. Baissant le ton, il demanda :

— Vous préférez que j'intervienne ou pas ?

— Non. Si vous n'y voyez pas d'inconvénient, nous allons mener cela à notre habitude. Nous comparerons ensuite nos impressions.

Le capitaine Drake parut satisfait de cette proposition d'association parce qu'elle ne le reléguait pas tout à fait dans un rôle subalterne, et cligna de l'œil d'un air entendu. Cagney entra et déclina son nom ainsi que celui de Morris. Ni le père ni le fils ne se levèrent et il dut s'efforcer de gommer de sa mémoire tout ce qu'il sentait de ces hommes et qui était sans doute déformé par la vision qu'en avait eue Grace. *Grand Nunuche* allait comme un gant à Burkitt père. C'était un grand lourdaud, mais de cette lourdeur qui évoque la mollesse. Sa chair pâle donnait une impression déroutante de fluidité, comme si elle ne tenait pas fermement à son squelette. Il affichait un petit sourire indéfinissable, ni gêné, ni contrit, ni satisfait. Cagney finit par se demander si ce n'était pas un tic comme un autre, ou un simple mouvement musculaire lui permettant de garder une forme à sa bouche et ses joues. Le sobriquet de *Petit Scorpion* était plus mystérieux, mais il est vrai que Grace l'avait choisi alors qu'ils étaient tous les deux enfants. Il tassait lui aussi sa masse léthargique sur une chaise, et toute son énergie semblait se concentrer dans l'effort qu'il faisait pour rester d'aplomb. L'extraordinaire vacuité de ces deux regards similaires étonna Cagney et il se tourna légèrement vers Morris. L'imperceptible haussement de sourcil de ce dernier le convainquit qu'il partageait la même surprise. Cagney se demanda où étaient partis ces deux hommes dans leurs têtes. Y avait-il un endroit de leur esprit qui puisse les héberger ?

— Messieurs, tout d'abord permettez-moi de regretter l'absence de votre femme et de votre mère, commença-t-il en regardant successivement les deux Burkitt.

Un silence s'installa après cette remarque.

Morris remarqua que, contrairement à son habitude, Cagney ne s'installait pas derrière la table d'interrogatoire, mais se posait sur le bord le plus proche des deux hommes, comme s'il voulait les coincer, minimiser leurs possibilités de fuite dans l'espace de la pièce.

Le silence persista. Ce n'était pas un silence hostile ou buté, simplement, ni le père ni le fils n'avaient quoi que ce fût à répondre. Cagney soupira et biaisa :

— Mr Burkitt père, John Burkitt, c'est bien cela ?...

— Oui.

Une bribe d'un des cours de Cagney, lorsqu'il enseignait la psychologie à l'université de Virginie, revint à Morris : « Toujours commencer en tentant d'obtenir un acquiescement. »

— Et donc j'en conclus que votre fils est John junior ?

Morris faillit pouffer et se tourna. Cette tendance de certains hommes au nom archibanal à affubler un premier fils de leur prénom le fascinait toujours. Qu'en attendaient-ils ? Une continuation dans l'autre, l'espoir d'apposer leur signature sur des choses qui leur avaient jusqu'à présent échappé, ou une pathétique tentative pour estampiller leurs gènes ?

John Jr se contenta d'un hochement de tête.

— Comme je vous le disais, je regrette beaucoup l'absence de Mrs Burkitt. Mais ce n'est que partie remise, acheva-t-il en modulant imperceptiblement sa voix pour la rendre menaçante.

Pour la première fois de l'entretien, ou plus exactement du monologue, les deux Burkitt levèrent la tête et Morris lut dans leur regard quelque chose qui ressemblait à de la crainte.

— Votre fille et votre sœur, Grace, a été sauvagement abattue le 2 janvier dernier au Canada. L'objet de notre enquête est de coincer le meurtrier. C'est vous dire si tout ce que vous pourrez nous raconter peut s'avérer utile.

Un moment, totalement vide, s'installa à nouveau.

— Mr Burkitt Jr, je vous pose la question parce qu'entre frère et sœur on est plus...

John Jr, les poings serrés sur les genoux, la tête penchée vers le sol, articula :

— C'est pas ma sœur...

L'agacement transparaissait dans le débit de Cagney, lorsqu'il enchaîna :

— Grace Burkitt n'était pas votre sœur ?

— Non, c'était *plus* ma sœur.

— Et pour quelle raison ?

— Une salope.

— Je vous demande pardon ?

Petit Scorpion se leva si soudainement après toutes ces minutes d'inertie que Morris porta la main à son holster. Il cria :

— C'était une pute ! Et elle a été punie ! Elle a chopé la lèpre des putains et des pédales !

— Selon vous, le SIDA est donc une punition de Dieu, contre ceux qui ont des rapports sexuels hors du mariage ?

Le regard de John Jr avait perdu son absence de reflet, il s'humidifia d'une passion, d'un éclat presque fiévreux :

— C'est la Huitième Plaie, c'est la Huitième Plaie du Seigneur !

— Et les gens qui ont été contaminés à la suite d'une transfusion sanguine, où les rangez-vous ?

— « Tu ne boiras pas de sang », c'est écrit !

La colère que Cagney sentait monter en lui tomba d'un coup. Si ce connard lui avait dit que ces malades-là étaient de petits anges que Dieu rappelait à Lui pour les récompenser, il l'aurait sans doute insulté. Mais là, il avait le sentiment de pénétrer dans un monde étranger, un univers pour lequel il n'avait que de théoriques repères. Cagney changea de tactique :

— Il s'agit d'un meurtre, et d'un meurtre abject. Ainsi que vous le savez, la phrase la plus fondamentale et fondatrice du Livre est « Tu ne tueras pas ». Je vous demande donc votre aide.

La voix du père s'éleva, lente et ravie :

— Dieu connaît Son troupeau. Il ne nous appartient pas de juger Ses créatures.

Et Cagney comprit qu'il ne tirerait rien de ces deux hommes, qu'il était inutile de harceler Vipère parce qu'elle se débarrasserait de ses questions encore plus efficacement que son mari et son fils, et qu'il risquait en plus de se coller la population locale à dos. Il se dirigea vers la porte après un petit signe à Morris qui le précéda, mais la photo d'une vilaine petite grosse aux sourcils broussailleux et d'un gribouillage hargneux s'imposa dans sa mémoire. Il s'arrêta, se tourna, et lâcha d'un ton presque enjoué :

— C'est vrai, Dieu connaît Son troupeau. Je vous souhaite donc bien du plaisir de l'autre côté, messieurs ! Vous êtes complices par procuration d'un meurtre, du meurtre de quelqu'un de votre sang, et cela ne pardonne pas.

Il referma la porte sur un sourire.

Une fois revenu dans le bureau de Drake, Morris lui demanda :

— Pourquoi leur avez-vous dit cela ?

— Je ne sais pas. C'était con, non ? C'était plus fort que moi, j'avais envie de leur faire peur, de les emmerder. Je voudrais au moins qu'ils passent une mauvaise nuit. C'est mon cadeau à Grace.

— Vous devenez sentimental, monsieur, commenta gentiment Morris.

— Non. Non, Morris, je *suis* sentimental. Vous croyez que les hommes auraient bâti ce monde, s'ils ne l'étaient pas ?

Drake avait l'air embêté. Il évoquait pour Morris un guide qui vous a vendu un splendide circuit sans prévoir qu'un cataclysme rendrait la visite impossible. Il proposa, comme s'il avait peur de devoir rembourser les forfaits :

— On convoque quand même la mère ?

— Non, c'est une perte de temps. Elle doit être encore plus blindée que ses mâles. Il n'y a rien de plus résistant qu'une femme lorsqu'elle s'y met. Qu'elle ait utilisé le fanatisme de son mari et de son fils pour se débarrasser de la menace d'une femme plus jeune et plus jolie, sa fille en l'occurrence, ou qu'elle soit aussi convaincue que les autres ne change rien. De toute façon, si Grace est bien le pur produit de ce délire, je doute que son meurtre ait quelque chose à voir avec ces gens.

Randolph, Massachusetts,
6 janvier

Le Dr Terry Wilde, directrice scientifique de CPL, Caine ProBiotex Laboratories, poussa malhabilement le petit chariot sur lequel elle avait déposé les flacons stériles de milieu de culture rosé. Elle transpirait à grosses gouttes dans sa combinaison en plastique blanc, et le geste le plus banal exigeait un luxe de concentration et prenait des allures de prouesse. D'autant qu'elle avait délégué depuis longtemps déjà ce genre d'exercice exténuant aux techniciens supérieurs du laboratoire de production et qu'elle avait peur de commettre une erreur qui pouvait se solder par une énorme perte financière et des démêlés à n'en plus finir avec l'unité de sécurité.

Elle s'arrêta quelques secondes pour reprendre son souffle et tenta stupidement d'essuyer son front du revers de sa main gantée. Le choc de son gant contre le heaume de plastique transparent la fit soupirer d'exaspération. L'air était saturé de vapeurs d'eau de Javel, la filtration particulaire de son masque n'atténuant en rien l'odeur piquante et desséchante. Elle ravala d'un coup de langue les gouttes de transpiration qui dévalaient le long de l'arête de son nez.

Elle reprit sa progression et traversa l'immense

pièce stérile. Elle avait la sensation que la chaleur devenait intolérable. C'était ridicule, la température de la salle de culture, qui n'était en fait qu'une gigantesque hotte à flux laminaire, était strictement régulée à 37°C. Elle parvint enfin devant le lourd battant qui condamnait l'entrée dans la salle de culture. Les techniciens appelaient cela « la traversée du purgatoire ». Personnellement, elle aurait même été jusqu'à l'enfer. Elle tapa son code digital sur le boîtier et la porte coulissa dans un bruit de succion. Elle poussa le chariot, se colla contre le mur et enfonça un interrupteur qui commandait la fermeture du battant. La lumière orangée du plafonnier clignota et Terry attendit sagement, les bras écartés du corps. Une pluie antiseptique sortit en averse des orifices des murs, du sol et du plafond. Le panneau jumeau qui lui faisait face glissa enfin et elle sortit.

Elle mit un temps fou à se dégager seule de sa combinaison, et passa la jupe courte et le corsage en soie crème qu'elle avait abandonnés sur le dossier d'une chaise. Elle chaussa ses escarpins en même temps qu'elle jetait un regard sur sa montre. Merde, il était presque 10 heures du soir. Elle écouta quelques instants le ronronnement anesthésiant des appareils de labo et poussa le chariot dans la laverie. Elle déposa les flacons de milieu dans le panier de l'énorme autoclave qui servait principalement à stériliser les déchets expérimentaux ou de production contaminés avant de les jeter ou de les faire enlever par la compagnie de retraitement. Elle verrouilla le sas et abaissa la manette de chauffe. Vingt minutes de montée en température, puis cent quatre-vingts minutes de stérilisation, puis encore vingt minutes avant de pouvoir sortir les flacons. Re-merde, elle n'allait pas s'en sortir avant au moins 2 ou 3 heures du matin !

Terry Wilde revint lentement vers le laboratoire et s'assit. Elle alluma une cigarette et inhala lentement. C'était la dixième de la journée, la dernière selon le nouveau quota draconien qu'elle s'était fixé. Edward n'aurait jamais dû virer cette fille, surtout comme cela. Moralité, c'était maintenant Terry qui se coltinait le boulot chiant. La fille accomplissait très bien son travail, trop intelligemment même, mais justement, ce n'était pas cela qu'on lui demandait. Elle était passée outre un ordre de Terry, un ordre objectivement idiot, mais un ordre. Edward l'avait extrêmement mal pris. Il avait hurlé, s'emportant de façon excessive et d'autant plus choquante qu'il était en général d'une courtoisie sans faille, même lorsqu'il s'agissait de faire tomber des têtes. Edward Caine était un élégant requin, racé et impitoyable. Il faut admettre qu'à l'époque, il avait des ennuis conjugaux. Terry Wilde grimaça un sourire en songeant que le décès de sa femme avait dû régler le problème à la base.

Terry écrasa son mégot de cigarette et soupira de fatigue. Elle attrapa machinalement une autre cigarette dans le paquet presque vide posé sur la paillasse. Et merde, au point où elle en était, ce n'était pas une cigarette de plus, une autre promesse bafouée, qui allait faire une différence !

Elle n'aimait pas Caine, en fait, elle s'en méfiait. Mais leur association avait été profitable. Elle lui offrait sur un plateau des technologies de pointe, une totale absence d'états d'âme et lui amenait les capitaux. C'était elle qui avait transformé ce petit labo ringard qui végétait grâce à de vieux brevets de pansements gastriques et de lavements gynécologiques en dynamique laboratoire pharmaceutique *high tech*. Et le Dr Terry Wilde n'avait pas l'intention de s'arrêter en si bon chemin. Edward Caine avait parfois tendance à l'oublier mais elle le lui remettait habilement en tête.

Lorsqu'elle quitta le bâtiment, elle sentit au creux de ses reins cette sensation familière. Au début, lorsqu'elle avait enfin compris, elle s'en était voulu. Et puis la nécessité avait gommé la honte et elle en tirait maintenant une double satisfaction car s'y était ajouté le plaisir délicieusement malsain de la transgression, et puis du secret, aussi.

Elle sourit, ralentit en tournant dans la petite allée pavée, éclairée par les plots lumineux qui bordaient les pelouses enneigées. Elle se dirigea vers sa voiture, s'installa au volant et sortit son portable de son sac à main.

— J'y serai dans trois quarts d'heure.

Puis elle coupa la communication.

Elle gara le luxueux coupé Mercedes beige à l'intersection de Tremont Street et Whitney Street. Le quartier était désert, sa réputation s'associant au froid pour décourager les plus téméraires.

Le pari commençait maintenant. Il y avait une chance sur deux pour qu'elle ne retrouve pas sa voiture, tout dépendait de la périodicité des patrouilles de flics. Elle retourna sa bague en brillants vers la paume de sa main, pour n'en laisser paraître qu'une bande d'or pouvant passer pour une banale alliance et fourra le petit Starlite dans la poche de son long pardessus en cachemire. C'était un léger 6.35, mais à bout portant, il pouvait causer pas mal de dégâts.

Elle descendit de voiture et lissa la jupe courte sur le haut de ses cuisses. Elle savait que maintenant, elle ne sentirait plus le froid, l'adrénaline et autre chose focalisaient toutes ses sensations sur un point précis de son corps, un point très exigeant. Elle consulta sa montre : elle était un peu en retard à son rendez-vous. Les très hauts talons de ses escarpins résonnèrent sur l'asphalte gangrené du trottoir que le sel déversé plus tôt attaquait encore davantage. Elle parcourut rapidement cinq cents mètres puis obliqua dans une petite impasse qui séparait deux immeubles cradingues en briques rouges. Les fenêtres étaient toutes grillagées et elle progressait tête baissée pour éviter des tas de merde ou de serviettes périodiques usagées lancées des étages et qui jonchaient la ruelle, ou encore des flaques de pisse d'origines diverses qui jaunissaient par endroits des paquets de neige grise. Elle savait que l'impasse se terminait en un cul-de-sac où s'entassaient des bennes à ordures qui dégueulaient de détritus, de déchets. Soudain, derrière elle, un pas ; un pas d'homme qui s'accélérait. Terry Wilde s'arrêta net pour être certaine que son ouïe ne la trompait pas. Elle ne se tourna pas, mais resta plantée, au milieu du boyau obscur et malodorant. Et les premiers spasmes commencèrent. Elle expira bouche ouverte lorsqu'elle sentit la soie de son slip coller à son sexe.

Une main sans douceur s'abattit sur sa nuque, quelqu'un remonta les pans de son pardessus et lui plaqua le visage contre le mur de briques :

— Salope, si tu cries je t'égorge !

Elle resta muette, le menton aplati contre le mur pendant que l'homme soulevait sa jupe, passait sa main brutalement sur son sexe, tirait son slip. Une voix rauque balbutia contre son oreille :

— Tu mouilles, tu mouilles, j'aime ça !

Le dialogue était toujours le même, les gestes aussi, c'était ce qu'elle voulait. Elle en avait décrit les moindres détails. Le Dr Terry Wilde détestait qu'on lui impose quoi que ce soit, même lorsqu'elle décidait transitoirement de se laisser dominer. Il allait la prendre, sans précaution, sans attente, et elle jouirait, puisqu'elle était incapable d'atteindre l'orgasme autrement. Il portait une capote, elle l'exigeait. Son plaisir à lui n'avait aucune importance, ce qu'il en pensait non plus, elle payait. Elle ne se retournerait que lorsqu'il serait parti, après avoir ramassé l'enveloppe qu'elle avait placée dans son sac. Cinquante dollars en billets. Elle attendrait quelques secondes la fin des contractions de son vagin, des tremblements de ses jambes, puis rentrerait chez elle, dans son luxueux appartement de Commonwealth Avenue. Elle prendrait une douche et une coupe de champagne. L'argent est merveilleux.

Lorsqu'elle le sentit plaquer son bas-ventre contre ses reins, elle écarta davantage les cuisses.

Mais qu'est-ce qu'il faisait ? Qu'attendait-il ? Elle ne devait pas parler, rien dire, elle l'avait bien précisé. L'envie lui contractait l'estomac. Maintenant, bordel !

Une douleur flamboyante lui pulvérisa la nuque et elle tomba à genoux dans les détritus et la neige fondue. Elle eut la vague impression que tout s'effaçait. Tout.

San Francisco, Californie,
6 janvier

Quelle stupidité ! Sa maison, l'ancienne tanière de Diamond Heights, avait été vendue deux semaines plus tôt. Le fait d'avoir réalisé une bonne affaire sur le plan financier ne la calmait pas. La maison qu'elle venait de choisir était à deux rues de l'ancienne. Quelle perte de temps, d'énergie ! Tout cela, ce voyage en France, cette fuite, ce retour, pour quoi ? Y avait-il une signification, une importance, qu'elle ne comprenait pas encore ? Foutaises. Il n'y a pas de raison aux choses humaines et elles ne sont pas disciplinées par une logique. C'est sans doute pour cela qu'elle préférait les mathématiques, ou carrément l'absurde de Clare, ce cerveau qui devait abriter une intelligence et qui hébergeait en fait un monde de signes, de repères étranges et insaisissables, d'habitudes, d'angoisses familières. Barzan lui avait un jour parlé de ces intelligences absolues qui sont souvent corrélées à une débilité profonde. Ce garçon de 10 ans capable de mémoriser toutes les pages d'un annuaire, mais qui ne parvenait pas à se servir d'une cuillère. Cet autre qui calculait, en 1970, plus vite que le meilleur IBM pour peu qu'il ne s'agisse que de soustractions, d'additions, de multiplications et de divisions. Il avait 17 ans et l'on changeait ses couches quatre fois par jour. Tout cela n'était que biochimie même si cette certitude avait la platitude extrême de la science. Les gènes sécrétaient des messages biochimiques, et ces messages, parfois, s'exprimaient en créant la Joconde, le requiem de Mozart, ou la théorie de la relativité. Mais ainsi qu'Hugues de Barzan le serinait durant ses cours, bondés, bourrés d'étudiants et de fans qui accouraient :

— Et alors ? (Il le disait toujours en français parce que cela faisait rire l'auditoire.) Une fois que l'on a dit cela, qu'est-ce qu'on a dit ? Rien. On est content, rassuré parce qu'il y a des gènes, des molécules et des réactions. Il existe des lois enzymatiques, précises. Merci messieurs Monod, Wolfe, et autres. À ce sujet, je vous recommande vivement la lecture du livre *Le Hasard et la nécessité*. Passons. Lorsque l'on a tout ce monde de connaissances en main on éprouve, durant quelques secondes, le sentiment que l'on a percé à jour l'essence de l'Homme. Foutaises. On ne sait toujours rien.

» Pourquoi dans un cas cette masse d'impulsions électriques qui sillonnent le cerveau, dont nous savons très bien comment elles se produisent et se propagent, servira à exterminer dix millions de personnes dont six millions de juifs et que dans l'autre elle produira le génie le plus complet de tous les temps : Leonard de Vinci ? Comme vous le voyez, la science bégaie, elle bégaie depuis longtemps mais elle a deux atouts majeurs : elle avance et surtout elle sait qu'elle bégaie.

Gloria sourit de plaisir. Hugues l'alchimiste de son cerveau, dont elle se sentait la fille, elle qui se souvenait à peine de son père. Hugues qui l'avait malmenée, blessée, humiliée parfois. Mais Hugues qui l'avait pondue, façonnée, rendue capable. Il existait quelque chose de très similaire entre lui et Cagney. Mais elle n'avait pas envie d'y penser.

Pourquoi était-elle revenue à San Francisco ? Peut-être parce que c'était tellement prévisible qu'une intelligence aussi tordue que celle de Cagney n'y songerait pas. Hugues lui, comprendrait, c'était inévitable, mais il ne révélerait rien. Peut-être aussi parce qu'elle aimait cette ville, chaleureuse, foldingue, active, diverse et que l'hiver y était tiède et jamais dévastateur. Et puis, bien sûr, la vraie raison était Little Bend et Jade. Gloria gardait une sorte de rancœur vis-à-vis de Jade, parce que cette adorable idole eurasienne n'avait pas spécifiquement pris le parti de Clare lorsqu'un tueur l'avait menacée. Mais Jade était la seule qui sache apaiser Clare en la faisant progresser. Gloria, elle, ne savait que calmer. En réalité, Gloria se foutait de l'avancée intellectuelle de Clare. Les quelques menus riens que cet embryon d'intelligence parvenait à acquérir ne comptaient pas pour elle. Ce qui comptait, c'était cet amour absolu qui partait d'elle pour se noyer dans sa fille, le reste était si humain, si anecdotique. Mais Clare était ravie de ses progrès. Elle était si soulagée de ne plus pisser sous elle la nuit, de ne plus maculer ses vêtements de taches lorsqu'elle mangeait, de lui montrer les coloriages qu'elle apprenait. Clare avait enfin le sentiment de trouver sa meute lorsqu'elle était capable d'articuler une phrase, de demander, d'exprimer.

Finalement, ce retour n'était sans doute pas une mauvaise chose. Elle sourit rétrospectivement en enjambant les caisses tout juste livrées par le garde-meuble qu'elle avait loué avant de partir. Clare courait en tous sens, escortée de Germaine. Elle découvrait, comme le chien, un territoire dont elle sentait qu'il était à elle. Demain, Gloria téléphonerait à Jade. Elle voulait garder Clare encore un peu, en dépit de toutes les difficultés, de toutes les angoisses, de tous les dangers que générait le moindre geste de la jeune fille. Gloria avait décidé, lors de son installation en France, qu'elles dormiraient dans la même chambre, parce qu'elle avait le sommeil léger, sauf lorsqu'elle avait trop bu. Mais surtout, elle aimait s'endormir dans le souffle pesant et enfin paisible du sommeil de sa fille. Oui, demain. Ce soir, elles dormiraient n'importe où puisque Gloria n'avait pas encore déterminé l'ordre des pièces, mais elles dormiraient ensemble. Elle caresserait les cheveux très fins, du même blond que les siens, parce que ce geste prouvait à Gloria qu'elle avait raison d'exister encore.

Leur nouvelle maison était une de ces vastes *painted ladies* victoriennes comme il en existe encore sur la pente de Diamond Heights, l'une des quarante-deux collines de San Francisco. La femme de l'agence avait été surprise de la rapidité avec laquelle Gloria s'était décidée. Elle avait précisé :

— C'est une affaire, elle est magnifique, n'est-ce pas ? Bien sûr, je comprends que vous préfériez en parler avec votre mari, mais...

— Non. Je ne suis pas mariée.

Gloria s'était débarrassée de la femme pour visiter la maison seule. Elle n'avait pas besoin de ses commentaires. Elle cherchait une sensation et elle l'avait trouvée. La maison était encore plus grande que la précédente et aussi luxueuse. Mais surtout, elle sécrétait une impression de solidité, de sécurité et de paix. Gloria s'y sentait bien. Elle avait rejoint la femme de l'agence et déclaré :

— Je la prends.

Les anciens propriétaires avaient habilement ajouté quelques aménagements contemporains et deux jardins d'hiver jumeaux, fer forgé et verre, flanquaient chaque côté de la bâtisse. Gloria les traversa tour à tour, ravie par l'odeur d'humus frais qui se dégageait des immenses pots de rhododendrons. Certains des arbres montaient presque jusqu'au faîte des verrières et elle rattrapa Clare en riant lorsqu'elle la vit se tourner et tenter de se sauver. Elle la força à ouvrir la main et à relâcher la poignée de terre qu'elle s'apprêtait à engouffrer. Clare avalait tout ce dont l'odeur lui plaisait, les roses, la terre humide, les crèmes de nuit de Gloria.

— Non, non, ma Caille, mon ange.

— Ben, ben !

— Tu vas avoir mal au ventre. Ouh, le pauvre petit bidon, dit-elle en caressant le ventre rond de sa fille, comme lorsqu'elle avait 2 ans.

Clare partit en sautillant, hurlant des ordres incompréhensibles à Germaine. Gloria la suivit du regard en souriant. Demain.

L'idée de devoir défaire toutes ces caisses, dont elle avait oublié le contenu, de courir les magasins à la recherche de doubles rideaux, de nouveaux ustensiles de cuisine l'amusait. Demain.

Ce soir, elle se repaissait de Clare. Elle ferait livrer de gigantesques pizzas et Clare pourrait les manger à pleines mains. Et puis, il n'y avait qu'un grand lit. C'était sans doute l'alibi qu'elle attendait pour pouvoir dormir à nouveau avec le corps de son bébé collé contre son flanc.

San Francisco, Little Bend,
Californie, 7 janvier

Gloria sourit lorsqu'elle entendit les premières mesures de *L'été* de Vivaldi. Jade n'avait toujours pas changé la musique d'attente téléphonique.

Elle était soulagée. Hier soir, alors qu'elle nettoyait le visage de Clare, barbouillé de sauce tomate et de gruyère fondu jusqu'aux cheveux, elle avait évoqué Jade. Clare avait souri, elle se souvenait de la jeune femme, douce et solide. Gloria avait prononcé le nom du grand paon prétentieux qui arpentait avec arrogance les pelouses de Little Bend, peuplant les rêves immobiles de Clare.

Clare était assise en tailleur devant la grosse caisse en bois qui leur servait de table basse. Elle avait frappé de bonheur dans ses mains :

— Où, où, tata Caille, où ?

— Demain, ma chérie, demain, à Little Bend. Ma Caille chérie retourne à Little Bend, comme avant. Tu es contente, ma Caille ? Ma Caille rit ?

Le sourire de Clare était mort et elle avait demandé d'un ton suspicieux :

— Et tata ? Tata Caille ?

— Je viendrai te voir tous les jours, comme avant, ma Caille. Ma Caille doit travailler le matin, apprendre plein de nouvelles choses, des couleurs. Ma Caille apprend et tata Caille vient et Caille lui montre ses nouvelles couleurs et ses dessins.

La jeune fille avait réfléchi quelques instants. Gloria s'était raidie lorsque la tête blonde s'était inclinée vers l'avant, entraînant à sa suite le dos raide, prête à empêcher Clare de se défoncer le front sur l'arête de la caisse. Clare ne connaissait que la violence pour traduire ses insolubles et incompréhensibles chagrins, violence contre les autres ou contre elle. Mais elle s'était redressée :

— Voui ! VOUI ! ! ! ! ! Quand, quand ?

— Demain, ma Caille, demain.

Lorsque Clare s'était endormie comme une masse contre elle, Gloria avait lutté contre les sanglots. Clare avait été si malheureuse durant leurs mois d'errance. Elle avait besoin de repères fixes, comme un petit mammifère. Il fallait du temps pour apprendre un territoire, s'y repérer, le baliser de ses propres souvenirs.

La voix calme et d'une lenteur plaisante de Jade interrompit les incontournables mesures :

— Mrs Parker-Simmons, comment allez-vous ? et Clare ?

— Bien, Jade, merci. Nous venons de rentrer de... vacances.

— Je pensais que votre absence durerait plus longtemps.

— Moi aussi. Clare n'a pas été heureuse. En fait, je crois même qu'elle a été très malheureuse. Je sais que mon départ a été plutôt brutal, et je vous prie de m'en excuser, mais j'avais des choses à régler.

— Et les avez-vous réglées ?

— Non, mais c'est une autre histoire. Nous venons

de racheter une maison à San Francisco. Je me demandais si vous pouviez reprendre Clare.

— Vous lui en avez parlé ?

— Oui. Elle est soulagée, je crois.

— Bien. Nous serons ravis de revoir Clare. Quand l'amenez-vous ?

— Cet après-midi, si vous voulez.

— Venez pour le déjeuner. Nous allons reprendre notre rythme ensemble.

Lorsque Gloria gara le coupé Mercedes le long de l'allée gravillonnée qui serpentait entre les pelouses et conduisait au bâtiment central de Little Bend, Clare éclata de rire. Elle descendit de voiture avant que Gloria n'ait défait sa ceinture de sécurité et fonça vers les larges marches basses du perron. Elle se jeta contre le lourd panneau de bois roux de la porte et actionna nerveusement le gros heurtoir en fer forgé. Jade ouvrit.

Clare fondit entre ses bras, et demeura quelques instants la tête enfouie dans l'épaule de la jeune femme asiatique. Puis elle disparut à l'intérieur du bâtiment et Gloria fut certaine qu'elle était allée coller son front contre la vitre du grand aquarium, à la recherche de son axolotl rose tendre.

Elle repoussa la peine fulgurante qui lui faisait monter les larmes aux yeux : elle n'avait pas compris à quel point Clare était chez elle à Little Bend. Elle resta plantée là, à côté de la voiture, désemparée. Jade s'avança vers elle et son sourire se fit tendre parce qu'elle avait senti sa peine. Elle ouvrit les bras et Gloria posa sa tête au même endroit que Clare. Jade était une des rares personnes, à l'exception de Clare, dont elle supportait l'odeur et le contact physique, sans doute parce qu'elle lui semblait sans sexe. Une sorte de sérénité irradiait d'elle et Gloria avait l'impression de se reposer quelques minutes dans une vague d'une tiédeur parfaite. Elle s'était souvent demandé si la paix de Jade était réelle ou seulement professionnelle. Qu'importait ?

Elle se redressa et Jade déclara dans un murmure :

— Si elle est bien, vous irez très vite mieux.

Elles marchèrent lentement vers le bâtiment de larges pierres d'un blond rosé sans échanger d'autre parole.

Après le déjeuner, Clare entraîna Gloria vers le fond du grand parc. Elle voulait revoir sa grande volière, revoir le paon qui posait une patte devant l'autre comme s'il vous concédait un privilège unique. Clare reprenait son histoire exactement où elle l'avait laissée quelques mois plus tôt et Gloria fut convaincue qu'elle aurait tout oublié de leur voyage dans quelques semaines, puisque son seul effet avait été de mettre en pointillé l'unique réalité qu'elle voulait.

Base militaire de Quantico,
Virginie, 8 janvier

Ringwood s'installa devant son écran avec un soupir de soulagement. Il avait l'impression de rentrer enfin chez lui à chaque fois que le petit carillon de bienvenue qu'il avait installé lui confirmait l'acceptation de son code d'accès. Il repêcha sous une pile de feuilles tachées de café un gros bout de bagel aux graines de pavot et l'enfourna.

La sensation d'isolement qu'il ressentait depuis des années avait pris un relief presque douloureux ces derniers jours. Il se sentait seul ici, seul chez lui, seul, même chez ses parents, même entouré de la bruyante marmaille de ses frères et sœurs. Richard Ringwood savait que Cagney avait perçu le vide vertigineux laissé par le départ discret de sa femme. Elisabeth n'avait pas crié, pas tempêté, rien exigé. Richard Ringwood n'avait même pas le souvenir qu'elle ait jamais discuté. Elle était dans la cuisine le matin, et le soir en rentrant, il avait retrouvé les placards vidés, et éclaté en sanglots à la vue des emplacements béants laissés par ses livres sur les rayonnages de la bibliothèque. Puis, plus rien. Elle n'avait emmené que ses affaires et Tiger, le tout petit chat gris et blanc qu'elle avait trouvé quelques semaines plus tôt blotti derrière une roue de sa voiture.

Même le divorce de Cagney, quelques années plus tard, n'avait rien changé aux relations des deux hommes. Ringwood était suffisamment fin pour sentir qu'il irritait son patron, sans toutefois comprendre pourquoi. Il avait cru que le saccage de leurs mariages respectifs les rapprocherait, mais avait été contraint d'admettre sa naïveté. Et maintenant, Morris, avec lequel il avait réussi à engager un semblant d'amitié, s'évadait dans une sordide mise en scène d'histoire d'amour.

Cette frustration sentimentale qu'il trimbalait depuis des années commençait à l'étouffer. Il avait perdu et il ne pouvait même plus se mentir. Il avait cru au début qu'il apprendrait à n'avoir besoin de personne, à ce que son seul regard sur lui suffise. Quelle lamentable connerie !

Ce matin, il s'était regardé en sortant de la cabine de douche. Une tristesse méprisante l'avait envahi à la vue de cet homme dégoulinant, un peu dégarni, un peu bedonnant, trop gras et pâle, dont les maigres cuisses se marbraient de varices. Il vieillissait, il vieillissait mal et pas très heureux.

Il revint à son écran, et haussa les épaules. Après tout, il n'était pas le seul à traverser une vie de merde. Pourquoi en faire davantage un plat aujourd'hui qu'hier ou que demain ? Il ouvrit sa boîte aux lettres électronique et s'absorba dans la lecture des messages.

Il navigua mollement durant une heure, vaguant de forums en forums, cherchant un petit truc qui l'amuse et soudain, il s'engagea dans ce qu'il nommait « la parabole de la pelote de laine », parce qu'il suffit de s'accrocher à un bout et de remonter sans jamais perdre le fil. Un rapport de police, banal, sec, et son humeur dangereuse du matin mourut. Lorsqu'il releva la tête et repoussa sur son front ses lunettes teintées adaptées au travail sur écran, il était presque midi. Il attrapa la liasse de feuillets sortis de l'imprimante et fonça dans le bureau de Cagney. Il le trouva assis en tailleur sur la moquette de son bureau, dos tourné à la porte, la tête inclinée vers des photos qu'il avait posées devant lui.

— C'est la fille de Magog ?

Cagney répondit sans bouger.

— Non, ce sont des photos d'archives. C'est pour un de mes cours du semestre prochain. Ce type injectait son urine à ses victimes avant de les tuer. Par voie intraveineuse.

— Sac à merde !

— Oui. Vous vouliez me voir ?

— Oui, oui. J'ai trouvé un truc extraordinaire. Une femme s'est fait descendre à Boston.

— Et vous trouvez cela extraordinaire ? Le contraire m'aurait stupéfié.

— Non, c'est pas cela. Ça m'ennuie beaucoup de vous parler comme cela, à votre dos...

— Pardon.

Cagney se releva et lui fit face.

— Non, cette femme, une certaine Terry Wilde, a été abattue de deux balles dans la nuque, dans une allée d'immeuble et, tenez-vous bien, elle était directrice scientifique de la boîte pharmaceutique d'où a été virée Grace Burkitt. Ça fait un peu gros de la coïncidence, non ?

Ringwood suivit la modification du visage de Cagney avec gratitude. Le masque lisse et courtois s'anima, le regard perdit sa civilité et un sourire carnassier le rendit soudain plus jeune :

— Ringwood, mon petit, vous me faites chaud au cœur. On y va, appelez Morris. La chasse est ouverte !

Il leur suffit d'une demi-heure pour planifier leur stratégie. Ils montèrent ensuite déjeuner dans la grande salle vitrée du self.

Morris annonça :

— Bob Malley et le Bell Jetranger seront prêts à 13 h 30. J'ai intérêt à manger léger.

— C'est dans votre tête, Morris, lâcha Ringwood d'un ton maternel.

— Mon œil, oui ! C'est pas vous qui vous balancez à je ne sais combien de mètres au-dessus du plancher des vaches dans cette petite bulle qui tient le vent grâce à des pales ridicules.

Morris pensait avoir fait un premier pas décisif lorsqu'il avait enfin admis qu'il avait une trouille bleue de ces voyages en hélicoptère. Il avait été un peu humilié de constater que tout le monde s'en était aperçu depuis longtemps. Mais cet aveu lui semblait être une première étape vers la guérison, qui tardait toujours.

— Vous ne prenez pas de viande, Richard ?

— Non. Je n'en ai pas besoin.

Cagney réprima un sourire.

Ils s'installèrent à une petite table, proche de la grande baie vitrée, et Ringwood pensa que cela faisait bien longtemps que leur repas n'avait pas été aussi animé, aussi vivant. La traque commençait vraiment et l'adrénaline leur rendait leur force et leur énergie. Il se demanda vaguement ce qui les rendait à la fois si différents des autres, de ceux de l'extérieur, et si semblables à eux. Le sentiment qu'ils étaient un rempart, une des dernières protections contre la folie, le meurtre et l'horreur, ou simplement le goût de la chasse ? La satisfaction de protéger, préserver, ou l'hystérie de la curée ? Qu'est-ce que cela pouvait foutre en fait, les intentions et motivations de chacun ? Ce qui importait, au bout du compte, c'était de savoir qu'un tordu n'injecterait plus son urine dans les veines de ses victimes, qu'une dégénérée n'arracherait plus les cheveux de son bébé à pleines poignées, le reste appartenait aux penseurs de l'âme humaine.

La voix de la très jeune femme les fit sursauter parce qu'elle était hésitante et basse.

— Messieurs, excusez-moi, messieurs...

Ils levèrent tous la tête et restèrent interloqués. La jeune femme rougit et ses paupières papillotèrent de trac.

Cagney comprit à son pantalon kaki et son sweat-shirt bleu marine qu'il s'agissait d'un nouvel agent. Il demanda :

— Mademoiselle ?

— Je suis l'agent Stevenson. Dawn Stevenson.

Elle avait les cheveux courts et raides, châtain foncé, les yeux bruns et la peau mate. Sans doute une descendante de ces Black Irish qui avaient fui la dernière famine irlandaise de la fin du siècle dernier. Elle tenait nerveusement la bride de son petit sac à main et Cagney remarqua qu'elle avait de belles mains, des mains intelligentes et capables, carrées mais fines. Elle était assez grande, baraquée et se tenait les jambes légèrement écartées, le ventre plat et musclé vers l'avant comme pour résister à une poussée. Son bassin étroit, ses hanches plates et cette façon de ne pas savoir quoi faire de son corps tout en étant certain de sa fiabilité évoquèrent Robert Mitchum dans la tête de Cagney.

— Bonjour, agent Dawn Stevenson. Vous vouliez nous parler ?

— Vous êtes Mr Cagney ?

— Oui.

— Euh, ben voilà, je me demandais si... enfin vous avez un poste, enfin, c'est ce qui se dit. Je veux dire, vous faites exactement ce que je veux faire.

— Et vous, qui êtes-vous ?

— En ce moment, je suis affectée au service des Armes, Alcool et Tabac. Oh, c'est très intéressant, j'en suis certaine et je suis très reconnaissante au Bureau de m'avoir nommée chez eux, mais...

— Mais ?

— J'ai appris que l'on vous avait attribué un nouveau poste. J'ai une maîtrise de psychologie criminelle. Je veux dire, c'est sans doute pas grand-chose, mais ce que ça prouve, c'est que c'est vraiment ce qui me branche, vous voyez ? Et puis, j'ai une copine qui m'a passé vos cours. Je trouve ça génial.

D'un ton glacial, Cagney répondit :

— Agent Stevenson, avouez qu'un simple engouement est un peu léger dans notre domaine. Ce nouveau poste, dont vous parlez, existe depuis plus d'un an. Nous n'avons trouvé personne qui convienne. C'est un territoire très aride, très exigeant et parfois très frustrant.

Elle leva le nez, et l'afflux de sang qui colorait ses joues devint encore plus intense. Elle le regarda droit dans les yeux :

— Je sais. Il n'y a que dans les films que c'est glorieux de patauger dans la merde de leurs têtes, n'est-ce pas ?

— En substance, oui. La réalité, c'est les corps que l'on balance sur des tables d'autopsie pour les découper, qui puent et qui donnent l'impression de hurler encore. La réalité, c'est une gentille petite blonde qui sanglote dans votre épaule parce qu'elle a brûlé le ventre de son petit garçon avec sa cigarette. La réalité, c'est d'être dans la merde et dans le sang jusqu'au cou et se dire qu'il faut continuer, de toute façon, parce que lorsque l'on a coffré celui-là, un autre prend sa place. C'est cela, la réalité, et ça ne vaut pas un Oscar. Ça vaut, par contre, un chapelet de nuits d'insomnie. Qu'est-ce que vous en pensez ?

Elle le fixa, et son regard calme et sérieux lui plut :

— Je pense que c'est exactement ce à quoi je m'attendais. Je pense que je veux être là pour les en empêcher, ou au moins pour qu'ils paient. Je pense que c'est ma vie, ma vraie vie. Oui, c'est ça.

— Bien. Venez me voir demain, vers 11 heures. Nous en rediscuterons.

Sa voix la rattrapa au moment où elle tournait le dos :

— Agent Stevenson ! N'y voyez aucun sexisme, mais nous ne tolérerons ni atermoiements, ni panique, ni compassion abusive. Nous avons en effet besoin d'un enquêteur supplémentaire que je me proposais de recruter à l'issue de mon deuxième semestre de cours. La compréhension, la descente dans la tête de l'autre est fondamentale pour nous, mais ce n'est pas une excuse que l'on cherche, c'est une arme. Nous sommes bien d'accord ?

— Nous sommes tout à fait d'accord.

— Alors, à demain.

Un silence calme s'installa à leur table lorsqu'elle fut partie. Ringwood le rompit :

— C'est elle que nous allons recruter ?

— Je ne sais pas encore. Ne me dites pas que la

présence d'une femme dans notre équipe vous perturbe, Richard ?

— Oh, non. C'est pas ça. C'est juste que ça change les habitudes. Femme ou homme, ce serait la même chose.

Cagney se tourna vers Morris :

— Qu'en pensez-vous ?

— Elle a l'air bien, motivée. Un poste supplémentaire n'est pas à négliger. Bon, d'un autre côté, je suis peut-être vieux jeu, mais je me dis que toute cette démence, c'est trop pour une femme.

— Cette femme n'est pas une femme, du moins pour nous. C'est un agent fédéral, un point c'est tout. Elle a été sélectionnée, recrutée, entraînée pour ses qualités. Si elle chiale ou dégueule ensuite dans les chiottes c'est son problème, pas celui du Bureau. Si elle se fait buter, comme l'un de nous, c'est pareil. Le problème du Bureau, c'est son efficacité. Ses états d'âme, les nôtres, il s'en torche, sauf si cela perturbe l'enquête. Ceci n'est pas une partie de pique-nique et tout le monde le sait. On leur rentre dans la tête dès qu'ils arrivent chez nous. Alors ?

Ringwood secoua la tête :

— Ben, j'avais les mêmes réserves que Morris, mais elles semblent nulles et non avenues...

Cagney reprit :

— Les femmes tuent. C'est toujours une surprise parce que c'est moins systématique et jouissif que dans le cas des hommes. Cela paraît de ce fait encore plus pathologique. Et puis, c'est tellement à l'opposé de l'idée que l'on veut avoir d'une femme. Mais elles tuent. Elles peuvent donc être chasseresses. Bien, je recevrai donc cette jeune femme demain. Vous êtes prêt, Morris ? Nous allons être en retard.

— Oui monsieur.

— Nous serons de retour tard ce soir, Ringwood. Posez ce que vous aurez dégoté sur mon bureau.

— Oh, je serai peut-être encore là, je ne sais pas.

Le Bell Jetranger vibrait doucement lorsqu'ils arrivèrent à proximité de l'aire d'atterrissage. Bob les attendait, adossé à la porte, en mâchonnant un chewing-gum à grands mouvements de maxillaires. Il se redressa lorsqu'il les aperçut. Cagney se pencha et avança vers l'appareil, imité de Morris, dont les aisselles commençaient à s'inonder de sueur.

— Bonjour, messieurs. Beau temps pour voler, il fait bien froid et le ciel est dégagé.

Ils s'installèrent, Cagney s'attribuant, selon son habitude, la place arrière parce qu'il y avait assez d'espace pour lui permettre d'étaler ses dossiers, et coiffèrent leur serre-tête muni d'écouteurs. L'hélicoptère vibra, les pales s'emballèrent et il s'arracha comme à regret du sol en pointant du nez. C'était pour Morris un des pires moments dans une longue série de pires moments. Il tentait à chaque fois d'empêcher son regard de retourner vers le sol, sans grand succès. La sensation d'être suspendu dans cette fragile bulle de Plexiglas qui frémissait en s'éloignant de la base lui donnait la nausée et il avait le sentiment que la peau de son crâne se rétractait sous ses cheveux. La voix de Bob Malley grésilla dans les écouteurs :

— Voilà, nous sommes au cap nord-nord-est. On se la fait à trois mille, trois mille cinq cents pieds, génial, non ?

Morris scruta nerveusement le ciel. Il était hanté par ce fantasme d'un grand oiseau, percutant les pales de l'hélicoptère, broyé par leur rotation. Les plumes qui se teintaient de sang, le cadavre flasque et lourd de l'oiseau qui tombait sur le cockpit et les pales qui toussaient, hésitaient, puis s'arrêtaient. Il jeta un regard meurtrier à Bob qui semblait prendre son pied en pilotant cet artefact instable et tenta de penser à autre chose. Autre chose, mais surtout pas à Gloria Parker-Simmons.

Mais, durant la petite éternité nerveuse que dura le vol, Morris comprit qu'il n'éviterait pas l'inévitable, que de toute façon fort peu de choses l'intéressaient en dehors d'elle. Il s'en voulait de cette parodie encore plus blessante que l'absence. Virginia n'était pas Gloria, elle ne le serait jamais, sans doute parce qu'il n'en avait pas vraiment envie. Il avait cru pouvoir s'apaiser, se venger aussi en s'appropriant ce presque sosie. Mais on ne se venge pas d'un fantôme, n'est-ce pas ? Il avait tant rêvé du corps de Gloria, de la peau de Gloria, de l'odeur de Gloria que lorsqu'il avait caressé le ventre de Virginia, il avait vraiment eu durant quelques secondes le sentiment de toucher enfin à la solution. C'était une erreur, sans doute parce qu'il n'était pas assez fou pour croire à ce simulacre. Il se retrouvait piégé dans une histoire d'amour univoque, dont il ne voulait pas et que Virginia ne comprenait pas. Il se défendait de lui en vouloir ; pourtant, il la rendait de plus en plus souvent responsable de cet échec. Il voulait qu'elle parte, sans avoir le courage de lui dire qu'elle n'avait jamais été là. Le mépris calme de Cagney n'avait rien changé parce que Morris se méprisait déjà.

Lorsqu'ils atterrirent sur l'aire réservée de Logan Airport, Morris eut la sensation d'un manque, comme s'il venait de perdre quelque chose d'infiniment précieux.

Une voiture du Boston PD les attendait pour les conduire à l'Institut médico-légal.

Boston, Massachusetts,
8 janvier

Il était presque 16 heures lorsqu'ils pénétrèrent dans le hall refait à neuf de la morgue. Barbara Drake, le médecin légiste en chef, devait avoir de solides appuis politiques et les crédits qui vont avec.

Cagney s'annonça au bureau de la réception et un grand jeune homme lui sourit comme s'ils se connaissaient de longue date :

— Ah oui, Barbara m'a prévenu. Écoutez, pourquoi ne pas vous asseoir quelques minutes ? Je l'appelle et je reviens vous chercher, dit-il en les précédant dans un couloir qui débouchait sur une petite salle d'attente lumineuse.

Il repartit aussitôt d'une démarche légère et joyeuse. Morris lâcha entre ses dents :

— Yo, mec ! Ça m'a l'air super-cool, cette morgue !

— L'ambiance a en effet beaucoup changé depuis le départ à la retraite du prédécesseur de Barbara Drake, le Dr Thomas A. Gardiner. Franchement, je ne sais pas ce que je préfère.

— Et elle ? Elle est comment ?

— Eh bien, en dépit de ses airs hyper-cool, mec, je ne lui confierais pas ma vie.

Ils patientèrent quelques minutes dans cette pièce, repeinte de beige doux, et décorée de plantes vertes en bonne santé. Cagney se souvenait du pauvre caoutchouc agonisant qu'il avait contemplé lors de sa dernière visite. Sur la table basse en bois clair alternaient des numéros de *People*, quelques *Newsweek* et des brochures présentant les différents groupes de soutien de la ville réservés aux malades atteints du SIDA ou aux parents d'enfants toxicomanes, violés, abattus. De multiples autocollants figurant une cigarette barrée rappelaient aux visiteurs qu'il était interdit de fumer. Si l'on excluait le contenu des brochures, la banalité plaisante de tous ces détails aurait pu laisser croire que l'on se trouvait dans la salle d'attente d'un acupuncteur. Cagney se demanda combien de gens avaient attendu ici la restitution d'un corps, aimé ou détesté, ou que l'on vienne les chercher pour identifier un cadavre que les employés de la morgue sortaient juste avant de sa poche de vinyle noir pour le recouvrir d'un drap et le pousser jusqu'à la petite salle d'identification.

Le grand jeune homme passa la tête et déclara en souriant :

— Ça y est, Barbara vous attend. Venez, je vous conduis.

Le bureau du Dr Drake se trouvait au quatrième étage. Leur escorte sonna et les annonça en chantonnant à l'interphone.

— Bon, eh bien, je vous laisse entre de bonnes mains.

Barbara Drake les attendait debout derrière son bureau, les mains appuyées fermement sur la plaque de bois clair encombrée de dossiers.

— Mr Cagney, comment allez-vous ? C'est toujours un plaisir de vous voir !

— Madame, le plaisir est partagé. Je vous présente l'agent Jude Morris.

— Ah, je crois que nous avons résolu le problème du titre la dernière fois. Pourquoi ne pas en venir aujourd'hui aux prénoms ? C'est James, n'est-ce pas ?

— Oui. Si vous le souhaitez.

La familiarité bon enfant de Barbara Drake fascinait Cagney, sans doute parce que le beau regard bleu pâle la démentait. C'était une très belle femme, dans les 45 ans, une grande brune élégante. Ses cheveux, coiffés en chignon, soulignaient un front large et bombé ; de ses belles mains solides aux ongles courts émanait une impression de compétence. Elle avait eu le bon goût — ou le bon sens — de ne pas accrocher ses multiples diplômes et distinctions aux murs mais de leur préférer de jolies aquarelles. Pourtant, tout dans ce bâtiment portait sa signature de façon évidente. Cagney aurait parié que même le personnel de la brigade chargée de l'entretien l'appelait par son prénom, elle avait dû insister sur ce point, désireuse de leur faire croire qu'ils étaient tous membres d'une même grande famille. Décidément, Cagney n'aimait pas le Dr Drake, mais sa compétence ne laissait aucun doute.

— James, Jude, un café, un thé ? Je pousse même le luxe jusqu'à pouvoir vous offrir un jus d'orange.

— Non, merci, c'est très gentil. Nous avons peu de temps. L'hélicoptère nous attend.

— Bien, alors, venons-en aux faits. (Elle fouilla dans le tas de dossiers en carton jaune pâle posés devant elle et en tira une chemise.) Voilà. Terry Wilde, femme caucasienne, 37 ans, sujet de Sa Très Gracieuse Majesté, abattue de deux balles dans la nuque. L'autopsie a été réalisée hier par le Dr Lipnik, c'est un de mes meilleurs assistants. Mais lorsque le juge Samantha Higgins m'a téléphoné, hier soir, je suis descendue à la salle d'autopsie et nous avons tout repris ensemble. Ceci pour vous dire que je doute que nous soyons passés à côté de quelque chose.

— Allons-y.

Le Dr Drake chaussa ses lunettes et parcourut le dossier.

— Elle a été abattue à bout touchant. Vous voulez les détails analytiques maintenant ? De toute façon, je vous ai fait préparer une copie du rapport.

— Non. Allons à l'essentiel, si vous le voulez bien. On a le type de l'arme ?

— Les résultats de la balistique ne sont pas encore revenus, mais en première analyse, il s'agirait d'un revolver Smith & Wesson calibre 32.

— Bingo !

— Ah bon ?

— Oui. Nous pensons qu'il s'agit de l'arme qui a été utilisée pour abattre une autre jeune femme, il y a quelques jours.

— Un serial killer ?

— Je ne sais pas. On continue ?

— D'accord. Pour l'instant, nous n'avons pas les tests toxicos mais je vous les ferai parvenir dès qu'ils seront complets. Terry Wilde est morte aux environs de 4 heures du matin. La première balle a été efficace, mais le tueur a tiré deux fois, donc. (Elle leva les yeux et précisa :) Vous savez que la patrouille de flics l'a retrouvée dans un quartier très zonard de Boston, non ?

— Oui. La question, c'est qu'allait-elle y faire ?

— Juste, parce que, pour être franche, je ne me baladerais dans ce coin que si ma vie en dépendait.

Comme vous le savez, on a retrouvé un petit automatique dans la poche de son pardessus, un Starlite calibre 6.35. Il ne manquait aucune balle dans le chargeur. Ça prouve qu'elle était consciente que le quartier n'était pas sain. Sa voiture était garée à cinq ou six cents mètres de là, dans une avenue éclairée.

— Elle a été violée ?

— Non. Mais son slip était à moitié baissé sur ses cuisses. Peut-être que le type a été dérangé, je ne sais pas. Il n'y a aucune marque de prise, ni sur son cou ni sur ses bras, nulle part ; ce qui prouve qu'elle ne s'est pas défendue. Les écorchures de ses genoux — ses bas étaient complètement foutus — sont survenues *post mortem*, sans doute lorsqu'elle est tombée.

— Il ne l'a pas maintenue, pour qu'elle s'écroule doucement ?

— *A priori*, je ne crois pas. Les entailles au niveau des rotules sont en accord avec une chute de tout son poids. La victime ne présentait aucun signe pathologique particulier, n'avait pas eu d'enfant, mais ses trompes avaient été ligaturées.

— Pourquoi ?

— Je ne sais pas. Ou une grossesse n'était pas souhaitable, ou alors elle ne voulait vraiment pas d'enfants.

— Une grossesse non souhaitable, comment cela ?

— Rien de ce que nous savons de sa condition physique ne permet de recommander une stérilisation chirurgicale, pour l'instant du moins. Cependant, il se peut qu'on ait craint une maladie génétique existant dans sa famille, qu'elle risquait de transmettre à ses descendants, et qu'elle n'ait pas voulu prendre le risque.

— Je vois. Vous avez autre chose ?

Barbara Drake referma le dossier et le regarda quelques instants :

— Non, c'est tout pour la science, mais il y a quelques petits trucs qui me chiffonnent. D'abord, qu'allait faire cette fille dans ce coin ? Elle a été volée, il ne restait que ses papiers dans le sac à main et d'après les témoignages recueillis par le Boston PD, elle portait habituellement une très belle bague qui est manquante. Ce qui me sidère aussi, c'est qu'elle ne se soit pas débattue du tout lorsque le type a baissé son slip. Toujours d'après les témoignages, Terry Wilde était plutôt une femme de poigne. De surcroît, elle mesure 1,75 mètre et elle est mince mais musculairement bien entretenue. Bref, elle avait une chance.

— La trouille, peut-être a-t-elle cru qu'il allait juste la violer, pas la tuer.

— Peut-être, mais voyez-vous, à force d'essayer de faire parler les morts, parfois ils se confient. Et je ne sens pas du tout Terry comme cela.

Pour la première fois, Cagney la trouva presque sympathique. Elle reprit :

— Dernier détail troublant, la présence d'une pochette de préservatifs que les flics ont retrouvée dans la neige, intacte.

— Quoi ?

— Une petite pochette en papier Cellophane vert. Je doute qu'on en tire quelque chose, d'autant que rien ne permet de supposer qu'elle appartienne au meurtrier, si ce n'est que son état indique qu'elle n'était pas là depuis trop longtemps. Il n'en demeure pas moins qu'elle a séjourné plusieurs heures dans la neige, le sel, elle a été piétinée. Admettons qu'elle ait été abandonnée ou perdue par le tueur. Franchement, je vois mal un agresseur, peut-être un violeur, maintenant une femme, sortant son flingue et arrivant à enfiler un préservatif alors qu'il est en pleine érection.

— Troublant, en effet. Rien d'autre ?

— Non. Vous trouverez une photocopie de toutes les pièces dans le dossier que je vous ai fait préparer.

Cagney et Morris prirent congé peu de temps après et Barbara Drake les raccompagna jusqu'à la grande porte vitrée qui menait à l'extérieur. Elle sourit, serra quelques mains de gens qui passaient dans les couloirs, appelant les uns et les autres par leurs prénoms. Finalement, aussi artificielles que soient les attentions dont elle gratifiait son personnel, peut-être avait-elle raison ? Peut-être cette démagogie facile rendait-elle la vie plus douce à ces ombres qui vivaient parmi d'autres ombres ?

Bob Malley les attendait en lisant un polar. Il le referma lorsqu'ils entrèrent dans le petit bâtiment en tôle situé au bout d'une piste de Logan Airport. Le hangar servait de garage et de salle d'attente aux pilotes d'hélicoptère.

— C'est bien ? demanda Cagney.

— Pas mal, un peu soft, peut-être.

— S'ils écrivaient ce que nous voyons vraiment, les gens refermeraient le bouquin à la dixième page.

— Sans doute. On rentre à la maison, messieurs ?

— Oui, on y va, Bob.

San Francisco, Californie,
9 janvier

Clare lui manquait déjà. Il fallait qu'elle réapprenne à vivre sans elle, tout en organisant ses moindres moments en fonction d'elle. Le temps n'avait qu'une importance théorique hors Clare. Mais Clare déjeunait à 12 h 30 précises, les visites de Clare se terminaient à 17 heures, et les matins de Clare appartenaient à d'autres. Étrange, cette vie de femme suspendue à celle de son enfant, comme si la fille accouchait à chaque seconde de sa mère. Étrange mais sécurisant. Sam disait toujours : « Clare, c'est comme si Dieu avait trouvé un hôtel pas trop cher et pas trop cradingue pour se reposer un peu. » Mais Sam était mort et Gloria n'avait de Dieu qu'un ressentiment.

Elle se promena dans sa nouvelle maison, escortée de Germaine qui ne comprenait pas ce qu'elle faisait mais qui s'obstinait à la protéger. La maison avait toujours été fondamentale pour Gloria, comme une assise, un rempart. Peut-être parce que la maison de sa mère avait été douleur et peur, peut-être parce que l'obligatoire promiscuité des chambres de campus l'avait obsédée durant des années. Poser ses pieds dans le bac de douche que venait de quitter un autre humain lui avait appris à se laver intégralement au petit lavabo de sa chambre. Lorsqu'elle pénétrait dans les toilettes communes, elle avait la sensation que les odeurs d'excréments et d'urine de tout l'étage s'infiltraient par tous les pores de sa peau et la salissaient de l'intérieur.

Elle aimait cette nouvelle maison, peut-être même davantage que celle qu'elle avait vendue en partant. Elle n'avait toujours pas choisi la pièce où elle installerait son bureau. À l'étage pour avoir l'impression qu'elle travaillait dans un grand bateau ou au rez-de-chaussée pour parvenir à se traîner dans sa chambre lorsque la peste reviendrait ? Au rez-de-chaussée, sans doute.

Elle pensa téléphoner à Maggie, qu'elle avait abandonnée comme le reste en partant. Elle avait rencontré Maggie un soir, dans un bar, suffisamment élégant pour qu'on ne vous y accoste qu'après un signe, quelques années plus tôt. La débordante énergie de cette Irlandaise l'avait conquise, parce qu'elle ne se concentrait sur personne en particulier. Et puis, Maggie était suffisamment alcoolique pour ne pas remarquer les bouteilles que vidait Gloria ou pour s'en foutre. Maggie aimerait la nouvelle maison, Gloria en était certaine, elle était encore plus luxueuse que l'autre. Demain, elle appellerait Maggie demain.

Elle avait peu dormi cette nuit, ouvrant des caisses, déballant des livres, des disques compacts, installant sa chaîne laser. Il y avait peu de caisses parce qu'il y avait peu d'objets, peu de moments ou de choses dont elle ait jamais souhaité se souvenir en les matérialisant par un bibelot ou une peinture. Il y avait quelques jolis meubles qui ne lui rappelaient rien, sinon qu'ils étaient déjà dans l'ancienne maison, quelques ustensiles de cuisine dont elle ne s'était jamais servi.

Il lui avait fait des pâtes au basilic cette nuit-là, une nuit où elle avait décidé de mourir pour protéger Clare. Cagney. Il avait les reins ceints d'un torchon et ils avaient chanté *Carmen*. Rien à foutre, elle aurait pu manger ces pâtes-là n'importe où, du reste, elle était saoule et n'était toujours pas parvenue à résoudre cette sentimentalité stupide qui lui venait dans ces moments-là.

Gloria passa la matinée à ranger, déranger, reranger. Elle déjeuna avec Clare et elles allèrent rendre visite au grand paon qui les snoba. Clare déclara en plissant les lèvres :

— Boude, pas beau... Boude !

— C'est parce que tu lui as manqué, ma chérie. Caille lui a manqué, il n'a pas compris pourquoi Caille n'était plus là. Alors il boude.

Clare frappa dans ses mains de délice d'avoir manqué à cet être fascinant qui se tenait immobile à trois mètres d'elles, hochant la tête sur le côté, la queue obstinément abaissée vers l'herbe.

Il était 18 heures lorsqu'elle se gara en bas de chez elle. Elle se servit un grand verre de chablis, nourrit Germaine et fondit en larmes, le ventre appuyé contre l'évier de la cuisine. Bordel, quelle connerie, quel succédané de vie ! Quoi ? C'était quoi, au juste, sa vie ? Colmater les brèches laissées par la douleur. Ça ne servait à rien, elles revenaient toujours. Se diluer tout entière dans la vie d'une enfant débile qui la dépassait d'une tête, parce qu'elle ne savait rien vivre d'autre ? Attendre sa mort, si possible juste après celle de Clare ? Se saouler lorsque les choses devenaient trop aiguës, trop dangereuses ? Ça ne les tuait pas. Rien ne gommait rien, les souvenirs s'entassaient, c'est tout. La question que sa lâcheté lui avait jusqu'alors épargnée s'imposa : vivre ou pas. Elle avait fonctionné durant des années dans une sorte de demi-mesure somme toute confortable puisqu'elle la dédiait tout entière à Clare. Pourtant elle avait tué deux hommes, deux hommes qui ne voulaient pas de mal à Clare. Elle avait tué deux hommes, avait baigné dans leur sang pour se sauver, elle. Elle s'était crue immunisée contre la vie, mais c'était faux. Elle avait peur de mourir, et ce n'était pas seulement à cause de Clare. La sensation rassurante que sa vie dépendait totalement de celle de sa fille vola en éclats. La responsabilité d'elle-même lui tombait dessus et elle ne savait pas quoi en faire.

Sans doute n'était-il pas encore rentré. Si, sûrement, il fallait compter avec le décalage horaire. Elle composa les quatre premiers chiffres puis raccrocha. Elle se servit un autre verre de vin. Le soir était tombé depuis longtemps. Le calme de la grande maison bleue et blanche, si tangible qu'on avait l'impression de pouvoir le boire, lui donnait envie de sourire. Elle adorait la frise d'angelots joufflus en stuc qui entourait la grande porte d'entrée ovale. C'était comme un sortilège bénéfique, une indication que le mal ne pouvait pas la suivre dans ces pièces encore désertes mais accueillantes. Elle écouta durant plus d'une heure, immobile, les bruits encore étonnants de la maison. Maintenant ils étaient à elle, pour elle. Elle eut à peine le souvenir d'avoir composé son numéro de téléphone lorsqu'il décrocha et qu'elle entendit sa voix. Durant une seconde, elle le revit dans la grande entrée de l'ancienne maison, les maxillaires crispés, puis la plaquant contre lui alors que le sang de l'homme qu'elle venait de tuer séchait sur ses seins. Durant une seconde, elle crut qu'elle allait raccrocher.

— Gloria ? C'est vous ?

— Bonsoir, Mr Cagney.

James Irwin Cagney ferma les yeux et expira bouche ouverte. Il hésita à parler parce qu'il n'était pas certain de pouvoir contrôler le débit de sa voix. Il choisit une phrase banale et plate :

— Comment allez-vous ?

— Bien, merci. Et vous ?

— Ça va. Gloria, où êtes-vous ?

— À San Francisco. Je suis rentrée aux États-Unis il y a quelques semaines.

— Où étiez-vous, avant ?

— En France.

Il éclata de rire :

— Je suis tellement heureux de vous entendre ! Je ne sais pas quoi vous dire. Je peux venir ? Je peux être chez vous dans quelques heures.

La voix grave qu'il avait désespéré d'entendre à nouveau lui parvint avec un léger décalage :

— Non. Je n'y tiens pas.

— Pourquoi m'avez-vous appelé ?

— Je n'en ai pas la moindre idée, Mr Cagney. J'avais envie de vous entendre, sans doute.

— Comment va Clare ?

— Bien. Elle est soulagée d'être de retour à Little Bend. J'ai commis une erreur en l'emmenant avec moi.

Il hésita, paniqué à l'idée qu'elle raccrocherait si elle se sentait acculée, puis murmura :

— J'ai envie de vous voir, vraiment.

Elle répondit d'un ton gentil, alors qu'il aurait préféré qu'elle l'envoie carrément paître :

— Non. Je crois que nous ne fonctionnons pas sur la même longueur d'onde. Je veux dire que je n'ai pas... comment dire... besoin de cela. Vous voyez ? Les choses sont sans doute allées trop loin la dernière fois. Je ne vous en veux pas pour ce dérapage, mais je ne pense pas en être responsable. Enfin, tout cela pour dire que si nous retravaillons ensemble, je souhaiterais que certaines choses ne se reproduisent pas, et même que nous ne les évoquions pas. Je n'ai pas envie de partager des souvenirs avec vous, ni du reste avec personne d'autre.

Il s'entendit répondre d'une voix qui avait du mal à traverser sa gorge :

— Ces choses ne se décident pas comme cela, Gloria.

— Si, comme le reste.

Il était un peu saoul lorsqu'il se dirigea vers sa chambre. Ils avaient échangé encore quelques phrases mais il sentait que la conversation était déjà terminée pour elle. Elle lui avait donné son numéro de téléphone, son adresse même. L'idée qu'il pouvait prendre le premier avion l'avait tenu debout à côté du téléphone durant un bon quart d'heure. Et puis, il s'était servi un whisky, puis un deuxième, puis un troisième. Cela ne servait à rien. Il pouvait, bien sûr, forcer Gloria à le revoir, mais il ne pourrait jamais la contraindre à être avec lui si elle se repliait, comme à son habitude, dans un recoin d'elle-même. Il se leva en se cramponnant à l'accoudoir du canapé de cuir. Qu'est-ce qui l'emportait, chez lui, ce soir ? Le bonheur d'avoir entendu à nouveau sa voix, l'espoir idiot qu'avait fait renaître son appel, ou la frustration de ne pas pouvoir la toucher, la voir ? Il tenta d'enlever ses chaussettes, perdit l'équilibre et s'affala sur le lit en gloussant. Bordel, la vie lui revenait. Ces quelques mois frigides qu'il avait traversés sans vraiment les comprendre, ce froid intérieur qui rampait dans chacune de ces cellules, tout cela disparaissait. Elle l'avait appelé et il était le seul à qui elle ait voulu parler. De cela, il était certain. Bordel, la vie était là.

Base militaire de Quantico,
Virginie, 10 janvier

Il était 10 heures du matin lorsque Cagney traversa la grande salle réservée au nettoiement des armes. Les longs comptoirs noirs qui la découpaient parallèlement étaient presque déserts en ce samedi. Il attendit l'ascenseur en repensant à cette nuit durant laquelle il avait eu la sensation de dormir vraiment pour la première fois depuis des semaines. Même la légère migraine qui flottait dans sa tempe gauche ne l'irritait pas parce qu'aujourd'hui elle n'était pas un des minuscules signes qu'il collectionnait depuis quelque temps et qui, selon lui, prouvaient que ce corps qui l'avait tant servi, ce corps qu'il avait si bien dominé durant plus de cinquante ans vieillissait.

Il monta dans la cage chromée. Morris, Ringwood et Dawn Stevenson l'attendaient sans doute dans la salle de conférence aveugle qui servait à leur unité et à d'autres.

Il avait discuté plus d'une heure avec la jeune femme hier. Elle l'avait attendri parce qu'elle débordait d'énergie, d'envie de faire, parce qu'elle était encore à cet âge précieux où l'on s'imagine que le monde peut changer pour peu que l'on s'y emploie, et que la justice est une valeur absolue. Elle en reviendrait et apprendrait, comme les autres agents, comme eux tous, que ce qui compte, ce n'est pas tant ce qu'on a fait, mais ce que d'autres n'ont pas commis grâce à vous. Andrew Harper, qu'il avait appelé ensuite, s'était fait tirer l'oreille pour la forme, évoquant, avant de permettre la mutation interne de Dawn Stevenson, un monceau de paperasses administratives, le mécontentement de l'unité qu'elle quittait... Cagney l'avait laissé parler, puis :

— Vous préférez que nous recrutions quelqu'un d'externe ?

— Non, non, ce n'est pas ce que j'ai dit. Vous ne vous rendez pas compte, un poste budgétaire supplémentaire cette année ! Vous voulez ma mort, James ?

— Certainement pas, monsieur.

Harper avait soupiré :

— Bon, je m'en occupe. Comment se nomme cette perle, déjà ?

Un silence gêné mais pas hostile régnait dans la salle de conférence lorsqu'il y pénétra. Ringwood se leva d'un bond, comme s'il apercevait son sauveur :

— Ah, monsieur, vous voulez que j'aille vous chercher un café ?

— Euh, oui, surtout si vous me le proposez sur ce ton.

Cagney posa sa serviette sur la grande table ovale et embraya :

— Vous avez fait connaissance, j'espère.

— Oui, monsieur, répondit Morris.

— Bien, Dawn, vous rencontrerez le reste de l'équipe demain, non... plutôt lundi. Ringwood et Morris vous ont-ils résumé l'enquête qui nous occupe principalement en ce moment ?

— Non, monsieur, répondit-elle en rougissant.

Ringwood revint, porteur d'un gobelet. Cagney le remercia d'un signe de tête vague et reprit :

— Morris, passez les diapos, je vous prie.

Les photos crues du corps presque nu de Grace Burkitt défilèrent, photos de ses paupières fermées, photos de ses doigts blancs, photos de la neige recouverte de ses cheveux, à peine maculée de sang. Puis photos prises au flash du corps de Terry Wilde, couchée sur le flanc parce que son corps avait basculé après sa mort, photo du slip dont l'élastique marquait le haut de sa cuisse, photo des impacts laissés par les balles sur sa nuque, photos de la petite allée cradingue, des paquets de neige sale sur lesquels reposaient son bras et sa tête, de la pochette de préservatifs. Photo de ses yeux, ouverts.

— Il n'a pas pris le soin de lui fermer les yeux, commenta Morris. Ça cadre avec le reste.

— Oui.

Durant la demi-heure qui suivit, Cagney récapitula les informations qu'ils possédaient, d'abord pour mettre Dawn au courant et ensuite parce que ce genre d'exercice permettait parfois de dégager un début de piste. Il conclut :

— Donc, pour l'instant, le seul lien tangible entre ces deux femmes, c'est Caine ProBiotex Laboratories, à Randolph.

— Et le tueur, murmura Dawn.

— Juste. Morris, vous me dégotez le patron de Caine Lab, vous prenez rendez-vous pour lundi en début d'après-midi et vous prévenez votre copain le pilote d'hélico. Ringwood, vous initiez Dawn à vos farfouillages informatiques.

— Et on cherche quoi ?

— Tout.

— Merci, monsieur, cette précision me sera utile.

Ils se quittèrent, et Morris escorta Cagney jusqu'au parking où leurs deux voitures étaient garées côte à côte. Cagney songea qu'ils étaient grotesques, puisqu'ils allaient se suivre sur l'Interstate 95, jusqu'à Fredericksburgh où ils demeuraient à quelques rues l'un de l'autre. D'un autre côté, il n'avait pas envie d'une autre présence dans l'étroit habitacle de la voiture et quelque chose lui disait que Morris était dans le même cas. Ringwood, qui avait toujours manifesté le plus vif mépris pour le sport, avait décidé de passer quelques heures au gymnase où s'entraînaient les Marines et leurs hommes. Dawn lui avait demandé timidement si elle pouvait l'accompagner. Cagney boucla sa ceinture en souriant. Il serait bien resté pour voir la scène. Le bedonnant Ringwood suant et soufflant en essayant de lever son fessier alourdi par des années de vie sédentaire, et Dawn. Toute l'arrogante puissance de ses 25 ans, ces muscles parfaits qu'elle avait gagnés en sanglotant parfois, comme eux tous, lors des entraînements, de ce parcours meurtrier qui courait dans les bois entourant la base. Il se souvenait encore de cet instructeur. Cagney était une toute jeune recrue. L'instructeur lui avait donné une heure pour boucler le parcours. Il avait parfois pensé s'arrêter, biaiser en prenant un raccourci ou en évitant les pires obstacles, mais mentir signifiait la radiation. Il avait couru, il faisait un froid piquant comme aujourd'hui. Il ne l'avait rapidement plus senti, du reste il n'avait plus rien senti si ce n'était que ses muscles allaient probablement éclater dans ses jambes, ses artères se rompre sous la pression de son sang qui ne parvenait plus à l'oxygéner assez. Il avait couru jusqu'à avoir mal en tentant de respirer et puis il avait glissé dans une mare de boue qui dévalait vers une clairière. D'abord il avait ressenti un immense soulagement. Enfin, il s'arrêtait, respirait un peu de cet air qui lui faisait défaut. Tant pis pour le froid qui l'envahissait à nouveau, tant pis pour la boue, tant pis pour l'instructeur. Et puis une douleur folle avait explosé, sous lui. Il avait réussi à tirer sa jambe de sous ses fesses. La boue dégoulinait de son mollet, de plus en plus rouge. Il avait touché un truc bizarre qui sortait en pointe de sa chair, un os. Il avait regardé durant quelques secondes l'hémorragie teinter l'eau sale dans laquelle il était assis. Et puis, il avait eu peur, peur de se mettre à hurler tant il avait mal, peur de se vider de son sang et de crever seul dans cette merde. Soudain, Jenkins, l'instructeur, avait été devant lui. Il le revoyait, les poings sur les hanches, sa casquette du FBI profondément enfoncée sur ses cheveux ras.

— Bouge ton cul, Cagney !

— Je ne peux pas, monsieur, j'ai une fracture ouverte.

— Mais si, tu peux ! Et tu vas le faire. Il n'y a personne pour t'aider, que toi et Dieu. Bouge, maintenant !

Cagney avait geint, sans doute parce que le regard de Jenkins n'était pas sévère, mais plein de compassion. Cagney avait compris, des années plus tard, qu'il l'était vraiment et que Jenkins, qu'il avait détesté durant ces deux premières années à la base, cet entraînement, qu'il avait jugé débile et humiliant, lui avaient sauvé la vie à maintes reprises.

— Allez cocotte, on ne va pas passer le nouvel an ici, d'accord ? Tu te lèves, tu te sers de ta jambe valide pour traîner l'autre. Plus tu vas attendre, plus tu vas perdre de sang. Apprends à souffrir, Cagney. Si tu veux vivre, apprends à maîtriser la souffrance. Allez, bonhomme, on y va !

Cagney s'était évanoui en arrivant en vue de l'ancien bâtiment qu'avait remplacé des années plus tard le joli bloc solide mais élégant de Jefferson. Il avait vaguement senti que quelqu'un le soulevait, le portait comme un bébé : Jenkins.

Il se gara juste en bas de chez lui et décida d'aller faire quelques courses. Il s'acheta des steaks de flétan et une bonne bouteille de vin. Il hésita, passa et repassa devant la vitrine, puis entra. Il choisit deux gros bouquets de tulipes blanches et, lorsque la jeune fille du magasin lui demanda si « c'était pour offrir », il répondit par l'affirmative parce qu'il avait peur d'avoir l'air bête s'il admettait qu'il avait envie de fleurs.

Il remonta chez lui, coupa la queue des tulipes parce qu'il se souvenait que son ex-femme procédait ainsi et les plaça sur la table de la salle à manger. Les hommes devraient s'offrir des fleurs plus souvent, on a presque l'impression d'attendre quelqu'un. Il attendait quelqu'un. Il ne téléphonerait pas à Gloria. Il en mourait d'envie, mais il ne le ferait pas. Il devait attendre, encore, attendre qu'elle admette qu'elle avait besoin de lui. Elle venait de lui faire découvrir qu'il était encore en vie et qu'il pouvait être patient.

Base militaire de Quantico,
Virginie, 12 janvier

Une neige molle et incertaine recouvrait le parking du bâtiment Jefferson lorsque Cagney se gara le lundi. L'air glacé et lourd d'humidité le fit frissonner. Pourtant, depuis quelques jours, la sensation n'était plus angoissante. Ce froid, extérieur à ses cellules, avait perdu sa menace et James Irwin Cagney y retrouvait le souvenir des matins d'enfance, lorsque l'on prie pour que le car de ramassage scolaire soit bloqué. Il jeta un regard vers la voiture de Ringwood dont le pare-brise se couvrait déjà d'une pellicule de givre et se demanda depuis combien de temps Richard était arrivé.

Celui-ci pianotait fébrilement sur son clavier, la bouche serrée en cul de poule, les paupières plissées, comme s'il mettait en doute la véracité des lettres grises qui s'affichaient par saccades sur son écran.

— Vous êtes tombé du lit, Richard ?

Ringwood eut un petit geste enfantin de la main pour lui intimer l'ordre de se taire, puis se retourna brusquement :

— Oh ! Excusez-moi, monsieur. Je voulais voir un truc. Vous vous souvenez, cet été, enfin, il y a quelques mois, cette héritière, Barbara Horning, c'était la fille unique d'un diamantaire. Très, très grosse fortune.

— Oui, et... ?

— Elle s'est fait massacrer dans sa propriété de Bar Harbour. Onze coups de couteau, une vraie boucherie.

— Et... ?

— C'était la femme de Caine, le Caine de Caine ProBiotex. Il fait pas bon avoir des actions chez lui, vous ne trouvez pas ?

— Vous êtes une perle, Richard, déclara Cagney d'un ton jovial.

— Oui, c'est ce que je me dis toujours, mais c'est encore meilleur lorsque ça vient de quelqu'un d'autre.

— Le *modus operandi* dans ce cas est très différent. Vous avez le rapport de police ?

— Oui, les flics de Portland, Maine, me l'ont téléchargé. Vous voulez une sortie ?

— S'il vous plaît. Je vieillis et la lecture sur écran me fatigue.

— Je vous le porte dans votre bureau ou vous attendez ?

— Non, je vais nous chercher un café. Ça vous branche ?

— Bof. Il paraît que l'intendance a changé de fournisseur de machin brunâtre et liquide.

— Et c'est pire qu'avant ?

— Non, c'est impossible. On était déjà à l'optimum depuis longtemps.

— Allons, mon petit. Notre métier implique un certain nombre de risques !

— Alors, un double café.

Ringwood l'attendait dans son bureau lorsqu'il revint, porteur de deux gobelets. L'odeur du café était particulièrement âcre. Gloria ne buvait que du thé. Merde, il ne se souvenait pas de ce que prenait son ex-femme, Tracy. Ils avaient pourtant vécu dix ans ensemble. Ou plutôt l'un à côté de l'autre.

Cagney se plongea dans la lecture des feuillets, les passant l'un après l'autre à Ringwood lorsqu'il les avait parcourus.

— La thèse retenue par les flics est donc celle d'un voleur qui s'est introduit dans la maison. Il a été surpris par Barbara Horning qui, si l'on en croit le rapport, sortait de son dressing. Elle a paniqué et il a voulu la faire taire. D'après le personnel de maison qui restait en cette fin de saison, c'est-à-dire une femme de chambre, un chauffeur-jardinier-homme de peine, et la cuisinière, les bijoux qu'elle portait sont manquants ainsi que ceux qui se trouvaient dans une boîte en argent qu'elle laissait sur sa commode. On n'a pas retrouvé l'arme et les flics supposent que le meurtrier l'avait avec lui. Selon le médecin légiste, une certaine Charlotte Craven, il s'agit très probablement d'un long couteau de chasse à lame large, légèrement incurvée et crantée. Les coups ont été assenés avec violence. Bref, le type avait vraiment envie de tuer. Dites-moi, il y en a un paquet, lâcha Cagney en comptant les pages.

— Il s'agissait d'une des plus grosses fortunes de Nouvelle-Angleterre.

— Hum. Il y a eu effraction. La porte vitrée du jardin d'hiver qui ouvre sur un grand salon a été brisée.

Cagney lut rapidement les témoignages du personnel ainsi que celui d'une jeune femme de Bar Harbour qui venait faire le ménage tous les matins.

— Bon, personne n'a rien vu, rien entendu. La femme de chambre avait porté son petit déjeuner à Barbara Horning à 8 heures, comme tous les matins. Et elle a été descendue trois heures plus tard. C'est-à-dire précisément après le départ de la jeune femme de ménage, au moment où, tous les matins, le chauffeur emmène la cuisinière en courses, et où la femme de chambre prépare la salle d'exercice-sauna de Madame, installée au sous-sol, c'est-à-dire trois étages plus bas que ses appartements. Barbara Horning s'entretenait quotidiennement, durant une heure, avant midi, puis en fin d'après-midi. En d'autres termes, ou le meurtrier a eu un coup de pot extraordinaire, ou il connaissait parfaitement l'emploi du temps des gens de la maison.

— Ce qui reviendrait à dire qu'il croyait Barbara Horning déjà en bas en train de faire sa gym, ou alors c'était bien elle qu'il voulait buter.

— Juste.

— Qu'en pensent exactement les flics de Portland ?

— Je ne sais pas encore, attendez.

Cagney reprit sa lecture en chantonnant dans ses joues et Ringwood patienta. Il n'était jamais parvenu à identifier l'air marmonné par son supérieur. C'était toujours les mêmes mesures, basses, répétitives, agaçantes.

— Ah, je crois que je l'ai. Voilà, voilà. Un truc très similaire s'est produit, sur le continent cette fois, un peu plus d'un an auparavant. Une certaine Kim Hayden. Même mode opératoire. Débitée à coups de lame de chasse, bijoux envolés, et le type connaissait les habitudes de la maison. Effraction aussi. Les gars du labo ont retrouvé une trace de sang sur l'appui de la fenêtre empruntée par le meurtrier pour pénétrer dans la maison. Il semble que le type se soit blessé sur un éclat de verre. Une empreinte génétique a été réalisée et n'attend plus qu'une comparaison. Les flics ont conclu qu'ils avaient affaire au même meurtrier. Alors de deux choses l'une : ou ils ont raison et Barbara Horning a surpris le type, ou alors on a un *copy cat* sur les bras.

— Les biens de Barbara Horning vont à son mari ?

— Non, à sa fille, née d'un premier mariage. Vannera Sterling.

— On a quelque chose sur les rapports familiaux ?

— Ringwood, le personnel des grandes maisons est en général très discret. Ils font partie de la famille et sont souvent mieux payés que vous ou moi. D'ailleurs, le seul témoignage cancanier ramassé par les flics est celui de la jeune femme de Bar Harbour. Selon elle, le beau-père, Caine, et la belle-fille ne s'entendaient pas et il y avait de l'eau dans le gaz dans le couple Caine-Horning. Mrs Horning n'était pas désagréable mais, je cite, « pimbêche ». Par contre elle ne tarit pas d'éloges sur Edward Caine : charmant, attentionné, généreux... j'en passe et des meilleures.

— Beau mec et le compliment facile, non ?

— C'est possible. On va le vérifier.

— Ah, à ce sujet... On a rendez-vous demain à 15 heures. Edward Caine est au Venezuela. Il ne rentre que ce soir.

— Merde !

— En substance.

— Bon, Richard, vous me sortez tout ce que vous pouvez trouver sur Caine ProBiotex, lui et sa boîte, santé financière, mouvements d'investisseurs, participation éventuelle de Barbara Horning, tout.

— C'est Edward Caine que l'on serre ?

— Je ne sais pas. Mais je n'aime pas les surprises, et les coïncidences à répétition me laissent songeur.

— Je sais. Une fois, c'est un hasard, deux fois c'est une étonnante coïncidence, trois fois, c'est un système.

— Il a tout compris.

— Quand je vous dis que je suis une perle !

Fredericksburgh, Virginie,
12 janvier

Il était 8 heures du matin et Jude Morris se défendait contre une irascibilité qu'il savait injuste. Tout l'exaspérait depuis plus d'une heure, le petit déjeuner parfaitement équilibré que lui avait apporté Virginia au lit, les bruits de son existence chez lui qui parvenaient de la salle de bain, l'odeur d'amande douce de sa crème de nuit sur la manche de son tee-shirt. Il ne supportait plus de faire l'amour avec elle. Ce pathétique simulacre de ce qui aurait pu être parfait avec une autre le rendait malade. Il préférait sauter une fille ramassée dans un bar ou une pute. C'était net, franc, chacun savait ce que l'autre y mettait. C'était en quelque sorte plus honorable. Merde, bordel ! Cette fille était-elle vraiment incapable de comprendre qu'il ne la voulait plus, ne l'avait jamais vraiment voulue ? Pourquoi n'avait-elle pas le bon sens ou l'élégance de partir ? Fallait-il une scène, des cris et des larmes ? Fallait-il qu'il paie, se sente coupable, moche et nul ? Morris s'arrêta net : il était moche et nul. Il était dégueulasse et c'était sans doute précisément ce qu'il ne tolérait pas. Une grande tendresse pour Virginia le submergea, mais une tendresse sale, la tendresse supérieure de la pitié, sans compassion.

Il suivit sans le vouloir la progression des bruits de la salle de bain. Elle fermait la douche, se brossait les dents, reposait sa brosse à cheveux sur la tablette en faïence blanche. Il devait absorber chaque son pour le digérer, le supporter. Il pensa soudain que si Gloria avait peigné ses cheveux blond foncé, si elle avait pris sa douche, s'était épilé les sourcils, il aurait insisté pour lui arracher la permission de s'asseoir sur le rebord de la baignoire, détailler ses gestes qui seraient devenus bouleversants, magiques. Il aurait suivi le mouvement doux de ses seins encore humides de vapeur d'eau, aurait souri de sa moue parce qu'elle traçait du doigt une nouvelle et imperceptible ride sous sa paupière.

Il ne voulait pas que Virginia lui apporte son petit déjeuner au lit. Il voulait le préparer pour Gloria. Lui caresser doucement le ventre pour qu'elle se réveille en grognant, en tentant de repousser sa main qu'elle prendrait pour un insecte dans son sommeil. Il voulait sentir la crème de Gloria sur la manche de son tee-shirt. Il voulait faire l'amour avec Gloria, écouter chacun de ses soupirs, de ses énervements, de ses attentes.

Mais Gloria ne voulait pas de lui, ne voulait de personne. Gloria cherchait un vide, une paix qui n'existait nulle part, surtout pas en elle.

— Je n'ai pas été trop longue ?

— Non. Je me dépêche.

— Et le bisou ?

Virginia ferma les yeux et tendit son visage. Il déposa un petit baiser sec sur son front et s'enferma dans la salle de bain.

Randolph, Boston,
Massachusetts, 13 janvier

La voiture banalisée du Boston PD les déposa à 15 heures devant le bloc chrome et verre de Caine ProBiotex Laboratories. Leur chauffeur, un jeune détective à dreadlocks, avait à peine prononcé une phrase durant tout le voyage. Enfin, lorsque la voiture s'arrêta sur le parking réservé aux visiteurs, il débita à toute vitesse :

— Non, parce que moi, mon rêve, c'était le Bureau. Mais on m'a dit que vous ne recrutiez presque plus, or fallait que je bosse et vite. Et puis, il y avait les épreuves théoriques et j'étais pas sûr d'être à la hauteur.

Et il se tut brutalement, comme si on venait de le débrancher. Plus pour être affable qu'autre chose, Morris répondit :

— Il n'est pas trop tard. On est dans une phase de petit recrutement, en ce moment. Oh, rien à voir avec la grande époque, mais c'est moins tragique qu'il y a quelques années. Les citoyens ont enfin compris qu'il fallait payer des gens s'ils veulent être protégés ou que l'on nettoie leurs rues ou que l'on s'occupe de leurs vieux quand ils n'ont pas assez de fric pour acheter un appartement-forteresse à Miami.

Le jeune flic se tourna vers eux :

— Putain, c'est vrai ce que vous dites ! Moi j'ai compris : « Servir et Protéger », c'est pas du pipeau, c'est pas juste une phrase comme ça, c'est ce qui compte. Y'a plein de gens dehors qui comptent que sur nous parce qu'ils ont personne d'autre. Si vous voyiez ce que je vois ! Parce que vous, au FBI, vous voyez pas le quotidien des gens, nous si. Ben, y'a pas de quoi faire la fête, je peux vous le dire. Des fois, c'est à chialer, bordel ! Si c'étaient des vrais chiens, la SPA vous tomberait sur le dos. Y'a des gens, des petits vieux, tu te dis que quelque chose tourne vraiment pas rond. Ils crèvent comme des merdes, tout seuls, sans rien. Y'a des femmes qui se font éclater la gueule parce que leur mec est bourré et qu'il s'est fait engueuler par le contremaître, alors c'est elles et les gosses qui paient. Ça j'en sais quelque chose, rapport à ma mère. Ouais, mec, je te le dis : servir et protéger, y'a que ça ! Parce que les petits connards qui se branlent devant les écrans de Wall Street quand ça monte ou que ça descend et les gogos qui rêvent d'être comme eux, c'est pas eux qui feront quelque chose ! Eux, ils s'en foutent plein les poches et les autres peuvent crever, ils s'en tamponnent. L'Amérique triomphante des séries téloches ! Ils peuvent lécher mon cul noir, je les encule et à sec ! Enfoirés de merde !

Cagney et Morris sortirent de voiture. Les mains du jeune homme tremblaient sur le volant.

Cagney se pencha vers sa vitre et leur conducteur la baissa.

— Quel âge avez-vous, détective ?

— Vingt-quatre.

Cagney lui tendit une carte :

— Le stage préparatoire est rémunéré pour les officiers de police en poste.

Cagney remarqua l'afflux de sang qui colorait les joues café au lait. On a toujours l'idée que seules les peaux pâles peuvent rougir, mais ce cramoisi sous le châtain de sa peau avait quelque chose d'émouvant. Le jeune homme balbutia :

— C'est du sérieux... euh, monsieur ?

Glacial, Cagney demanda :

— J'ai l'air de plaisanter, selon vous ?

— Euh... non. Non, monsieur.

— Bien. En ce cas, nous attendons votre appel, détective ?

— Lionel Glover. Lionel, Mary, Glover. Ma mère était très religieuse.

Cagney le fixa, sans un sourire :

— Il va sans dire, détective Glover, qu'il serait souhaitable que vous changiez radicalement de vocabulaire. Il faudra couper ces petites nattes, aussi. La boucle d'oreille est également superflue. Ceci n'est plus le Boston PD, ceci est le FBI, d'accord ? Mais si l'on exclut vos écarts de langage et vos couettes, gardez le reste. C'est exactement ce dont nous avons besoin. Les politiques peuvent se prendre à la gorge avec de grands effets de manche. On s'en tape, ils ne peuvent pas grand-chose contre nous, sauf le budget. Eux, ils giclent vite, nous pas.

— Bien, monsieur.

— Je pense que nous en avons pour une petite heure.

— Pas de problème, je bouquine.

Ils traversèrent l'allée et Morris demanda :

— Vous êtes sérieux, concernant son recrutement ?

— Tout à fait. Il y a beaucoup de travail, mais ce type a la Foi. C'est un flic, un vrai. C'est un dur, mais il connaît la compassion. Il va en chier des ronds de chapeaux parce qu'il n'aime pas la discipline, c'est évident. Il va s'accrocher, je le sens. On a besoin de gens comme lui, on a besoin de purs, même si ce sont des chieurs. Morris, vous savez, j'ai de plus en plus le sentiment que nous sommes des insulaires.

— Pardon ?

— Oui, nous sommes un îlot de démocratie, de calme relatif, nous et quelques autres pays, la vieille Europe. Partout autour, il y a le chaos. Le chaos menace, ronge, tente de s'infiltrer partout. Nos prédécesseurs ont cru que c'était le communisme. Foutaises ! C'est l'homme, l'homme dans toute sa splendeur. Tuer, torturer, menacer est toujours la solution la plus évidente, la plus économique, en quelque sorte. Je me fous de savoir si c'est Clinton ou un autre. Je veux juste être certain que ce sera toujours la démocratie. Il faut préserver cela, c'est la seule chose vraiment importante, parce que pour l'instant, on n'a jamais rien trouvé de mieux.

— Moi, j'aime bien Clinton. C'est un sanguin, j'aime bien les sanguins. Ils sont ce qu'ils sont. Ils ont une certaine vérité. Et puis, je trouve Hilary géniale. Elle a des tripes en béton, cette nana.

— Oui. Mais la seule chose qui compte, c'est la démocratie.

Ils pénétrèrent dans le luxueux hall de réception. Derrière le grand bureau en fer à cheval où souriait une hôtesse, une colonne d'écrans de télévision passait des images muettes : des mains gantées tirant des tubes bleutés d'une étuve, le cône jaune d'une pipette automatique, et puis un travelling arrière sur un grand champ de colza en fleurs, jaune acide, dont on se demandait ce qu'il foutait au milieu des autres séquences. Une bande d'affichage électronique couronnait la colonne. Les lettres carrées défilaient inlassablement : « Servir l'homme, pour servir le monde. » Décidément certains mots sonnent bien.

— Bonjour, madame. Nous sommes attendus par Mr Edward Caine.

— Oui, messieurs Morris et Cagney, n'est-ce pas ?

— C'est cela.

— Vos badges sont prêts. Vous voudrez bien les accrocher au revers de vos vestes, de façon visible, je vous prie.

Elle leur tendit deux petites pochettes ornées de leur nom et d'un code barre.

— Si vous aviez besoin d'utiliser les toilettes, il vous suffit de passer le code barre sur le décodeur situé à côté des portes. (Elle téléphona, toujours souriante, puis déclara :) On vient vous chercher. La secrétaire de Mr Caine, Patricia Park.

Elle prononça ce nom avec révérence. Cagney la remercia et ils s'approchèrent d'une grande porte vitrée, munie elle aussi d'un décodeur, qui séparait les ascenseurs du hall. Morris marmonna entre ses dents :

— Putain, il faut un code barre pour aller pisser, maintenant.

— Tout devient très *high tech*, répondit Cagney en souriant. Ça a l'air florissant, cette petite affaire.

Patricia Park sortit de l'un des ascenseurs et fit coulisser la porte vitrée à l'aide de son badge. Elle s'avança, main tendue vers les deux hommes, affichant un de ces sourires dosés évoquant l'accueil et le professionnalisme.

— Messieurs, Edward Caine vous attend.

Elle les précéda et débita quelques banalités pour meubler les trois étages qui les séparaient de l'étage des chefs :

— La nouvelle du décès du Dr Terry Wilde nous a bouleversés. Quelle mort affreuse !

— Quel genre de femme était-ce ? demanda Morris, plus pour dire quelque chose que dans l'espoir d'une révélation.

— Très compétente. Elle a beaucoup fait pour Caine ProBiotex, comme vous le confirmera Mr Caine.

— Une certaine Grace Burkitt a travaillé chez vous, n'est-ce pas ?

— Euh... oui, en effet. Elle nous a quittés il y a quelques mois.

— Elle a été licenciée, c'est bien cela ?

— Oui.

— Pour quelles raisons ?

— Je pense que Mr Caine sera mieux à même de vous répondre. Si vous voulez bien me suivre, proposa-t-elle en les précédant dans un couloir moquetté de bleu roi qui devait être le cauchemar du personnel chargé de l'entretien.

Patricia Park s'arrêta devant l'une des portes grises qu'une très discrète petite plaque distinguait comme étant celle du bureau d'Edward Caine. Elle s'effaça pour les laisser entrer. Edward Caine vint à leur rencontre, main tendue lui aussi. C'était un homme d'une cinquantaine d'années, peut-être moins, grand, et d'une minceur musclée. Ses yeux étaient d'un bleu étonnant, un bleu très pâle, cerclé de marine. Il avait dû être très brun et ses cheveux maintenant poivre et sel étaient coiffés au carré, comme ceux d'un étudiant anglais d'après-guerre. Oui, décidément, un très bel homme, beau sourire, belles dents, belle peau hâlée, belles mains, sans doute toujours un bourreau des cœurs.

— Messieurs, bonjour. Asseyez-vous, je vous en prie. Non, sur les canapés, c'est moins formel. Je suppose que votre visite est motivée par le meurtre de Terry ? Je ne suis pas encore remis du choc. J'étais à Caracas lorsque j'ai appris la nouvelle. J'ai écourté mon voyage au maximum.

Cagney répliqua :

— En effet, je ne vous cacherai pas que les circonstances de sa mort nous étonnent un peu.

— Oui, je vois. Je ne comprends pas ce qu'elle allait faire dans ce coupe-gorge, à cette heure.

— C'était précisément l'une de mes questions. Pourriez-vous nous parler un peu de Terry Wilde, Mr Caine ?

— Oui. Je l'ai rencontrée il y a cinq ou six ans lors d'un symposium, à Londres. Elle était déjà directrice scientifique d'un petit labo pharmaceutique anglais. Elle était anglaise, vous saviez cela, je suppose ?

— En effet.

— À l'époque je connaissais des difficultés de stratégie. La boîte marchait, mais disons qu'elle ronronnait gentiment. Il faut vous dire que je n'ai repris l'affaire qu'il y a huit ans, à la mort de mon père. C'est une entreprise familiale. Notre gamme était obsolète. De bons produits, certes, mais des produits tellement connus qu'ils n'intéressaient plus grand monde. J'ai créé le poste de directeur scientifique pour Terry, car il n'y en avait pas et je lui ai donné carte blanche. Je n'ai jamais regretté mon choix. Elle a complètement dépoussiéré Caine Laboratories qui est devenu Caine ProBiotex. C'était une remarquable scientifique et une femme de poigne, quelqu'un qui savait fédérer les efforts des gens qui travaillaient pour elle.

— Et plus personnellement ?

— C'est difficile à dire. Vous savez, Terry n'était pas vraiment du genre à se répandre en confidences sur sa vie privée. Elle était divorcée, sans enfant.

— Vous avez connu son ex-mari ?

— Non, il était anglais. Je crois qu'il est installé en Australie. À ce que j'ai cru comprendre, c'était un copain de longue date et leur mariage a très peu duré.

— Vous ne voyez donc pas du tout pour quelle raison elle s'est rendue dans ce quartier de Whitney ?

— Vraiment pas. Vous savez, Terry était une femme très élégante et très... comment dire... britannique.

— C'est-à-dire ?

— Le sens de ce qui est socialement convenable ou pas. Quelque chose de très important a dû l'attirer là-bas.

— Hormis la perte amicale, je suppose que sa disparition est lourde de conséquences pour Caine ProBiotex ?

Le sourire vague et triste de Caine mourut et fut remplacé par une grimace :

— Vous ne croyez pas si bien dire. C'est une vraie catastrophe pour nous. Il y a plein de projets en cours, une restructuration aussi, tout cela dépendait en grande partie de Terry. Elle était la seule à savoir où trouver l'information scientifique et à ramener chez nous des technologies de pointe. Vraiment une catastrophe.

— Vous ne voyez rien d'autre qui puisse nous éclairer, Mr Caine ?

— Non, je suis désolé. Vous savez, Terry était une irremplaçable collaboratrice, mais, comment dire, ce n'était pas le genre de femme avec qui il est aisé de nouer des rapports plus personnels, amicaux, quoi.

Cagney laissa reposer le silence quelques instants puis reprit :

— Grace Burkitt travaillait bien sous les ordres de Terry Wilde, n'est-ce pas ?

— Qui cela ?

— Une de vos anciennes employées, Grace Burkitt. Elle était technicienne de laboratoire et je crois qu'elle a été licenciée il y a quelques mois.

Caine réfléchit puis acquiesça :

— Oui, tout à fait. Pourquoi me demandez-vous cela ?

— Quel était le motif du licenciement ?

— Grace était très compétente, mais elle prenait un peu trop d'initiatives. Elles étaient en général bonnes jusqu'au jour où elle est passée outre un ordre de Terry, à la suite de quoi nous avons perdu beaucoup d'argent. J'ai peut-être pris la mouche trop violemment, mais je l'ai virée.

— C'est une période qui doit être éprouvante pour vous, Mr Caine. Le décès de votre femme, puis maintenant celui de Terry Wilde...

Caine baissa la tête vers ses mains croisées sur ses genoux et hocha la tête.

— Oui, une succession de drames. La mort de Barbara a été... quand il a fallu que j'aille reconnaître le corps, j'ai cru que... C'était une boucherie, une vraie boucherie.

— La mort de Terry Wilde n'était pas douce non plus. Votre belle-fille hérite des biens de sa mère ?

— Oui, Vannera.

— J'ai cru comprendre que ce n'était pas une jeune fille facile.

— Non, c'est une gamine qui a été trop gâtée. Elle est plutôt gentille, à part cela, mais sa mère lui a toujours tout passé. Au début, j'ai cru qu'un peu de discipline pourrait arranger les choses et je me suis cassé les dents. Vannera m'a pris en grippe. Je dois dire que le seul aspect moins tragique de tout cela, c'est que la mort de sa mère nous a un peu rapprochés.

— Eh bien, Mr Caine, nous avons sans doute abusé de votre temps et nous vous remercions de votre accueil.

Les trois hommes se levèrent.

— Patricia va vous raccompagner. Si je peux faire autre chose pour vous, surtout n'hésitez pas.

— Merci, monsieur.

Lorsqu'ils rejoignirent la voiture banalisée, leur chauffeur, Lionel Mary Glover, était songeur. Il demanda d'un ton rêveur :

— Retour à Logan Airport, messieurs ?

— Non, je crois que nous allons rendre une petite visite au Boston PD (Se tournant vers Morris :) Qui s'occupe de l'affaire Terry Wilde, déjà ?

— Michael Bozella, Homicides.

Michael Bozella n'était pas dans les bâtiments qui abritaient la section Homicides du quartier général de la police. Un jeune inspecteur, vautré sur un bureau afin d'atteindre le téléphone d'un collègue, leur jeta :

— Justement, il est parti refaire un tour chez la fille. C'est au 1208, Commonwealth Avenue. Au deuxième. Vous voulez voir le capitaine Malden ?

— Non, plus tard peut-être. Merci.

Lionel Glover les déposa quelques minutes plus tard en bas d'un immeuble ultramoderne de très grand standing. Le garde en uniforme, de permanence dans le hall, les examina avant de faire coulisser l'épais panneau de verre. Il resta derrière son comptoir et Morris songea que c'était sans doute parce que les caméras de surveillance balayaient surtout le périmètre qui s'étendait jusqu'aux ascenseurs.

Cagney et Morris sortirent leurs cartes plastifiées :

— Messieurs. Votre collègue est dans l'appartement de Ms Wilde.

— Oui. Je me doute que la police a déjà dû vous parler, monsieur...

— Karl Schaffner.

— Merci. Comment décririez-vous Ms Terry Wilde ?

— C'était une femme gentille, pas très causante mais toujours polie. Je n'étais pas de nuit, quand ça s'est passé, mais je peux vous dire que ça m'a fichu un coup quand j'ai appris, le lendemain.

— Sans doute. Elle avait souvent des visites ?

— Non, je crois même qu'à part les livreurs, je n'ai jamais vu qu'elle recevait des gens. Parce qu'elle se faisait tout livrer. Elle avait un gros poste dans une boîte. Elle rentrait très tard, souvent. Mais des après-midi, elle restait là et elle se faisait livrer ses courses et puis elle louait les services d'une entreprise de nettoyage pour faire son gros ménage.

— En somme, rien de particulier ?

— Non, je vous dis, une femme qui pensait qu'au travail, comme on en voit de plus en plus. Elle était généreuse, avec ça, quand on lui rendait un petit service. D'ailleurs, c'étaient toujours les deux ou trois mêmes livreurs qui venaient. M'est avis qu'elle devait leur filer un bon pourboire.

— Vous aviez ses clefs ?

— Non. En général les propriétaires nous laissent

un double en cas de problème. C'est dans le coffre, en dessous, précisa-t-il en se baissant un peu. Mais il y a trois ou quatre appartements qu'on n'a pas, comme Ms Wilde. C'est des gens qu'ont pas confiance et qui ne veulent pas laisser des étrangers chez eux en leur absence. Après tout, si un jour y'a une fuite ou autre, tant pis pour eux.

— En effet. Eh bien merci, Mr Schaffner. Nous montons.

— Appartement 204.

— Merci.

Ils trouvèrent le détective Michael Bozella assis sur l'un des canapés en cuir beige du salon. Le bruit des voitures qui filaient sur Commonwealth Avenue franchissait à peine l'isolation de l'immeuble et produisait un ronronnement doux qui se mêlait à celui de l'air conditionné.

Il se leva, les regarda en souriant et demanda :

— Vous êtes les agents Morris et Cagney ? Mon partenaire m'a téléphoné.

Il devait avoir une petite trentaine d'années, mais ses cheveux coupés en brosse, son jean, ses santiags et son blouson le rajeunissaient, sans doute. Il engloba le salon dans un grand geste du bras et déclara :

— Quel gâchis, hein ! C'était une jolie nana. Pas con, en plus. On a retrouvé un dossier avec tous ses diplômes.

Morris détailla l'ameublement hypermoderne, les lignes fraîches et marquées, et songea que la décoration allait bien avec ce qu'ils avaient appris de la personnalité de Terry Wilde.

Michael Bozella souffla dans ses joues et poursuivit d'un ton triste mais dépourvu d'amertume :

— Putain, il faudrait que je travaille deux cents ans

pour m'offrir ce genre de crèche. J'arrive pas à comprendre ce qu'elle allait foutre dans ce coin pourri. Même les flics y vont à deux. Alors, je me dis qu'on est passés à côté de quelque chose et je reviens quand j'ai un moment parce que depuis qu'elle s'est fait buter, on m'en a collé quatre autres sur les bras.

— Avez-vous retrouvé des papiers personnels, des lettres, photos ?...

— Pas grand-chose, à part les diplômes et son passeport britannique, des factures et papiers de banque, et un répertoire. On fouille de ce côté-là. On a retrouvé ses bijoux, jolis. Il y avait beaucoup de canards scientifiques dans son bureau, c'est tout. C'est ça aussi qui me perturbe. Putain, cette nana a acheté cet appartement il y a quatre ans et rien, pas le moindre petit truc, comme on les accumule. On dirait qu'elle s'est installée hier.

Morris demanda :

— On peut jeter un œil ?

— Faites comme chez vous. Les gars du labo ont tout ratissé. Vous pouvez coller vos doigts où vous voudrez. Je vous attends.

Morris et Cagney se séparèrent sans se concerter. Cagney longea un couloir gris très pâle, en demi-lune, qui débouchait sur la chambre de Terry Wilde. Tout y était blanc, la moquette épaisse, les murs, le drap housse qui recouvrait le lit-futon, les stores à lamelles, jusqu'aux arums qui s'épanouissaient dans un vase étroit à long col, posé sur un bloc de pierre crayeuse géométriquement découpé qui servait de table basse. Cette monochromie avait quelque chose de déplaisant. Aucun bibelot, aucun objet n'en atténuait l'obstination. Cagney pénétra dans le dressing attenant à la chambre. Blanc. Il ouvrit les placards qui tapissaient l'un des murs et que rien ne distinguait du reste, si ce n'est une sorte d'encoche peu profonde qui permettait de tirer leurs battants. La luxueuse lingerie de Terry Wilde était soigneusement rangée dans des tiroirs. Les étagères du bas des placards accueillaient ses multiples paires d'escarpins, à l'exception d'une sur laquelle était posé un poste de radio avec magnétophone incorporé de qualité très moyenne.

Lorsque Cagney rejoignit le salon, il trouva Morris assis à côté de Bozella, tous les deux muets. Morris se leva d'un bond :

— Tout est nickel. On a l'impression que cette femme ne rentrait chez elle que pour se coucher, et encore.

Cagney hocha la tête sans répondre et s'adressa à Bozella :

— Vous avez remarqué le poste qui se trouve dans le bas d'un placard ?

— Oui. C'était sans doute un vieux truc. De toute façon, on n'a retrouvé que quelques disques compacts. Il y a une chaîne laser dans son bureau. Il y a tout un matos, camescope et trépied, dans le meuble de la téloche.

— Quel genre de musique ?

— Variétoche, musiques de films.

— Et aucune cassette ?

— Non, pas de vinyle non plus. À mon avis, ce n'était pas vraiment une fan de musique.

Cagney s'approcha du home-cinéma dont les lignes noires et pures tranchaient sur le mur blanc cassé du salon. Il ouvrit le panneau du coffre situé en dessous et contempla les quelques cassettes vidéos alignées sur deux hauteurs. Deux bandes de remise en forme jouxtaient une vidéo de tourisme sur l'Écosse et quelques films policiers mélangés à la série des trois *Aliens*. Un camescope et son trépied étaient rangés sur la dernière étagère.

— C'est tout ce que vous avez trouvé ?

— Ouais.

— Attendez, cette femme s'est offert un home-cinéma qui doit valoir dans les 10 000 dollars pour visionner deux épisodes de *L'inspecteur Harry*, *Tightrope,* et Cindy Crawford entraînant ses abdominaux ? Elle possède un luxueux camescope, mais ne s'en sert pas ?

— Bof, il y a des gens qui achètent les derniers trucs *high tech* pour faire chic.

— Auprès de qui ? Elle ne recevait personne ! Vous avez vérifié qu'il n'y avait pas de coffre ?

— Si, il y en a un, c'est là qu'on a retrouvé son passeport et ses bijoux.

— Où se trouve-t-il ?

— Venez, c'est dans la cuisine, sous l'ouverture du vide-ordures. D'après le garde, tous les appartements en possèdent un. C'est par là, précisa-t-il en se levant.

— Non, c'est inutile. Ce n'est pas ce que je cherche.

Cagney passa les autres pièces en revue, sans hâte. La technique consistait à se laisser prendre par ce qu'il savait de Terry Wilde, permettre à ces quelques images, ces détails, de l'imbiber. Il n'y avait que deux pièces qui convenaient à ce qu'il percevait de cette femme. La chambre et la salle de bain. Elle séparait trop nettement sa vie professionnelle de sa vie privée pour laisser des traces révélatrices d'elle dans son bureau. Elle semblait si peu vivre dans cet appartement que la cuisine, le salon et la chambre d'amis ne devaient être à ses yeux que des lieux de passage, de transit. Il ne se trompa que deux fois, en sondant la grosse pierre pâle qui soutenait les arums, et en inspectant le fond des étagères sur lesquelles elle rangeait ses chaussures.

Il se promena jusqu'à la salle de bain et s'assit sur le rebord de la grande baignoire à remous. Son regard caressa les épais petits carreaux rectangulaires en faïence blanche biseautée qui montaient jusqu'au plafond, la vasque ronde et profonde en aluminium, le design étonnant de la robinetterie ultra-branchée. Il n'y avait aucun meuble, à l'exception d'un placard ressemblant à une armoire de laboratoire en verre fumé et chrome dans lequel étaient soigneusement empilées des serviettes de bain en tissu éponge blanc, et d'un haut tabouret en aluminium. Cagney s'étonna de la présence d'une poutre coffrée qui courait le long de l'arête du plafond dans cet appartement si moderne et tira le tabouret. Certains des petits carreaux qui recouvraient le coffrage de la poutre n'étaient pas jointurés et il poussa son ongle dans l'imperceptible interstice. Un panneau se détacha du coffrage et il le retint de justesse. Sa main rencontra ce qu'il cherchait : des cassettes vidéos et audios. Seules des dates étaient indiquées sur les cassettes audios et sur une bonne moitié des vidéos. L'autre moitié était commerciale et les jaquettes assez évocatrices pour que Cagney n'ait pas besoin de les visionner.

Il revint dans le salon, les bras chargés, et lâcha les bandes sur la moquette. Michael Bozella siffla entre ses dents :

— Putain, y'a des trucs à faire rougir un bataillon de Navy Seals, là-dedans ! Bordel, c'est du cul, mais vraiment du cul ! La petite dame était assez branchée bondage, partouzes, et S&M, on dirait.

Cagney lui tendit une des bandes, datée de quelques semaines auparavant.

— Passez-nous cela, s'il vous plaît.

Après quelques crachouillements, et quelques sauts de lignes, l'image se stabilisa sur la chambre de Terry Wilde. Elle semblait refaire son lit. Elle portait un kimono dont les pans béaient à chaque mouvement, découvrant un très joli slip en dentelle, et des escarpins à talons très hauts. Un homme, qui ne portait plus qu'une veste de *Frank & Fruits*, se rua sur elle, la faisant basculer sur le futon. Il rabattit son kimono sur sa tête, une main plaquée sur sa nuque.

Il soufflait en donnant des coups de reins :

— Salope ! Si tu cries, je te crève ! Mouille, c'est ça, salope, mouille pour moi !

La scène dura encore deux bonnes minutes. L'homme se redressa. Ses joues rouges contrastaient étrangement sur le blanc virginal de la chambre. L'homme s'immobilisa quelques secondes et retira son préservatif. Terry Wilde demeura sans bouger sur le lit. L'homme prit une enveloppe posée sur la table basse et sortit du champ. Bozella, les yeux écarquillés, regardait Terry Wilde se relever en souriant, jouer avec son slip déchiré, s'étirer et s'avancer, sans doute vers le camescope. L'image mourut.

Le silence qui suivit fut seulement coupé d'un « merde » dont Cagney ne sut pas qui, de Morris ou de Bozella, venait de le prononcer.

Il décroisa les bras et alla éteindre le home-cinéma :

— Je ne crois pas qu'il soit utile de visionner les autres tout de suite. À mon avis, le scénario doit être assez similaire. Ms Wilde avait des après-midi très chargés. Morris, vous voulez bien apporter le poste qui se trouve dans le dressing ?

Cagney enclencha le bouton de lecture du magnétophone et pencha la tête. Le son provenant d'une rue proche, le passage étouffé des voitures. Une course sur talons. Les deux mêmes phrases murmurées par le prétendu agresseur et quelques gémissements féminins. Puis, le râle d'un orgasme.

— Eh bien, messieurs, nous savons ce qu'elle allait faire cette nuit-là et pourquoi on a retrouvé un préservatif à côté du corps. Elle devait avoir un magnéto de poche dans son sac. Cette fois, pourtant, le type dont elle a loué les services a pété les plombs.

Morris demanda :

— Vous pensez qu'il s'agit d'un crime sexuel ?

— Je ne sais pas, ce n'est pas exclu. Détective Bozella, nous emportons les bandes. Nous les ferons recopier et vous les retournerons dès que possible.

Michael Bozella hocha la tête, puis hésita :

— Mais merde ! Une nana comme ça, elle pouvait avoir tous les mecs ! Je veux dire des mecs qui font attention, enfin qui ne tringlent pas comme des lapins. Pourquoi elle avait besoin de ces trucs ?

— On a écrit plus de volumes sur le sujet que n'en contiendrait cette pièce. Personnellement, je n'ai toujours pas de certitude.

Base militaire de Quantico,
Virginie, 14 janvier

La fin d'une des bandes vidéos trouvées dans l'appartement de Terry Wilde fut accueillie par un silence. Cagney se redressa, les mains posées à plat sur la table de conférence :

— L'interrogation concernant la présence du Dr Terry Wilde dans un quartier inhabituel pour elle est donc levée.

Ringwood commenta :

— Ben ça !

Dawn répondit :

— C'est relativement classique, non ?

Ringwood se défendit :

— Pour vous peut-être, moi, ça me surprend toujours. C'est vrai, c'est dingue qu'une femme mette en scène son propre viol...

Cagney l'interrompit :

— Il ne s'agit surtout pas d'un viol, Richard. C'est grâce à ce genre d'amalgame que des violeurs récidivistes s'en sortent. Dans un viol, c'est l'homme qui a le pouvoir et qui l'impose à l'autre selon ses propres fantasmes. Ici, c'est toujours Terry Wilde qui a le pouvoir. C'est *elle* qui fixe les règles du jeu. Elle est actrice de son propre fantasme et les hommes en sont les exécutants. C'est exactement comme la femme qui s'ennuie et qui rêve que Robert Redford ou Richard Gere l'étale sur un canapé pour lui faire l'amour. C'est aussi un jeu de pouvoir, mais c'est son rêve à elle qui le détermine.

Ringwood bougonna :

— Enfin, quand même, on peut fantasmer sur des trucs plus soft, non ? Moi, ça me chiffonne, le pouvoir dans le sexe.

Dawn haussa les épaules :

— Tout est rapport de pouvoir, même le sexe. Là où cela devient inacceptable, c'est quand on l'impose et qu'il est unilatéral. Les hommes n'ont pas le monopole du goût du pouvoir ni des fantasmes sexuels musclés.

— Sans blague, il faudra qu'on en discute plus en détail un jour, répondit Ringwood d'un ton goguenard.

Elle le regarda, calme, sans un sourire, et tourna la tête vers Cagney :

— Qu'avez-vous pensé de Caine, monsieur ?

— Curieux mélange. Il est rare qu'un homme de sa culture et de ses moyens s'étende aussi volontiers sur ses affaires. Il aurait pu écourter la conversation, nous n'avions pas d'argument officiel pour déborder sur le meurtre de sa femme et il le savait. D'un autre côté, certaines personnes se confient facilement et cela ne veut pas dire grand-chose. Par contre, j'ai été surpris que le nom de Grace Burkitt ne lui évoque rien alors qu'il se souvenait parfaitement des raisons pour lesquelles il l'avait licenciée. Mais, là encore, c'est tellement ténu qu'il ne faut pas s'y arrêter. À ce sujet, Dawn, vous prenez rendez-vous avec Vannera Sterling. Nous y allons tous les deux.

Elle rougit, mais tenta de garder une voix neutre :

— Bien monsieur.

— Vous demanderez à la secrétaire de Caine, Patricia Park, l'adresse du rejeton Horning.

Ringwood intervint :

— Vous pensez que le meurtrier de Barbara Horning n'était pas le type qui avait déjà découpé Kim Hayden ?

— Je n'en sais foutre rien, Richard. Du reste, c'est le problème : d'habitude nous n'avons aucun élément, mais dans cette enquête, ils foisonnent. C'est un vrai foutoir, cette histoire. On a du nouveau du côté de ce type mort, Oliver Holberg ?

— Oui. J'ai réussi à joindre son frère, hier soir. Stephen Holberg, son frère aîné. Oliver Holberg était un gay affirmé et militant, et il ne cachait pas sa maladie. D'après la description qu'en donne son frère, il existe une certaine ressemblance physique avec le tueur de Grace Burkitt. C'est sans doute pour cette raison que le meurtrier utilise ses papiers.

— Un ancien amant ?

— Stephen Holberg n'en a pas la moindre idée. Toujours d'après lui, son frère n'était pas du genre papillon de back-rooms. Il a connu certains des compagnons d'Oliver. Aucun ne correspond physiquement à ce que l'on sait du tueur.

— Vous avez des tuyaux sur Caine ProBiotex ?

— Oh oui, déprimants ! Excellente santé financière, des perspectives alléchantes si l'on en croit les experts, un chiffre d'affaires et des bénéfices qui caracolent. Ils ont renversé la vapeur en l'espace de quelques années. Ils vivotaient avec une gamme de lavements gynécologiques, de talc pour bébé, ce genre de truc. Il semble que Terry Wilde ait balancé tout cela. Ils sont maintenant spécialisés dans la fabrication de vaccins hyper-purs. Ils ont même déposé un brevet pour le clonage d'une protéine immunogène de virus dans une entérobactérie, le genre facile à cultiver. Ils devraient être capables de produire sous peu un vaccin parfaitement pur et à peu de frais. Ça vaut beaucoup, beaucoup d'argent.

— Peut-être que Ms Wilde voulait le déposer au profit d'une autre boîte, hasarda Morris.

— Non, le brevet est au nom d'Edward Caine, agissant pour le compte de sa société.

Cagney soupira et reprit :

— Barbara Horning-Caine avait de l'argent dans la société ?

— Oui, elle était associée mais pour une part qui garantit à Caine le contrôle de sa boîte. Maintenant, c'est sa fille. Par ailleurs, les investissements étaient raisonnablement répartis entre mari et femme.

— Elle aurait pu vouloir retirer ses billes et il plongeait.

— Non. Il y a quelques années sans doute, mais plus maintenant. Il est assez crédible pour trouver un remplaçant.

— Merde, merde ! On tourne en rond ! Bon, Ringwood, tentez de retrouver les derniers types qui ont fréquenté Oliver Holberg. Morris, vous me faites convoquer les livreurs habituels de Terry Wilde, au quartier général du Boston PD.

— On les interroge ?

— Pas pour l'instant. Passez la consigne à Michael Bozella. Il vaut mieux qu'il ne se sente pas dépossédé de son enquête. Vous y allez, mais en observateur. Apportez-lui le portrait-robot établi par les Canadiens. C'est vague, mais ça peut l'aider. Dawn, nous voyons Ms Vannera Sterling le plus tôt possible.

— Bien, monsieur.

— Au fait, Morris, on a des chances avec l'empreinte vocale ?

— J'ai envoyé les bandes audios originales au labo central. J'ai eu le Dr Tanaka au téléphone. Je lui ai expliqué de quoi il s'agissait. *A priori*, il n'a pas grand espoir, à cause du bruit de fond, du peu de dialogue, et du fait que les mecs devaient probablement adopter un ton genre grande brute en rut pour accentuer la mise en scène. Mais il s'y colle dès qu'il a reçu le matériel.

Cagney émit un petit bruit déçu et conclut :

— Un vrai jardin de roses, cette histoire ! Quelle galère !

Cagney était plongé dans la lecture sans surprise du rapport balistique du laboratoire principal de Washington, qui concluait que les balles ayant causé la mort de Terry Wilde et Grace Burkitt avaient été tirées par la même arme. Il s'agissait bien d'un Smith & Wesson calibre 32. Belle arme, précise et sans hésitation. Un coup ferme et inhabituel frappé contre sa porte lui fit lever la tête :

— Entrez. Ah ! Dawn, je ne suis pas encore habitué à votre façon de frapper aux portes.

— Pardon, monsieur, je...

— Il n'y a aucune raison de vous excuser, Dawn. Vous n'êtes plus stagiaire, vous êtes un agent fédéral à part entière, dans cette unité. C'est à vous de faire votre place, pas aux autres, même s'ils sont tous gentils. Alors ?

— Oui, je sais. C'est juste que tout est si nouveau... C'est génial. J'ai eu Ms Vannera Sterling. J'ai pris rendez-vous pour demain après-midi, 14 heures. Elle nous reçoit chez elle. Elle est revenue vivre dans l'ancienne propriété de sa mère, à Weymouth Heights.

— Décidément, j'aurais dû prendre pension dans la région de Boston. Ces allers et retours deviennent épuisants. J'espère que vous n'êtes pas malade en hélicoptère ?

— Non, pas du tout.

— Gentille petite, ça me fera des vacances ! Je vous explique la façon dont nous procédons habituellement. Je pose les questions et vous détaillez minutieusement chaque geste, chaque intonation de la personne qui est assise en face de moi. N'écoutez pas ce que je dis, vous risquez de rater une expression, un truc. Si, par contre, vous aviez une question à formuler, vous êtes la bienvenue. Tant que nous n'avons rien de précis et surtout de substantiel sur quelqu'un, le ton reste neutre, plat, et même s'il devient déplaisant, il doit demeurer courtois, nous sommes bien d'accord ?

— Tout à fait.

— Vous ne devez jamais laisser filtrer aucun détail, aussi minime soit-il, sur vous ou les gens qui travaillent avec vous. Donc pas de parfum, pas de déodorant marqué, pas de bague de fiançailles, des vêtements classiques, passe-partout. Aucun commentaire d'ordre privé sur rien, ni sur les fleurs, ni sur les animaux ou les enfants, sauf s'ils sont faux et qu'ils vous servent.

— Mais, pourquoi...

— C'est une remarque générale, Dawn. Dans le cas présent, elle est largement exagérée. En revanche, lorsque nous aurons en face de nous un tueur psychopathe, la stratégie consistera à rentrer dans sa tête mais à ne jamais permettre qu'il s'insinue dans la vôtre, et certains sont d'une finesse redoutable. C'est pourquoi il vaut mieux que nous commencions par Vannera Sterling, qui m'a l'air d'être une sale gamine mal élevée mais n'a rien d'une psychopathe. Voilà.

— Bien, monsieur, merci, monsieur.

Il tendit la main vers le téléphone et attendit qu'elle ait refermé la porte de son bureau avant de décrocher. Un « Euh... » masculin et lointain fut suivi d'un silence troublé par une respiration désordonnée.

— James Irwin Cagney à l'appareil. Oui ?

— Euh... C'est Lionel Glover, monsieur.

— Bonjour, détective Glover, que puis-je pour vous ?

— Euh, ben rien. Non, en fait, je voulais juste savoir si vous étiez sincère, dans la voiture. Vous savez, quand vous m'avez dit que le Bureau avait besoin de types comme moi.

— Oui, j'étais sincère sur tout, même au sujet de votre vocabulaire et de vos nattes.

— Vous les trouvez trop... ethniques ?

— Non, je les trouve trop révélatrices, trop identificatrices de ce que vous pensez. Lorsque vous suivrez mes cours à l'université de Virginie, vous comprendrez.

— Bon. Ben je vais remplir un dossier, alors ?

Cagney sourit mais conserva un ton plat :

— Cela me paraît un premier pas inévitable, en effet. Vous vouliez savoir autre chose ?

— Non. Merci, monsieur. Au revoir, monsieur.

— À bientôt, détective Glover.

[illegible]

[illegible]

14 janvier. C'est [illegible]

— Pourquoi [illegible]

vous [illegible] les gourmandises d'une enfant [illegible]

[illegible]

[illegible]

avec quelques [illegible] qu'il devait faire un détour [illegible] pour quelque chose de vraiment [illegible] comme des [illegible] n'aimait pas le fromage. Elle avait [illegible] odeur du fromage. [illegible] Cagny [illegible] Les deux [illegible] évoqué pour [illegible] de l'autre.

[illegible] alors lui préparer les [illegible] quelques [illegible] Elle avait [illegible] de dire [illegible] ce qu'elle [illegible] : « Je vous concède que [illegible] à la [illegible] Teresa [illegible], mais je ne [illegible] pas. » Cagny avait [illegible] des [illegible] quotidiennes, [illegible] parce qu'ils lui rappelaient [illegible] de son [illegible]. Et puis cette nuit-là, il [illegible] le grand [illegible]. Il avait voulu [illegible] dans [illegible]

Fredericksburgh, Virginie,
14 janvier

Cagney fixa les gouttelettes d'eau saturée d'amidon qui s'écoulaient de la passoire. Il mangeait des tagliatelles au basilic depuis le début de la semaine. Il grimaça en songeant qu'il devrait faire un effort et opter pour quelque chose de vraiment révolutionnaire comme des spaghettis carbonara ou du riz.

Gloria n'aimait pas le fromage. Elle avait précisé « l'odeur du fromage ». Ce détail n'avait pas étonné Cagney, même s'il l'avait consterné. L'odeur du fromage évoque pour certains les odeurs corporelles, les odeurs de l'existence physique de l'autre.

Il avait adoré lui préparer les mêmes tagliatelles, quelques mois auparavant, à San Francisco. Elle avait chanté *Carmen*, terriblement faux, et massacré « parle-moi de ma mère » en interprétant tour à tour Don José et Micaëla. Elle avait éclaté de rire parce qu'elle était saoule, et avoué : « Je vous concède que je n'arrive pas encore tout à fait à la hauteur de Teresa Berganza, mais je ne désespère pas. » Cagney avait découvert le bonheur des gestes quotidiens, lui qui les redoutait parce qu'ils lui rappelaient l'ennui de son mariage. Et puis cette nuit-là, il avait voulu savoir, rentrer derrière le grand front pâle. Il avait voulu descendre dans ce regard auquel l'alcool rendait un certain calme. Et il s'était fait jeter, sans appel. Lorsqu'il l'avait arrachée au corps lourd de l'homme qu'elle venait d'abattre dans ce parking souterrain, elle hurlait. Il l'avait plaquée contre lui, maculant sa chemise du sang presque coagulé qui couvrait le devant de son tee-shirt. Il grelottait encore de trouille, parce que lorsqu'il avait dévalé les marches et entendu les détonations, il avait cru qu'elle s'était abandonnée au sacrifice. Un million de pensées s'étaient télescopées dans sa tête, en quelques secondes, le temps nécessaire pour sauter cinq marches et foncer dans un couloir. L'idée qu'il ne savait pas comment il tiendrait sa propre vie ensuite, l'idée qu'il avait eu tort d'essayer d'envahir ce qu'elle cachait, ce qui la terrorisait, l'idée qu'il allait exploser le mec qui se trouvait avec son corps dans cette salle de combats clandestins.

Il secoua la passoire et versa son contenu dans une assiette. Merde, il avait la flemme de rajouter un morceau de beurre ou du basilic. Il se servit un verre de chianti et revint au salon.

Il était 5 heures à San Francisco. Le soir devait fraîchir. Les nuits tombent très vite en Californie, surtout en hiver. Elle était sans doute encore à Little Bend, ou sur le chemin du retour. Une étrange émotion le fit déglutir lorsqu'il se remémora le sourire humide et hésitant de Clare, ses éclats de rire lorsqu'elle courait après un écureuil. Gloria, un jour de tempête, comme ils en avaient tant essuyé entre eux, lui avait lancé d'un ton sarcastique : « Attention, Mr Cagney, vous allez devenir sentimental. C'est une maladie incurable. » Il avait répondu : « Oui, comme la vie. » Cagney s'était rendu compte sur le tard qu'il avait toujours été sentimental, mais qu'il n'avait jamais eu besoin, jusque-là, de s'en préoccuper. Il avait la conviction d'être, du moins sur ce point, très semblable à bon nombre de ses congénères masculins.

Il reposa l'assiette intacte sur la table basse devant laquelle il dînait tous les soirs, parce que c'est con et navrant de s'installer seul à une grande table de salle à manger.

Fut-ce lui qui court-circuita si efficacement son cerveau ? Qu'est-ce qui provoqua cette interruption de conscience durant quatre secondes ? Il se retrouva l'oreille collée au téléphone, attendant la fin du chœur du *King Arthur* de Purcell. Il sourit. Il avait eu lui aussi une grande fringale de Purcell dans sa jeunesse, parce que l'anglais savait s'y transformer en langue d'opéra. Gloria décrocha dès qu'il s'annonça et c'est à cet instant qu'il s'aperçut qu'il l'avait appelée. Il trébucha sur la première phrase :

— Bonjour, Mrs Parker-Simmons. J'avais peur que vous ne soyez pas encore rentrée.

— Pour ne rien vous cacher, je n'ai même pas eu le temps d'enlever mon manteau.

— Eh bien faites, j'attends.

Il entendit le choc du combiné sur une surface dure, puis :

— Voilà. Un instant, je fais un petit câlin à Germaine qui vient de descendre. Il est presque sourd, maintenant.

La banalité de la scène lui fit mal parce qu'il aurait voulu être là, la voir se baisser pour embrasser le chien, jeter son manteau sur un canapé ou une table. La voix étouffée de Gloria reprit :

— Ça y est. Les formalités d'usage sont accomplies. Que puis-je pour vous, Mr Cagney ?

— Vous voulez vraiment le savoir ? répondit-il ironiquement, plus pour reprendre le contrôle de sa voix qu'autre chose. Excusez-moi, Mrs Parker-Simmons, c'était facile et je n'ai pas pu résister.

— Bien. Alors ?

— Nous sommes sur une enquête qui avait l'air simple et qui s'enlise.

— Quel genre ?

— Le genre très meurtrier.

— Oui, je m'en doute. Mais encore ?

Il résuma ce qu'ils avaient appris et elle conclut :

— En d'autres termes, ce qui vous perturbe cette fois n'est pas l'absence de pistes mais leur abondance, si je ne m'abuse ?

— Vous êtes télépathe ?

— Non, seulement intelligente. Croyez bien que je regrette de vous décevoir.

— Pouvez-vous nous aider, Mrs Parker-Simmons ? Oui, il s'agit d'un contrat ferme et ne me refaites plus le plan du mercantilisme, parce que cela ne marche plus !

Elle pouffa :

— Vous êtes parfois étonnant, Mr Cagney.

— Oui, mais je n'en abuse pas parce que ça me fatigue.

Le ton de Gloria redevint sérieux et il sut à son intonation qu'elle penchait la tête sur le côté. C'était un de ses gestes familiers, un geste qu'il aurait pu peindre :

— Mr Cagney, soyez franc. Vous avez vraiment besoin de mes services ou...

— De vous ? Les deux mon général !

— Ce n'est pas ce que je voulais dire.

— Dommage. À nouveau, excusez-moi. Cette conversation me détend. J'en profite. Votre participation sera entourée du plus grand professionnalisme, c'est entendu. Je promets de ne pas me laisser tenter par un humour de dragueur de supermarché. L'affaire est conclue ?

— D'accord.

— Quand venez-vous ?

— Je n'ai pas de raison de me déplacer pour l'instant, d'autant plus que j'ai loué mon appartement bostonien et que je n'ai pas envie de m'installer à l'hôtel. Ce dont j'ai besoin, en revanche, c'est de toutes les pièces du dossier. Vous avez mon adresse et mon numéro de fax.

Cagney tenta de masquer sa déception :

— Comme vous voudrez. Mais il est souvent utile de voir les choses, de les sentir sur place.

— Je travaille sur des faits et des lois mathématiques, Mr Cagney, pas sur des sensations.

— Bien, je n'insiste pas.

— S'il vous plaît.

— J'ai pensé à Clare tout à l'heure. Elle est toujours heureuse d'avoir retrouvé Little Bend ?

Un léger silence s'établit et il comprit qu'elle s'étonnait, ou se demandait où il voulait l'entraîner :

— Oui. Jade a su établir une transition sans heurt. Clare avait un peu oublié les couleurs, elle les réapprend. Elle est ravie.

— Je vais lui envoyer des cahiers de coloriage.

— C'est gentil, mais je ne crois pas que ce soit souhaitable, Mr Cagney.

Il demanda d'un ton cassant :

— Et pour quelle raison ?

— Il est préférable que Clare vous oublie, comme elle est en train d'oublier son voyage. Complètement.

L'idée que Gloria tentait de le gommer des moindres recoins de sa vie le rendit agressif :

— Putain, ne me dites pas que je vous effraie à ce point-là, Mrs Parker-Simmons !

— Vous vous flattez et il ne s'agit pas de cela, lâcha-t-elle d'un ton sec. Je vous l'ai déjà dit. Clare déborde d'amour et de tendresse. Elle s'attache très vite aux gens. Lorsqu'ils se désintéressent d'elle, qu'ils l'abandonnent, elle est désespérée, et je suis là pour l'empêcher.

— Qui vous dit que je l'abandonnerai ?

— Cette conversation a assez duré, Mr Cagney. J'attends les dossiers et je vous rappelle dès que je trouve quelque chose.

L'idée qu'elle le jetait, le lourdait à nouveau, fit voler en éclats la parodie de calme à laquelle il se cramponnait depuis le début. Il hurla :

— J'en ai ras la caisse de vos dérobades, Parker-Simmons ! Il n'y a pas que vous et encore vous dans votre vie ! On ne s'appartient pas, qu'on le veuille ou non !

— C'est juste. J'appartiens à Clare et seulement à Clare.

— Bordel, vous n'allez pas vous en tirer par une pirouette, pas cette fois !

— Je ne vous demande pas votre permission, Mr Cagney.

Et elle raccrocha.

San Francisco, Californie,
14 janvier

Elle tremblait, debout devant la table demi-lune sur laquelle était posé le téléphone. Il ne s'était rien passé de particulier. Ils avaient juste traversé une autre de leurs engueulades, c'est tout.

Germaine sur les talons, elle traversa l'immense salon qui s'obscurcissait déjà et pénétra dans la cuisine. Elle se servit un grand verre de chablis et s'appuya les reins contre le rebord de l'évier. Elle n'aimait pas cette pièce, du reste, elle n'aimait pas les cuisines laboratoires, ultramodernes. C'était indiscutablement élégant, mais elle ne s'y sentait pas chez elle. Gloria aimait la rousseur chaleureuse de la brique, du teck ou de l'iroko. Et puis, la fausse vieille cuisinière française, une vraie Godin en émail blanc, avait l'air étriqué au milieu de ces tubulures en aluminium, de ces portes de placards en verre glacial. Elle ne s'en était jamais servie, mais c'était comme une présence amicale, le fantasme de familles entières réunies pour un repas de fête, d'enfants qui s'époumonent pour obtenir la plus grosse part d'une tarte. Elle soupira d'exaspération : qu'avait-elle à faire de ces mièvreries, quelle famille, quels enfants ? En plus, elle était incapable de faire une tarte et elle s'en foutait.

Elle vida son verre d'un trait et le remplit à nouveau. L'alcool progressait dans ses neurones, atténuait les contours de la mémoire, le son des voix. Pourquoi la fureur de Cagney l'avait-elle émue ? Elle se sentait coupable de quelque chose, mais de quoi ? Et merde ! Les autres n'ont pas à vous imposer leur amour, c'est indigne. Il faudrait qu'elle lui explique qu'il devait la laisser en paix. Foutaises. Depuis quand connaissait-elle la paix ? Depuis quand le désert qu'elle habitait depuis presque vingt ans était-il paisible ? Et puis, pourquoi devait-elle s'empêcher, quotidiennement, de penser à cet homme ? Elle n'en voulait pas. Ou plutôt, elle ne voulait pas en vouloir, parce qu'elle ne savait pas comment on fait et que c'était trop compliqué à apprendre. Elle avait essayé d'en avoir peur, mais ça n'avait pas marché. Pourtant, elle connaissait très bien la peur, ses moindres détours, ses plus petits artifices.

Elle soupira et revint au salon. Ne plus penser à cela. C'était une perte de temps et d'énergie.

Elle composa de mémoire le numéro de Maggie. Une voix instable lui répondit :

— Ben, ma puce, où t'étais passée ?

— J'étais en France, Maggie.

— Pour le boulot ?

— Voilà. J'ai emmené le chien.

Gloria n'avait jamais révélé à Maggie qu'elle avait une « nièce ».

— Oh ben, je suis contente ! T'es toujours à Diamond's ? Je suis venue des fois pour voir si t'étais rentrée.

— Non, j'ai vendu la maison. Mais la nouvelle est encore plus grande. Tu vas adorer.

Elle entendit le choc d'un verre contre des dents et

décida qu'elle allait remettre l'invitation qu'elle se proposait de lancer pour meubler son désert :

— Tu viens dîner demain, pour que je te présente la maison ?

— Ouais ma puce, ça marche.

La voix de Maggie était de plus en plus pâteuse. Elle s'excusa :

— Je crois que j'ai encore chopé une saloperie d'allergie. C'est l'hiver.

— Oui. À demain, alors.

— *Okay,* ma puce.

Gloria raccrocha. L'idée de rester seule ce soir la paniquait et l'ampleur de cette sensation l'irritait. Quoi ? Elle avait toujours été seule. Elle avait toujours tout fait pour le rester. En quoi ce soir était-il différent des autres ? Elle composa un autre numéro et raccrocha avant d'avoir formé le dernier chiffre. Merde, quelle conne !

Boston PD, Boston,
Massachusetts, 15 janvier

Michael Bozella termina son gobelet et le froissa dans son poing, avant de le balancer dans une petite poubelle en plastique déjà débordante. Il se lécha la paume pour essuyer les gouttes de café qui la tachaient.

Il se tourna vers Jude Morris et, claquant la langue, proposa :

— On y va, agent Morris ? Les trois mecs marinent depuis une heure. On les a laissés ensemble pour qu'ils échangent leurs souvenirs de coups de queue. Ça devrait aller plus vite, s'ils savent que ce n'est pas pour leurs PV impayés qu'on les a convoqués. Putain, ils ont tout compris, ces mecs. Tu te tringles une super gonzesse, qui en plus part au quart de tour, et elle raque. Merde, c'est toujours les mêmes qui ont du pot !

La crudité volontaire du vocabulaire de flic ne dérangeait pas Morris. Si on ne veut pas devenir dingue, il vaut mieux apprendre très vite à se moquer de tout, surtout du pire. Mais le fait qu'il évoque la chance l'agaça :

— Dans le cas de la fille, elle est passée à côté.

Bozella redevint sérieux :

— Ouais, putain, quel monde à la con ! (Il haussa les épaules et reprit d'un ton enjoué :) Bon, c'est pas vraiment une nouveauté et c'est pas de le dire qui fera changer les choses. On s'y colle ?

— Je vous suis.

Ils montèrent deux étages plus haut et s'installèrent dans une petite salle d'interrogatoire aveugle. Trois chaises en plastique dur entouraient une table en métal sur laquelle étaient posés un magnétophone et un cendrier. Morris tira une des chaises dans un coin et s'y assit. Bozella enfonça l'unique bouton d'un téléphone installé contre le chambranle de la porte et cria :

— Debra, on attend le premier colis ! D'ac' ma jolie ! T'as tes porte-jarretelles en dentelle noire, aujourd'hui ? Mais non. Tu n'as pas l'âge d'être ma grand-mère, tout juste ma grande sœur. Ça te branche, un inceste ?

Il raccrocha en commentant :

— C'est Debra. Elle est proche de la retraite. On la charrie parce qu'elle est un brin dadame. Elle est mignonne comme tout.

Morris répondit d'un sourire. Il reconnut immédiatement l'homme introduit par un officier de police féminin. Le gros livreur de *Frank & Fruits*. Bozella adopta un air goguenard et s'inclina :

— Bonjour. Mr Daniel Prontsky, c'est bien cela ?

— Euh... oui.

— Mais asseyez-vous, asseyez-vous. Vous êtes donc livreur chez *Frank & Fruits* et l'une de vos... clientes ? patientes ? habituées ? généreuses donatrices ? était le Dr Terry Wilde qu'on a retrouvée assassinée vers Whitney Street, c'est bien cela ?

Morris réprima un sourire. Bozella était un bon. D'un ton badin, il mettait son témoin le nez sur un meurtre. Prontsky blêmit et déglutit avec peine. D'une voix mal assurée, il débita à toute vitesse :

— J'ai rien à voir avec cette histoire ! Bon, on est entre mecs, d'accord ? C'est pas la peine que je vous raconte de bobards. Cette fille était une saute-au-paf, mais c'est pas pour ça qu'elle devait se faire buter. Un jour, au début, elle m'a offert un whisky. Elle était super gaulée. Et elle m'a mis le marché en main. Elle payait 50 dollars mais il fallait faire exactement ce qu'elle voulait. D'abord, j'ai pas voulu parce qu'elle filmait et que je suis marié. Elle m'a assuré que c'était pour son usage personnel, strictement personnel. Elle n'avait pas plus envie que moi que ça se sache. Elle avait une grosse situation. Ça m'a décidé. Et puis merde, je faisais pas de mal. Elle était adulte et pour être consentante, ça y'a pas de lézard ! Vous verriez ma rombière, y'a pas vraiment de quoi la faire grimper. Bref, c'était du fric facile. De toute façon, même sans le fric, c'était une gonzesse canon. Et puis, elle était plutôt cool. Bordel, quand j'ai lu ça dans le canard... D'abord j'ai su qu'un jour ou l'autre vous me convoqueriez et ensuite, ça m'a fait de la peine, je le jure. Mais pourquoi il a été la buter ?

Un silence s'établit. Prontsky fixait ses mains qui tremblaient.

— Ça durait depuis combien de temps ?

— Environ deux ans. Dans ces eaux-là. J'ai cru comprendre que j'en remplaçais un autre. Mais, je sais pas trop. Faut vous dire qu'elle me payait pas pour lui faire la causette.

— Ms Terry Wilde vous a-t-elle demandé de reproduire la même mise en scène mais dehors, la nuit ?

— Non, d'abord j'aurais pas voulu. Ça va pas, me faire gauler par les flics le froc sur les genoux et la queue en l'air, et puis quoi, encore !

— Bien. Merci, Mr Prontsky, ce sera tout.

Il leva les yeux, cligna des paupières, gêné :

— Ma femme saura pas ?

— Pour l'instant, il n'y a aucune raison de la mettre au courant.

Il se leva :

— Merci. C'est vrai que ça m'a foutu un coup, vous savez, et pas seulement pour moi.

Lorsque le livreur eut refermé la porte, Bozella soupira :

— J'ai pas le sentiment qu'on apprendra grand-chose de ces types. Cette fille cloisonnait vachement bien sa vie.

— Hum. Bof, sait-on jamais ? De toute façon, maintenant qu'ils sont là...

— Oui.

Il décrocha à nouveau le combiné, et susurra :

— Debra, ma grande chatte, tu nous envoies le deuxième ?

Morris reconnut aussi le second. Il avait parfaitement mémorisé les traits de son visage parce qu'il était très différent des deux autres : un jeune blond, mince, qui portait des petites lunettes rondes en écaille. Robert Willis ressemblait plus à l'image que l'on a d'un doux intellectuel qu'à celle du livreur dans un film porno. Il s'assit sagement, et déclara, sans attendre la première question :

— La mort de Ms Wilde m'a beaucoup affecté. J'ai hésité. Je voulais venir vous voir et puis je me suis dit que ce serait moche. J'espérais que personne ne trouverait ses bandes. Ça donne une idée complètement fausse du personnage.

Il fixa Morris, puis Bozella :

— Je dois vous préciser que je n'ai pas le sentiment d'avoir commis un acte répréhensible ou même immoral. Le sexe c'est le sexe et chacun l'entend comme il veut à partir du moment où les choses se passent entre adultes consentants. C'est le reste qui est gerbant. Certes, elle payait, et on peut donc nous assimiler à des gigolos. Mais là encore, je ne vois pas ce qu'il y a de répréhensible. On ne lui a pas extorqué d'argent contre une fausse promesse d'amour. Personne n'était dupe dans cette histoire. Je crois que l'argent faisait partie de son fantasme ou alors il la déculpabilisait à ses propres yeux. Voilà.

Morris fut surpris par le changement de ton de Bozella et il en conçut une sorte de reconnaissance diffuse. Michael Bozella demanda d'une voix courtoise et confidentielle :

— Vos relations avec Ms Wilde duraient depuis combien de temps, Mr Willis ?

— Un peu plus de quatre ans. J'ai 32 ans et je suis célibataire.

— Vous n'avez jamais rien remarqué qui puisse nous aider ?

— Non. Terry, enfin Ms Wilde, était quelqu'un qui n'allait pas bien. Je veux dire, j'ai eu parfois le sentiment d'une personnalité schizoïde, vous voyez ? On aurait dit qu'elle avait peur de laisser des traces d'elle, de ce qu'elle était vraiment, dans sa tête. Son cul, lui, était ailleurs, comme si ce n'était pas le sien. C'est flou ce que je dis, je suis désolé. C'est juste une série de sensations.

— Non, je crois que je comprends.

Willis regarda Bozella et demanda lentement :

— Vous croyez que c'est un des types qu'elle engageait ?

— Ce n'est pas exclu. Un mec qui n'a pas respecté les règles du jeu. Ms Wilde vous a-t-elle proposé des rencontres de même genre, mais en dehors de chez elle ?

— Non, jamais. Mais si elle avait voulu, j'aurais accepté. Cette fille n'a jamais fait de mal à personne. Merde !

Bozella le considéra :

— Vous semblez très attaché à elle.

Willis grimaça un sourire triste et les larmes lui montèrent aux yeux :

— Oui, j'ai même eu un béguin, comme on dit. Ça n'avait pas d'objet, je le savais, mais ça m'a occupé. Je n'avais pas d'envies réformatrices vis-à-vis d'elle. J'ai toujours été quelqu'un d'assez inerte. Les choses sont comme elles sont et ça me va.

Il baissa la tête, trébucha, et sa voix se coinça quelque part dans sa gorge :

— Euh... Je ne crois pas que ce soit possible, mais je vais quand même vous le demander. Pourrais-je avoir une copie d'une des bandes ? Elle et moi. Une de celles où elle porte ce grand kimono en soie pêche.

Bozella répondit exactement ce que Morris aurait répondu :

— Non, c'est impossible, mais je vous l'enverrai.

— Merci.

— Merci de vous être déplacé. Ce sera tout.

Robert Willis se leva et se dirigea vers la porte. La voix de Bozella l'arrêta :

— Je suis désolé, Mr Willis.

— Oui. Pas autant que moi. Mais merci quand même. (Il hésita et se lança :) Un truc me revient. Ça n'a sans doute aucune importance. Un jour, on allait, comment dire, commencer et le portier l'a prévenue par téléphone d'une visite. Elle a changé de tête et elle m'a demandé de me rhabiller. Je me suis dépêché. Un type est sorti de l'ascenseur au moment où j'empruntais l'escalier.

— Comment était-il ?

— Un grand baraqué. Beau mec. Châtain clair avec des lunettes sombres. Ça m'a marqué parce qu'en quatre ans, c'est la seule interférence que j'aie connue, en quelque sorte. C'est tout.

— Quand cela s'est-il passé ?

— Oh, je ne sais pas. Je dirais il y a à peu près trois ans.

— C'était un livreur ?

— Oui, il avait un uniforme de magasin, mais je serais incapable de vous dire lequel. Il portait un énorme bouquet de fleurs blanches. De cela je suis sûr, parce que Terry n'aimait que les fleurs blanches.

— Merci encore, Mr Willis.

Morris attendit que Bozella éteigne le petit magnétophone et déclara :

— Ça, c'est intéressant. C'est la description d'un suspect qui a abattu une autre femme.

— Ah ouais ? Où ça ?

— Au Canada. La fille travaillait dans la même boîte que Terry Wilde.

— Ben à votre place, j'irais faire un tour.

— C'est fait.

Debra, « ma grande folle », envoya le dernier colis. Son visage n'avait pas particulièrement marqué Morris. C'était un petit homme poupin entre deux âges, entre deux couleurs de cheveux, entre deux attitudes.

— Bonjour, Mr Jordan Fields. Asseyez-vous, je vous en prie. Donc, vous êtes le dernier chevalier servant de Ms Terry Wilde ? Vous êtes marié, Mr Fields ?

Fields pinça les lèvres et déclara d'un ton hargneux :

— Je ne sais pas du tout ce que vous voulez dire !

— Vous ne comprenez pas que je vous demande si vous êtes marié, c'est cela ? Alors êtes-vous célibataire ?

— Non, pas ça. Je suis marié et mon mariage est parfaitement heureux. C'est le reste.

— Quel reste ? Des parties de jambes en l'air avec une dame qui casque ?

— C'est une accusation gratuite et injustifiée et du harcèlement policier !

Bozella arrêta le défilement de la bande et cligna discrètement de l'œil en direction de Morris. D'un ton ironique, il susurra :

— Oh, chéri, chéri, tu préfères que je te harcèle sexuellement, mon biquet ? Oh, tu me plais, toi tu sais, avec tes bonnes grosses joues !

Fields se trémoussa sur sa chaise et couina :

— Je vous interdis de me parler sur ce ton ! Je vais appeler mon avocat !

Féroce, Bozella s'avança vers lui :

— T'as rien à m'interdire, Ducon ! Je te fais coffrer quand je veux et j'appelle ta femme comme témoin pour qu'elle visionne tes exploits sur bande vidéo, tu vois le tableau ? Tu veux que je m'en occupe, poupée, de ton « parfait mariage » ? Un avocat, connard ! T'as vu ta gueule ? Si toi t'as un avocat, moi je suis danseuse étoile. Pauvre gland, va ! Alors, ou tu déballes ou ça saigne, parce que, pour ne rien te cacher, j'ai autre chose à foutre qu'à me les laisser gonfler par un trouduc !

Bozella appuya de nouveau sur le bouton d'enregistrement, adressa un sourire angélique à Fields et poursuivit sur un ton calme :

— Mr Fields, qu'avez-vous à nous dire au sujet de vos relations avec Ms Wilde ?

Une vilaine sueur dévala du front pâle de Jordan Fields. Il balbutia :

— J'y suis pour rien. C'était une salope ! Elle m'a fait chanter. Elle voulait tout raconter à ma femme, j'ai eu peur.

— Mais que voulait-elle raconter ?

— Nous avons eu une liaison, brève. Et puis, j'ai voulu rompre, elle ne l'a pas accepté.

Sidéré, Bozella demanda :

— Mr Fields, nous avons les vidéos de vos... échanges.

— Et alors ?

— Vous ramassez à chaque fois une enveloppe qui contenait 50 dollars.

— Et alors ? Ça faisait partie de ses fantasmes sexuels. Je la lui rendais avant de partir.

— Ms Wilde a-t-elle loué vos services pour des rencontres à l'extérieur ?

— C'est-à-dire ?

— Le soir ou la nuit, dans des ruelles ?

— Non, jamais. D'abord j'aurais pas voulu. Elle était assez givrée comme ça.

— Donc, selon vous, Ms Wilde, déchirée par sa passion pour vous, vous faisait chanter ?

— Absolument.

Bozella rusa :

— En ce cas, elle aurait pu vous faire une scène, vous menacer. Paniqué, il serait alors logique que vous ayez eu recours à la force pour la faire taire. Je suis certain que vous obtiendrez les circonstances atténuantes.

Jordan Fields comprit soudain toute l'ampleur de la menace sous-jacente. Il se leva d'un bond et hurla :

— Ah mais non ! Mais vous êtes dingue ! C'était

une sale pute, une vraie salope, une dégénérée, elle pensait avec sa chatte ! C'est normal ce qui lui est arrivé ! C'est même pas moral que ça ait pris tant de temps. Une pute, je vous dis. Mais c'est pas moi.

Il se rassit comme un sac. Morris détailla la crispation des maxillaires de Bozella et son sourire l'inquiéta.

— Eh bien, merci de votre coopération, Mr Fields. Ce sera tout pour aujourd'hui.

Il arrêta l'enregistrement. Jordan Fields se leva. Une gifle assenée à toute force l'envoya rouler au sol. Une vraie gifle de flic, le poing légèrement refermé, pour ne pas laisser la marque des doigts.

— Tu ne prononces plus jamais le mot « moral » devant moi, salope, ou je te crève, c'est compris ?

Fields se redressa et, pointant le doigt vers Morris, glapit :

— Vous êtes témoin, hein, vous êtes témoin !

— Quoi ? Vous avez glissé, Mr Fields. Cela arrive aux meilleurs d'entre nous, *alléluia* !

Fields se jeta sur la porte et ils l'entendirent se ruer dans le couloir.

Morris commenta d'un ton plat :

— À votre place, détective Bozella, je ne m'amuserais pas trop souvent à ce genre de jeu.

— Ouais, vous avez raison, mais bordel que c'était bon ! Vous savez, j'ai pétoché à un moment. Si vous aviez décidé de témoigner, j'étais mal.

— Si j'avais jugé que vous étiez en tort, que vous abusiez de votre pouvoir, je l'aurais fait.

Michael Bozella claqua la langue et lâcha d'un ton désagréable :

— Putain, vous êtes trop, les Feds ! Vous vous la jouez vraiment façon archange pur et exterminateur.

Morris sourit tristement :

— J'ai l'impression d'avoir déjà entendu cela. (Il se leva en tendant la main :) Je peux emmener la bande, s'il vous plaît ?

— Ouais. Vous m'en enverrez une copie qui prouvera que je suis resté maître de mes nerfs avec l'autre enfoiré.

— Oui. Dès demain. Où en êtes-vous, avec le répertoire trouvé chez Terry Wilde ?

— On épluche tout le monde. Jusque-là, à part les livreurs, il n'y a pas grand-chose de sexy à se mettre sous la dent. D'un autre côté, dans ce cas, on savait ce que l'on cherchait. C'était plus simple.

— Vous vous occupez de retrouver le livreur fleuriste. Il n'était pas sur les bandes. Il n'y avait que trois types, ceux qu'on a vus.

— Ne vous inquiétez pas, c'est noté. Je vous appelle dès que j'ai quelque chose. Ce qui est génial quand les Feds mettent leur gros nez dans une de nos affaires, c'est que ça devient une priorité et qu'on vous fout la paix avec les autres enquêtes.

Morris déclara platement :

— L'enquête sur le meurtre de Terry Wilde n'est pas *une de vos affaires*, c'est une des nôtres. J'attends votre appel, détective Bozella.

Lorsque Morris referma derrière lui la porte de la salle d'interrogatoire, il entendit Bozella prononcer un « Gueule d'empeigne » suffisamment fort pour être sûr d'être entendu, suffisamment doucement pour pouvoir prétendre que Morris avait mal compris.

Weymouth Heights,
Massachusetts, 15 janvier

— Waouh ! Ça, c'est une baraque ! siffla leur conducteur, le détective McGuire, lorsqu'ils parvinrent devant la haute grille électronique de Horning Cottages, dont la vue dominait la côte.

Dawn lâcha à son tour :

— Le terme « cottages » me paraît un rien modeste.

— Il existe déjà une Horning Mansion à Mount Desert Island. Ils devaient être à court d'idées.

Pat McGuire proposa d'un ton ironique :

— Bof, Horning Estate aurait pu coller.

— Non, c'est déjà pris par la Floride.

— Merde, pas de bol. On se rend pas compte du trauma des riches !

Pat McGuire descendit de voiture et sonna à l'interphone. Il fit un petit signe de main à l'une des caméras de surveillance qui quadrillaient le périmètre. La voix d'un homme crachouilla :

— Oui ?

— Agents Cagney et Stevenson, FBI, pour Ms Sterling.

— Miss Vannera vous attend au salon. Veuillez suivre l'allée principale jusqu'au cottage, je vous prie.

Un sursaut métallique signala l'ouverture de la grille et McGuire remonta en voiture.

Cagney fut surpris lorsqu'ils stoppèrent devant la maison. Il s'était attendu à l'une des ces grandes maisons prétentieuses et biscornues que les Américains riches de la fin du siècle dernier adoraient faire construire sur la côte. Au lieu de la profusion d'inutiles tourelles, de pans de toits dentelés, de bow-windows hautaines, il découvrit une immense maison blanche de deux étages, ultramoderne. Un de ses flancs était arrondi, sans doute pour épouser le mouvement d'un escalier en colimaçon. Une large baie vitrée courait tout le long du deuxième étage.

Dawn murmura à ses côtés :

— Ça doit être génial de se lever un matin d'été et de regarder la mer de là-haut.

Il sourit et répondit :

— Je pensais à la même chose, mais en hiver, comme maintenant. Question d'âge sans doute. C'est vraiment une belle réussite, n'est-ce pas ?

— Oui, pourtant, d'habitude, je préfère l'ancien.

McGuire posa sa fesse sur le capot de la voiture et alluma une cigarette en déclarant :

— Je vous attends. (Puis, clignant de l'œil :) Si vous avez besoin de moi, sifflez !

Dawn le dévisagea et emboîta le pas à Cagney :

— Qu'est-ce qui lui prend ?

— C'est un fan de Bogart. Il faut sortir, Dawn.

Il n'insista pas parce que le rouge lui montait du cou vers le menton.

Le butler leur ouvrit et les débarrassa :

— Si vous voulez bien me suivre, madame, monsieur. Miss Vannera vous attend au salon.

La jeune femme était assise sur un des grands

canapés de cuir gris pâle. La pièce s'ouvrait au fond sur une autre baie vitrée qui donnait sur le parc. Un plateau chargé d'une théière et de trois tasses de porcelaine fine était posé sur l'un des grands blocs de loupe d'orme qui servaient de tables basses. Cagney se demanda si les goûts esthétiques d'Edward Caine avaient influencé tous ceux qui l'approchaient ou s'il s'agissait d'une coïncidence. Ce salon était, en beaucoup plus luxueux, la décalcomanie de celui de Terry Wilde, et s'inspirait des locaux de Caine ProBiotex.

— Asseyez-vous, je vous en prie. Vous êtes Dawn Stevenson, à qui j'ai parlé hier, et vous êtes donc Mr James Cagney ?

Elle avait 22 ans et en paraissait cinq de plus. Mais il est vrai que c'est l'âge où les jeunes filles aiment avoir l'air de femmes. Elle était extrêmement jolie, légère. Ses longs cheveux très bruns rehaussaient le gris mouvant de son regard et elle avait la grâce fragile d'une infante. Cela ne cadrait pas du tout avec l'idée que Cagney s'était forgée d'une sale gamine gâtée et caractérielle.

Ils s'installèrent côte à côte sur le canapé qui faisait face à celui qu'occupait Vannera.

— Merci de nous recevoir, mademoiselle.

— J'ignorais que le FBI avait repris l'enquête concernant le... ma mère.

— Ce n'est pas directement cela qui nous amène, mais plutôt le meurtre de Terry Wilde.

— Oui, je sais. Edward m'en a parlé. Je la connaissais peu. Je crois l'avoir rencontrée lors de cocktails, c'est tout. Vous pensez qu'il existe un lien avec... enfin, ma mère ?

— Très franchement, nous n'en avons pas la moindre idée. Disons que c'est une possibilité.

Elle soupira et se passa la langue sur les lèvres :

— Je croyais que la police du Maine avait conclu qu'il s'agissait du même homme que celui qui a abattu Kim.

— Vous connaissiez Kim Hayden ?

— Oh, vous savez, à partir d'un certain compte en banque, tout le monde se connaît, là-bas.

Elle parlait si doucement que Cagney dut tendre l'oreille pour l'entendre. Il se demanda si elle luttait contre les larmes ou si elle était partie dans ses souvenirs, ne destinant son murmure qu'à elle-même. Soudain, elle eut l'air de se réveiller et s'excusa :

— Je ne vous ai pas proposé de thé. Je vais encore me faire gronder par Edward. Il dit que je n'ai aucune manière. C'est vrai.

— J'ai cru comprendre que la cohabitation avec votre beau-père a été difficile. Il nous a confié que le décès de Mrs Horning vous avait, en quelque sorte, rapprochés.

— Oui, en effet. Lorsque ma mère a épousé Edward, j'étais ravie. Nos relations se sont vite détériorées. J'ai eu le sentiment qu'il se livrait avec moi à un numéro de dressage. Je ne l'ai pas supporté. Il faut vous dire que j'avais 15 ans et l'impression que la terre entière m'en voulait, ne comprenait rien.

— C'est assez classique.

Elle sourit :

— Oui. Toujours est-il que j'ai quitté la maison dès que j'ai pu et que j'ai fait pas mal de bêtises ensuite. Edward était fou de rage parce que ma mère passait toujours l'éponge. C'était une femme gentille, vraiment gentille, mais elle manquait d'autorité. Enfin, c'est-à-dire qu'elle en avait, mais aux mauvais moments. Et puis je crois, avec le recul, qu'elle n'a jamais été très heureuse. Moi non plus, d'ailleurs. (Elle désigna le salon d'un geste de la main et précisa :) C'est indécent de dire cela, n'est-ce pas ? Mais c'est vrai.

Elle sourit encore, baissa la tête et Cagney suivit la descente lente d'une larme le long de son joli nez :

— Je m'en veux terriblement, si vous saviez ! Je lui ai dit des horreurs : qu'elle me « gonflait », qu'elle était inutile, bref, des monstruosités, seulement quelques semaines avant sa mort. Je ne peux plus rien réparer, maintenant. Je ne peux pas lui dire que je mentais, c'est fini.

Sa tête s'inclina davantage et Cagney comprit, aux secousses de ses épaules, qu'elle pleurait. D'un geste du poignet, il retint Dawn qui esquissait un élan. Vannera releva la tête et s'essuya les yeux d'un revers de main :

— Excusez-moi. Enfin, voilà. C'est fou ce que l'on peut grandir en une nuit, et c'est douloureux parce qu'on apprend que ce qui est passé est irrécupérable.

Le bruit d'une cavalcade leur fit tourner la tête vers le hall d'entrée. Un chien déboula en dérapant sur le parquet en érable blond et se précipita en gémissant de bonheur sur Vannera, suivi de peu par une femme entre deux âges, essoufflée :

— Excusez-moi, mademoiselle. Elle est intenable dès que vous n'êtes pas là.

— Ce n'est pas grave, Clarisse, laissez-la avec moi. C'est Roxy, le bébé de ma mère.

La chienne cocker était magnifique, un peu ronde peut-être. Ses oreilles presque blondes tranchaient sur le cuivre de sa robe. Elle s'approcha avec méfiance du deuxième canapé et renifla à distance les deux étrangers en grondant. Dawn tendit la main vers la chienne :

— Faites attention, elle a parfois des réactions inattendues. Viens, ma belle.

— C'est un cocker.

La chienne s'assit aux pieds de la jeune femme, fixant d'un regard torve les visiteurs.

— Voilà tout ce que je peux vous dire. Oh, je n'ai pas encore servi le thé ! Décidément !

— Non, ce n'est pas grave. Nous n'allons pas abuser davantage de votre temps. Merci de nous avoir reçus.

Elle les raccompagna, escortée du chien, jusqu'à la porte principale et leur fit un petit geste de la main lorsque la voiture démarra.

Ils n'échangèrent que quelques banalités avec leur chauffeur et ce n'est qu'une fois dans l'hélicoptère que Cagney demanda :

— Qu'en avez-vous pensé, Dawn ?

— Qu'il doit être difficile de vivre avec une telle culpabilité.

— Oui, mais cela fait aussi partie du processus qui s'appelle « grandir ». Rien d'autre ?

— Non, pas grand-chose. Vous croyez qu'il existe un lien entre Terry Wilde, Grace Burkitt et Mrs Horning ?

— Sur la base des informations que nous possédons, je répondrais par la négative, mais avouez que la coïncidence est un peu grosse.

— Ça s'est déjà vu.

— Merci de me remonter le moral.

Base militaire de Quantico,
Virginie, 15 janvier

Il était presque minuit lorsque la voiture militaire le déposa sur le parking de Jefferson. Ils avaient raccompagné Dawn à Culpeper où elle logeait, temporairement avait-elle précisé. Elle avait insisté pour suivre Cagney à la base, mais il avait refusé. Il avait envie de rester un peu seul dans sa tanière. Le hall était désert, à l'exception d'un standardiste-vigile de nuit, et le claquement des portes de l'ascenseur qui le descendait dans les entrailles du bunker résonna dans le silence. Il soupira de déplaisir lorsqu'il constata que la lumière halogène du bureau ouvert de Ringwood inondait la moquette. Il passa la tête par l'entrebâillement. Ringwood, yeux fermés, lunettes remontées sur le front, bras croisés, une moue dubitative sur les lèvres, se balançait d'avant en arrière sur sa chaise.

— Vous allez tomber, Richard.

Il faillit en effet tomber et perdit ses lunettes en se levant d'un bond. La main sur le cœur, il couina :

— Mais ça va pas ! Vous m'avez collé une de ces trouilles ! Pardon, monsieur. Ah mon Dieu !

— Je ne vous savais pas le cœur fragile, Richard, excusez-moi.

Ringwood leva le nez et déclara d'un ton pincé :

— Je suis un être très fragile !

— C'est aussi ce que l'on dit des dinosaures. C'est pour cela qu'ils ont disparu de la surface de la terre.

— Très amusant. Ça m'est égal, je ne suis pas susceptible, ou plutôt, je suis blindé. (Il prit un petit air finaud et déclara :) N'empêche que j'ai plein de nouveaux trucs !

— J'ai faim, Richard, si nous montions au self ? Vous me raconterez tout devant un bol de riz complet.

— Décidément, j'ai droit à un vrai feu d'artifice, ce soir ! J'ai déjà dîné, mais je prendrais volontiers un petit dessert. Je régresse, j'ai besoin de gâteries.

— Moi aussi, mais ce n'est pas de la régression, c'est un signe de sénilité.

Ils montèrent jusqu'à la grande salle déserte du self et Cagney constata qu'il s'était insidieusement établi un agréable compagnonnage entre Ringwood et lui. C'était précieux, d'autant plus que Morris lui tapait sur les nerfs. Non, c'était pire que cela : il jugeait Morris indigne et il savait ce jugement rédhibitoire. C'était pour cette raison qu'il l'avait envoyé à Boston. Cagney espérait se donner le temps de digérer le mépris et la rancœur qu'il avait développés à l'encontre de Morris, qui l'avait touché, presque bouleversé, un soir, dans le ventre d'un avion militaire.

Cagney choisit, sans grand enthousiasme, un sandwich dinde-salade et un autre au cheddar.

— Il ne reste pas grand-chose.

— Il est minuit. Oh, que vois-je ? murmura Ringwood d'une voix mouillée de convoitise : une tarte aux noix de pécan avec de la crème fouettée. Je crois que je vais l'arroser d'un chocolat chaud.

Cagney plaisanta :

— Vous êtes en manque d'affection, ou quoi ?

Le regard que lui lança Ringwood lui fit regretter sa boutade :

— Quel sens de l'observation ! Je peux même vous confier que ce n'est pas récent.

— Excusez-moi.

— De quoi ? Parce que ma femme s'est tirée ? Que je ne suis pas assez distrayant ou intéressant pour avoir des amis ? Que j'ai presque 50 ans et que je me sens de plus en plus souvent comme un con vieillissant et inutile ?

Cagney baissa les yeux et répondit :

— Croyez-moi, c'est comme le reste, on s'y fait.

Ils restèrent quelques secondes immobiles près du grand comptoir du self, perdus dans l'immense salle froide et vide. Puis Ringwood haussa les épaules et conclut :

— Oui, mais vous, vous avez dix kilos de graisse superflue en moins.

— Oui, mais je compense par dix ans de plus et ceux-là, aucune liposuccion ne peut me les enlever.

Ils pouffèrent et se dirigèrent vers une des tables rondes. Ringwood attendit que Cagney ait fini son premier sandwich pour détailler par le menu tous les bidouillages informatiques qui lui avaient permis de récolter des informations :

— Vous êtes exaspérant lorsque vous devenez technique, Richard. Vous savez parfaitement que ça ne m'intéresse pas et que je me bloque dès que l'on prononce les mots « octets » ou « bits ». C'est comme une machine à laver ou une voiture, je veux que ça marche et je ne veux surtout pas savoir comment.

— Bon, bon. Alors, j'ai recontacté Stephen Holberg après votre départ. Il m'avait dit avoir stocké dans son garage des cartons d'affaires de son frère, parce qu'il n'avait pas envie de les jeter. J'ai eu le sentiment que les deux frères s'aimaient beaucoup.

— Eh bien, ça nous fait des vacances !

— Oui, je ne vous le fais pas dire. Je lui ai demandé de farfouiller et de me prévenir s'il trouvait quelque chose d'intéressant.

— Bien. Quoi d'autre ?

— J'ai encore dégotté un petit truc. Ms Vannera Sterling a été traitée à deux reprises pour dépression nerveuse dans une institution psychiatrique privée et très huppée de la côte Est. La Sweetdale Clinic.

— Oui, c'est une des raisons pour lesquelles ces établissements existent. Les gosses du tout-venant sont internés pour alcoolisme, toxicomanie, sociopathie mais les gosses de riches se reposent tous à la suite d'une dépression nerveuse consécutive au surmenage. Bon, il faudra creuser. Cependant, ça ne m'étonne pas trop. Cette gamine a l'air assez instable, pas très heureuse non plus. Tonton Richard a-t-il un autre cadeau ?

Ringwood prit une mine de chat gourmand :

— Là, je ne suis pas mécontent de moi. Oliver Holberg a eu quatre liaisons durables. Et, tenez-vous bien, son dernier compagnon était un certain Charles J. Seaman. Stephen Holberg ne l'a jamais rencontré. Ils ont juste parlé au téléphone à quelques reprises. Oliver Holberg était déjà très malade. C'est l'époque où il a fait des séjours à répétition dans les services de pneumologie. Ensuite, il est retourné vivre chez son frère, pour ses derniers mois. Et toc !

Cagney déclara, impassible :

— C'est fascinant !

— Oh que oui, parce que Charles J. Seaman était le directeur marketing de Caine ProBiotex.

— « Était » ? Il a été viré ?

— Non, il est mort. Le rapport de la police de Randolph conclut à un suicide.

Un sourire mauvais étira les lèvres de Cagney :

— Eh bien, dites-moi, l'air est malsain, chez Caine ProBiotex.

— Les flics m'ont téléchargé le rapport. Il est sur mon bureau.

— Eh bien allons-y, Richard.

— Vous n'avez pas mangé votre dernier sandwich. C'est pas assez. Et puis, le fromage, c'est bon pour les os. Vous savez que ça existe aussi chez les hommes, l'ostéoporose.

— Merci, Richard, mais ma ménopause est terminée depuis longtemps.

— Ça s'appelle l'andropause et c'est sournois, beaucoup plus que la ménopause. De toute façon, c'est à cette période qu'on a le plus besoin de calcium.

— Oui, maman.

— Vous êtes incorrigible.

— C'est pas vrai ! Vous parlez comme ma mère.

— Eh bien, elle avait raison.

— Ça, c'est ce que répondait mon père. Vous êtes une mine, Richard.

Ils s'installèrent peu après dans le bureau-capharnaüm de Ringwood. Son désordre exponentiel irritait Cagney, même depuis qu'il avait compris qu'il correspondait chez Ringwood à une recherche de liberté, une petite excentricité par rapport aux conventions qui avaient toujours gouverné sa vie. Cagney débarrassa la chaise visiteur du fatras d'assiettes en carton sales, de loques d'essuie-mains, et d'une cravate :

— Vous devriez vraiment faire quelque chose, Richard.

— C'est ce que je me suis dit durant des années,

mais j'en suis arrivé à la conclusion que ce serait une erreur.

— Ah oui ?

— D'une part, ça me va, je retrouve bien mes repères, et d'autre part ça crée un inépuisable sujet de conversation. Il n'y a pas une seule personne qui ne commente ou n'examine mon désordre. On ne peut pas épiloguer longuement sur l'ordre, ça manque de poésie. Mais le désordre, c'est inépuisable. Chacun y va de sa théorie, ça meuble. Comme l'astrologie.

— C'est comme vous le sentez, Richard. Bon, ce rapport ?

Ringwood lui tendit une liasse de feuillets.

Charles J. Seaman, 45 ans, était décédé le 3 septembre. Il s'était suicidé d'une balle dans la tempe droite. Une balle de 40. On avait retrouvé l'arme, un Smith & Wesson Sigma, enregistrée à son nom, à côté du corps. Les traces de suie sur ses doigts indiquaient que c'était bien lui le tireur. Une lettre anonyme, écrite sur le papier à en-tête de Caine ProBiotex, avait été découverte sur le siège passager. Son texte — « Ton ascension se termine ici, pédale » — indiquait que Seaman était l'objet d'un chantage ou de menaces en raison de son homosexualité. Le personnel de la compagnie ne semblait se douter de rien à ce sujet, preuve que Seaman était parvenu à camoufler sa vie privée. L'enquête avait été vite expédiée, tant les causes de la mort semblaient évidentes. Un cadre supérieur, stressé, à bout, avait craqué dans un moment de panique.

Ringwood poussa un gros soupir et déclara :

— Merde, on en est à Internet, à visiter notre système solaire, et à cloner une foutue brebis, comme si une maman brebis ne pouvait pas faire un bébé brebis normalement. Non mais c'est vrai, quoi ! Le mouton n'est pas une espèce en voie de disparition, que je sache ! En plus, elle a le vieux matériel génétique de sa mère, ce n'est même pas une jeune et jolie brebis ! Enfin, bref, à côté de cela il y a encore des mecs qui sont forcés de se planquer et qui se flinguent à cause de leurs préférences sexuelles ! Ça me déprime, tiens !

Cagney le regarda, simulant l'effroi :

— Vous m'effrayez, Richard ! Que vous arrive-t-il soudain ? C'est le Bouddha dans toute sa tolérance qui vous est apparu, ou quoi ?

Vexé, Ringwood rétorqua :

— Vous pouvez toujours vous moquer, mais si tout le monde était bouddhiste, il y aurait moins de violence, monsieur !

— Mais je ne me moque pas. À mon avis, l'homme étant ce qu'il est, vous dites des conneries, mais plutôt sympathiques.

Méfiant, Ringwood demanda :

— C'est une remarque gentille ou une vacherie ?

— C'est très gentil.

— Bon. Selon vous, c'est vraiment un suicide ?

— Si je vous répondais qu'encore une fois, je n'en sais foutre rien, ça vous surprendrait ?

— Non, pas un brin.

— Le problème est que nous en sommes à quatre morts violentes, toutes très liées à Caine ProBiotex. Là, ce n'est même plus un système, c'est un plan d'éradication. Je vais faxer tout cela à Mrs Parker-Simmons. Et ensuite, je suggère que nous rentrions dans nos pénates.

Il remarqua le regard en biais de son adjoint et précisa, aussi naturellement qu'il le put :

— Oui, je l'ai eue au téléphone hier. J'ai oublié de vous le dire ce matin.

Ringwood, le regard perdu sur la moquette, commenta d'un ton plat :

— Techniquement, c'est une bonne idée. C'est quelqu'un d'hyper-compétent et elle l'a prouvé à deux reprises chez nous.

— Mais ?

— Elle ne m'aime pas.

— Mrs Parker-Simmons n'aime personne, Richard, que Clare.

— C'est une gamine attachante.

— Oui, nous avons tous été conquis. Cette jeune fille débile sait donner et partager bien mieux que son super-cerveau de tante. La nature s'octroie parfois d'étranges compensations.

— Elle me fout mal à l'aise. Je me souviens d'un trajet en voiture. Elle répondait par monosyllabes et seulement parce qu'elle ne voulait pas être tout à fait grossière. Elle a toujours fait comme si je n'existais pas, comme si le moindre de mes gestes était nul. Parker-Simmons, je veux dire.

— Et alors ? Vous avez besoin de sa considération pour exister ?

La réponse de Ringwood partit avant qu'il ne parvienne à la retenir :

— Non, et vous, monsieur ?

Il ajouta précipitamment :

— Je suis désolé, ce ne sont pas mes affaires. Excusez-moi.

— Oh je vous en prie, Richard. Nous sommes tous les deux trop intelligents pour nous leurrer sur le compte de l'autre, n'est-ce pas ? Ne vous excusez donc pas. Cependant, vous avez raison sur un autre point, ce ne sont pas vos affaires et je n'ai pas l'intention d'en discuter avec vous, ni du reste avec personne.

— On laisse tomber le rideau ?

— C'est une affaire qui marche. Merci, Ringwood.

— De quoi ?

— Cherchez.

[illegible] d'en [illegible] avec vous, [illegible]
— On laisse tomber [illegible] ?
— C'est une affaire en marche. [illegible]
— Demain ?
— [illegible]

[illegible]

[illegible]

[illegible]

San Francisco, Californie,
15 janvier

Maggie avala son dixième ou onzième whisky de la soirée. L'alcool la rendait tendre et bienveillante. Elle secoua ses boucles roux setter et déclara d'un ton sentencieux :

— C'était vachement bon, ma puce. Je savais pas que tu cuisinais si bien. Pis, c'est pas facile la cuisine chinoise.

Gloria avait fait livrer, tôt dans la soirée, une multitude de plats par le traiteur asiatique du bas de la rue. Elle l'avait déjà dit à deux reprises à Maggie, aussi n'insista-t-elle pas. Germaine lui avait fait une fête délirante lorsqu'elle était arrivée. Maggie avait cette irremplaçable faculté de savoir se transformer en enfant lorsqu'elle jouait avec un enfant, en chien lorsqu'elle se battait pour la carotte en plastique orange qui ne lassait pas le boxer.

Gloria la contempla en souriant. Elle la connaissait depuis qu'elle s'était installée à San Francisco, six ans auparavant. C'était sans doute son record relationnel. Et pourtant que savait-elle de Maggie, de sa vie, lorsqu'elle ne venait pas dîner chez elle ? Rien. Et pourquoi se posait-elle cette question ce soir ?

Maggie était charpentière. Elle avait, un soir

d'ivresse, confié d'une voix hésitante à Gloria qu'un jour elle réussirait à construire un escalier dont les marches ne seraient retenues par rien, flotteraient en quelque sorte dans l'espace. L'image était jolie et Gloria l'avait retenue. Elle voyait souvent cet escalier, imaginant ses marches nageant les unes au-dessus des autres.

— Bon, je conclus sur une douzaine et je te laisse, ma puce, t'as l'air crevée.

— Je ne savais plus si tu en étais à dix ou à onze.

— Onze, je ne perds jamais le compte de mes whiskies, ni de mes points au billard, même quand il m'arrive de ne plus me souvenir de mon adresse.

Gloria la servit et remplit son verre de chablis. Une peine incohérente lui fit monter les larmes aux yeux. Maggie la regarda silencieusement et demanda :

— Ça va pas ?

— Pas génial. Maggie, je ne sais presque rien de toi. Je veux dire, tu as vécu chez moi et je ne sais rien.

Maggie reposa son verre sèchement et son ton devint agressif :

— Mais parce que ça ne t'a jamais intéressée, ma puce ! Ce n'est pas compliqué, il suffisait que tu me poses des questions, j'aurais répondu. Tu m'as toujours prise pour un meuble, un meuble pratique.

— Je crois que je n'ai aucun talent pour la vie.

— Ouais, c'est plus facile. C'est compliqué la vie, j'en sais quelque chose. Ça fait peur.

— Tu as peur ?

— Ouais. Pas toi ?

— Si. Pourquoi as-tu peur ?

— Oh, ma puce, je suis déjà trop saoule, ou pas encore assez imbibée pour me répandre sur tes genoux ! J'ai 44 ans. En admettant que mon foie tienne encore quinze ou vingt ans, les années qui me restent ne seront pas glorieuses. Ça m'a toujours sciée que tu arrives à fonctionner seule, comme cela. Moi je ne peux pas. J'en ai marre, je me sens conne, j'ai peur. Ma plus longue relation sentimentale a duré trois mois. C'est pas assez pour meubler le vide.

Maggie termina son verre et ajouta :

— Tu vois, maintenant, je regrette de ne pas avoir eu d'enfant. J'ai failli.

— Comment cela ?

— C'était il y a une dizaine d'années. Je me suis retrouvée enceinte. J'aurais été incapable de dire qui était le père. J'ai pensé que c'était pas possible, que je ne pouvais pas le garder. Mais c'était du pipeau parce qu'en fait je ne *voulais* pas le garder. Ça m'aurait forcée à changer, à faire quelque chose de moi et je n'en avais pas envie. Parfois, c'est plus simple d'aller mal dans sa tête, y'a qu'à laisser aller. Alors, j'ai laissé aller. D'un autre côté, ça aurait été injuste d'infliger une mère comme moi à un enfant qu'avait rien demandé. Mais tu vois, c'est marrant, je fantasme de plus en plus sur ce gosse. Je me dis qu'il ou elle aurait 10 ans, que peut-être je serais différente. Je sais pas, des conneries, quoi.

Gloria se servit lentement un autre verre de vin et murmura :

— J'ai une fille de 18 ans.

— Hein ?

Elle articula, fort et précis :

— J'ai une fille. Elle a 18 ans, presque 19. J'ai accouché lorsque j'avais 13 ans et je n'ai pas envie d'en parler. Elle s'appelle Clare. Elle est... attardée, comme on dit. Je l'aime infiniment, c'est ma vie. Voilà.

Maggie se leva, s'affala à côté de Gloria sur l'autre canapé et l'enveloppa dans ses bras :

— Oh bébé, je suis là, t'inquiète pas. Pourquoi tu ne me l'as pas dit avant ? On s'en fout, de toute façon. Un enfant, c'est un enfant. Le reste tu peux chier dessus, c'est de la merde et c'est interchangeable. Je veux la voir, on va jouer et se marrer.

Et Gloria fondit en larmes dans l'épaule de cette grande femme. Amie, elle découvrait la signification du mot.

Une heure plus tard, toutes passions bues et pleurées, Gloria appela un taxi et le paya pour qu'il ramène Maggie chez elle. Elle débarrassa, s'interdisant de penser au temps qu'elle avait perdu avec Maggie. Elles auraient dû parler, bien avant ce soir. Rien à foutre, l'essentiel était qu'elles se soient trouvées. Elle sourit à l'idée que, pour la première fois depuis Hugues de Barzan, un être humain qui n'était pas Clare venait de gagner une place dans sa vie.

Gloria entendit le bourdonnement du fax et monta dans son bureau. Elle s'était enfin décidée pour le deuxième étage. Elle allait y concentrer toutes les pièces de sa vraie vie, le bureau, sa chambre, celle de Clare, peut-être aussi maintenant la chambre dans laquelle s'installerait Maggie lorsqu'elle viendrait garder Germaine. Le reste serait en bas, une autre chambre d'invités très théorique, puisque Gloria n'avait pas l'intention de permettre à d'autres présences de s'installer, et le salon. Cette nette séparation de ses heures la satisfaisait.

Elle s'aida de la rambarde de l'escalier parce qu'elle était un peu ivre.

Elle avait fait réinstaller la grande table en érable

blond, dont elle avait minutieusement dessiné la forme arrondie. Elle adorait ce bureau, sans doute parce que c'était la première chose jolie qu'elle ait pu s'offrir. Elle allait faire repeindre toute la nouvelle maison en pêche et blanc. Le jaune trop pâle et trop acide de l'ancienne demeure de Diamond's ne convenait plus.

Elle attendit la sortie des feuilles, se tenant au mur d'une main. La migraine commençait de descendre le long de son nez, d'envahir sa pommette droite. Elle pensa d'abord qu'elle était trop saoule pour analyser les documents que lui envoyait Cagney, mais s'installa quand même devant son gros ordinateur. Elle avait déjà rentré les premières données ce matin, juste avant de partir pour Little Bend.

Deux heures plus tard, elle éteignit l'ordinateur. Elle pourrait consacrer sa matinée du lendemain, ou plutôt d'aujourd'hui, à tenter d'organiser le désordre de cette enquête. Si la nausée ne la confinait pas dans la salle de bain.

Base militaire de Quantico,
Virginie, 16 janvier

L'intensité du malaise et du déplaisir qu'il ressentait en présence de Morris stupéfia Cagney. Il dut prendre sur lui pour rester courtois, l'écouta durant quelques minutes et demanda :

— Et vous avez envoyé les bandes de l'interrogatoire à Tanaka, au Russel Building ?

— Oui, monsieur. Dès que je les ai eues. Il m'avait promis de s'y coller en priorité. L'analyse est rapide et nous devrions avoir les résultats des sonogrammes dans la journée. Quoi qu'il en ressorte, ce ne sera de toute façon qu'un indice.

— Certains juges ont admis les empreintes vocales comme preuve, dans le passé.

— Oui, mais ils sont plus réticents depuis que l'Académie Nationale des Sciences a publié ce papier sur la variabilité de la fiabilité des identifications.

— Oui, je m'en souviens. Il n'empêche que cette technique a permis de prouver que le biographe d'Howard Hughes avait monté de toutes pièces ses prétendus entretiens avec le milliardaire. Comment s'appelait-il, déjà ? Ah oui, Irving. De toute façon, même si le juge réfute l'analyse, elle nous permettra de savoir si l'un de ces trois livreurs a menti et s'ils étendaient leurs services à des rencontres extérieures. Bien, je vous remercie, Morris. Ce sera tout.

Morris se leva et lâcha, mâchoires serrées :

— Je n'ai pas l'intention de supporter cela très longtemps.

— Je vous demande pardon ?

— Vous savez très bien ce que je veux dire. Ça fait presque quinze jours que vous essayez de vous débarrasser de moi en m'envoyant à droite et à gauche. Ma vie privée ne regarde personne.

Cagney le fixa et rétorqua :

— C'est là que vous avez tort, Morris. Elle me regarde, comme celle de tous mes agents. Parce que si vous pétez les plombs, cela se répercutera nécessairement sur votre travail. C'est une source d'inefficacité et même de danger que je n'ai pas les moyens de me permettre. C'est clair ? Merci, Morris.

Morris faillit argumenter, puis se dirigea vers la porte.

— Une dernière chose, Morris. Rappelez Bozella. Qu'il se magne avec cette histoire de fleuriste.

— Bien, monsieur.

Cagney relut pour la dixième fois au moins les rapports d'autopsie concernant Kim Hayden, Barbara Horning, Terry Wilde, Grace Burkitt et Charles J. Seaman. Le Dr Zhang, un de leurs meilleurs anatomopathologistes, serinait toujours à qui parvenait à supporter son caractère de chiotte plus de cinq minutes, que la médecine légale, c'était un peu comme la composition musicale. Il existe une technique de base, très stricte et très contraignante, mais chacun l'utilise en fonction de sa sensibilité. Zhang refusait en général de comparer ses autopsies avec celles de ses confrères, aussi excellents soient-ils. Il concluait invariablement par « on a tous nos petites manies ». Seules Kim Hayden et Barbara Horning avaient été autopsiées par le même médecin expert, le Dr Charlotte Craven.

Il fallut presque une heure à Cagney pour parvenir à la joindre. Une assistante, qui devait confondre le Dr Craven avec le président des États-Unis, s'était installée à l'autre bout de la ligne en impénétrable barrage.

— Mais ça m'est égal qui vous êtes, monsieur... euh... Cagney, c'est cela ? Je vous dis et répète que le Dr Craven est en salle d'autopsie et elle déteste qu'on la dérange. Alors rappelez dans une demi-heure.

— Madame, c'est extrêmement urgent.

— Le chagrin des parents qui attendent que l'on rafistole le corps de leur fils de 8 ans avant de le leur rendre aussi.

Exaspéré, Cagney eut la sottise de lancer :

— Oh, je vous en prie ! Nous connaissons assez ce genre de cas pour ne pas devenir mélodramatiques.

Un silence, puis la voix sifflante de l'assistante :

— Si vous pensez cela, monsieur, je vous plains. Une mort ne diminue jamais l'importance d'une autre. C'est toujours un homme qui meurt, et si c'est du mélodrame, alors nous pataugeons dedans jusqu'au cou.

— Excusez-moi. Je veux dire, je m'excuse vraiment. Vous avez raison, madame. Je rappellerai dans une demi-heure. Pouvez-vous demander au Dr Craven de m'attendre, c'est très important.

— Ce sera fait.

Lorsque enfin on lui passa le redoutable Dr Charlotte Craven, il fut surpris par la fraîcheur et la jeunesse de sa voix. Il lui expliqua longuement les raisons de son appel et demanda :

— Le rapport de la police de Portland, Maine, conclut que les deux meurtres ont été commis par le même agresseur. Étaient-ce vos conclusions ?

— Non.

— Quelles étaient vos conclusions, en ce cas ?

— Puis-je vous rappeler, Mr Cagney ?

— Quand ?

— À l'instant. Je cherche mes dossiers. Inutile de vous faire patienter à l'autre bout de la ligne.

Il raccrocha en souriant. Le Dr Craven voulait s'assurer qu'un journaliste futé n'avait pas trouvé une autre combine.

La sonnerie du téléphone résonna quelques minutes plus tard. Le temps pour Charlotte Craven de se renseigner à Washington.

— Vous êtes rassurée ?

— Excusez-moi, mais je suis très méfiante. C'est préférable dans ma profession. Je connais votre nom, bien sûr, mais pas votre voix.

— Mais je comprends parfaitement. Quelles étaient vos conclusions, docteur ?

— En fait, elles étaient assez floues. Je m'en souviens très bien, d'abord parce que les deux crimes sont relativement récents, et que nous n'avons pas le débit, si je puis dire, dont souffrent New York, Los Angeles, ou Richmond. En plus, il s'agissait de deux femmes très connues, très riches. Je connaissais un peu Kim Hayden, une femme charmante. La voir sur ma table n'a pas été une partie de plaisir. Vous savez, c'est monstrueux de découper le thorax de quelqu'un avec qui vous avez joué au ping-pong nautique et mangé des hamburgers. D'autant que c'était une très jolie femme. Toujours est-il que dans les deux cas, le tueur n'a pas fait dans la dentelle. Une vraie boucherie...

non, justement pas : les bouchers connaissent très bien l'anatomie. Un carnage.

— Et pourtant, vous ne pouvez pas affirmer qu'il s'agit du même homme ?

— Non. Dieu sait que la police a essayé de me faire revenir là-dessus, mais quelques détails ne cadraient pas. Le *modus operandi* paraît similaire à première vue, le mobile aussi, mais je crois que c'était précisément ce que l'on voulait nous faire croire. En attendant, il était hors de question pour moi d'associer les deux. D'autant que le seul indice que nous possédions est cette trace de sang retrouvée sur l'appui de la fenêtre de Kim Hayden. Nous n'avons aucun matériel biologique dans le deuxième cas et toute comparaison génétique était donc impossible.

— À quels détails faisiez-vous allusion, tout à l'heure, et pourquoi la police a-t-elle tant insisté ?

— Je crois que la police voulait des résultats rapides, même s'ils conduisaient tout droit à une impasse. Les Horning sont depuis longtemps une des cent plus grosses fortunes de ce pays. Concernant les détails, que vous dire ? Je suis un peu embarrassée. Ce que je vais vous confier est assez vague, presque sentimental. D'abord, il y a la force des coups, j'allais dire leur rage, mais ce n'est pas très scientifique. Kim Hayden a reçu six coups de couteau : deux seulement étaient mortels, les autres plus superficiels. Dans le cas de Barbara Horning, j'ai dénombré onze coups de couteau, portés par une arme similaire, cela ne fait aucun doute. Peut-être la même, mais les trois quarts étaient mortels. Selon moi, il existe une volonté dans le deuxième cas, que l'on ne retrouve pas pour Kim. Voyez-vous, Mr Cagney — et ceci restera entre vous et moi, j'insiste — si je me laissais aller à des spéculations, je dirais que le mobile du meurtre de Kim Hayden était le vol et/ou la peur, celui de Mrs Horning le vol et la haine. Mais c'est davantage votre domaine.

— Cela n'exclut pas qu'il s'agisse du même meurtrier ?

— Non, vous avez raison. Mais cela ne permet certainement pas de l'affirmer. Or, mon métier est d'affirmer, de certifier.

Cagney aimait bien cette voix de femme, élégante et sérieuse mais sans prétention, et il refusa de l'imaginer physiquement.

— Je comprends et je vous remercie. Je repense à ce que vous m'avez dit au sujet de Kim Hayden. Mon Dieu, ce doit être bouleversant de découper quelqu'un qu'on a bien aimé ou seulement apprécié.

Il l'entendit soupirer et elle répondit d'un ton presque confidentiel :

— Voyez-vous, j'ai vraiment choisi ce métier. Mon parcours n'a rien d'accidentel. Je vais peut-être vous paraître très arrogante, mais lorsqu'on m'amène un corps malmené, que ce soit volontairement ou pas, j'ai toujours le sentiment que je suis sa dernière chance, que je suis la seule à pouvoir faire quelque chose. J'ajouterai que ces dix ans de pratique m'ont appris une chose fondamentale : il n'y a que l'amour et la compassion qui demeurent. Tout le reste disparaît avec la mort, même si on ne s'en aperçoit pas tout de suite.

Cagney resta longtemps pensif. Il est des phrases que l'on trouve habilement tournées, bien ciselées, mais dont on sent qu'elles ne servent pas vraiment. Pourtant, dans ce cas, Charlotte Craven était sincère et elle avait sans doute raison.

San Francisco, Californie,
16 janvier

Gloria se réveilla à 5 heures du matin et se précipita dans la salle de bain pour vomir. Elle ne sentait plus qu'une veine dilatée, sinuant de sa tempe dans son cerveau, charriant un sang trop lourd, trop épais. L'odeur aigre de sa sueur lorsqu'elle pencha la tête vers la cuvette des toilettes la fit hoqueter de nouveau et elle s'enfonça le poing dans l'estomac, tentant de calmer les spasmes qui la secouaient. Elle prit une longue douche presque bouillante et se frotta les aisselles jusqu'à avoir mal. Elle hésita, mais reposa la bouteille d'alcool camphré. Elle s'empêchait depuis quelque temps de se désinfecter intégralement le corps lorsqu'elle terminait sa toilette, ou la main quand elle était contrainte d'en serrer une étrangère. Sa peau s'était desséchée par plaques, formant une sorte d'eczéma rose et pelliculeux. Ce n'était pas la peur de la maladie qui la poussait à ce rituel, mais le dégoût que lui inspiraient les épidermes, les sueurs, le contact physique avec ses congénères.

Il fallait trouver le moyen de combattre les saccades qui lui donnaient le sentiment que son crâne se dilatait et se rétractait douloureusement. Elle devait travailler et puis ensuite, elle rejoindrait Clare. Il fallait que

Clare se délecte de sa visite, rie, soit heureuse. Elle n'avait pas le droit de gâcher cet après-midi. Elles iraient voir le grand paon qui boudait toujours Clare. Il se réhabituerait bientôt à la présence têtue et exigeante de la jeune fille.

Elle avala deux comprimés d'*Excedrin* et remonta dans son bureau. Elle alluma le gros ordinateur et entra son code confidentiel en se concentrant. Le programme de protection qu'elle avait installé ressemblait à celui qui contrôle la force nucléaire ou les réserves fédérales d'or. Elle n'avait droit à aucune erreur. À la moindre bévue, le disque dur serait ravagé par un virus létal. Un carillon stupidement guilleret l'avertit que son mot de passe était accepté et elle focalisa son énergie sur les tableaux de données qui s'affichaient.

Merde, il n'y avait rien à quoi se raccrocher. Le FBI lui avait fourni une pléthore de détails inutilisables. Tout semblait à peu près logique mais, en réalité, rien n'était lié de façon convaincante. Ce qui sautait aux yeux, c'était que les meurtres de Hayden et Horning étaient unis, d'une façon ou d'une autre. Puis ceux de Wilde et Burkitt. Mais il suffisait d'un rapport d'autopsie pour le déduire. Aucun des tests qu'elle manipulait habituellement ne convenait. Hugues de Barzan répétait jusqu'à la nausée « qu'il faut trouver l'essence caractéristique d'un problème pour choisir le bon système d'expression et de détermination ». Mais rien dans ces meurtres n'était assez répétitif, ni ne permettait de dégager une loi. Il n'existait aucune variable qualitative, aucun paramètre quantitatif. Elle se rappela un des cours d'Hugues. Il avait déstabilisé les étudiants qui buvaient ses paroles comme celles d'un visionnaire : le seul écueil, c'est lorsque les mathématiques se mêlent de poésie. Ce n'est pas l'échec garanti, mais une de ces situations où il convient de naviguer à vue, parce que la poésie possède une indiscutable logique et qu'elle n'est pas toujours celle à laquelle on est habitué.

Gloria comprit très vite qu'elle était précisément confrontée à ce qu'Hugues de Barzan nommait une « situation poétique ». Réfléchir. Descendre dans sa tête, comme il disait, sans *a priori* ni mièvrerie. Poétique, pour lui, signifiait « unique » : les tests paramétriques ne conviendraient donc pas. Cela indiquait que l'essentiel n'était pas obligatoirement traduit dans la forme. La recherche de paramètres récurrents ne donnerait rien. Cela pouvait également indiquer que l'objet d'évocation était décalé par rapport à sa perception. L'équation séparant les points de leur représentation graphique ne l'aiderait pas. Poétique ne voulait pas dire « allégorique » ni « symbolique », du moins d'un point de vue mathématique. Chercher l'évocation ne mènerait nulle part. « Poétique » était une conjonction de circonstances non maîtrisées, mais déterminantes.

Elle ferma les yeux et se laissa aller dans les recoins de son cerveau que la migraine n'avait pas annexés. Si l'on s'en référait à la classification de Lukasiewicz, deux catégories d'objets intéressaient la poésie : les abstractions libres et les abstractions reconstruites qui permettaient une autre représentation d'un objet réel. Mais selon Hugues, il n'existait pas véritablement d'abstractions libres donc illimitées, parce que l'esprit humain est incapable de création au sens réel du terme. Il adapte, modifie, déforme, projette ce qu'il sait déjà.

Gloria soupira d'énervement. L'essence poétique de la situation ne changeait donc rien : il fallait trouver l'objet réel. Hugues de Barzan affirmait toujours que lorsqu'on ne trouve pas la solution à un problème objectif, c'est que sa formulation est mauvaise ou qu'on l'a mal comprise. Que n'avait-elle pas compris ? Où s'était-elle fourvoyée ? Bien sûr, elle pouvait tenter une sification de données avec tous les risques que cela comportait. Il s'agit d'un test mathématique très complexe et empirique dont la fiabilité est variable parce qu'elle dépend de l'importance que l'expérimentateur accorde à ses résultats. Le programme mathématique qu'elle avait chargé sur son ordinateur avait pour mission de comparer les données en fonction de caractéristiques d'agrégation ou de disparité, et de dégager des groupes de similitudes, de les classer par ressemblance en quelque sorte. Il supposait cependant que Gloria fasse des approximations, juge l'importance relative des données, et elle n'était pas assez avancée pour en être capable. Si elle se plantait, l'ordinateur trouverait quand même des similitudes, aussi invraisemblables soient-elles.

Elle hésita, puis se convainquit que de toute façon, elle ne pouvait pas faire grand-chose d'autre. Elle balança le fichier de données qu'elle avait baptisé CAINE.DOC sur le programme de sification. Elle choisit une classification hiérarchique ascendante, puisqu'aucune des indications qu'elle possédait ne pouvait se transcrire par une valeur chiffrable. Ni les distances, ni les lieux, ni l'âge des victimes n'avaient d'importance. Elle pianota deux bonnes heures. La migraine cédait du terrain et ne se lovait plus que dans sa tempe droite. Bientôt, elle disparaîtrait, bientôt Gloria pourrait partir en promenade avec Clare.

Lorsque enfin la formule magique s'afficha sur son écran — « frapper n'importe quelle touche pour afficher la représentation graphique du test » — elle soupira de tension et tapa « C », comme toujours. Le dendogramme s'afficha : un épais tronc central pour indiquer les valeurs semblables et d'autres pattes, plus grêles, pour figurer les sous-groupes de correspondance. D'après le test, seules les données présentes sur la même métastase étaient similaires.

— Merde !

Les lettres grâce auxquelles elle avait symbolisé les différentes victimes se répartissaient au petit bonheur la chance sur les différentes branches du dendogramme. Barbara Horning s'associait à Charles J. Seaman et Kim Hayden. Grace Burkitt et Terry Wilde se retrouvaient chacune seule sur une branche distincte alors que, de toute évidence, au moins une chose les unissait : lc meurtrier.

Gloria éteignit l'appareil et alla prendre une deuxième douche. Ensuite, elle avalerait un thé puis téléphonerait à Jade pour l'avertir qu'elle déjeunerait avec Clare.

Lorsqu'elle rentrerait, ce soir, elle ferait quelques courses et prendrait Lombard Street, en dépit du détour. Les hortensias mauves et roses qui bordaient la route, dangereusement sinueuse sur toute sa longueur, n'étaient sans doute pas en fleurs. La légende voulait que si l'on s'embrassait dans ces virages, le bonheur était assuré. Elle avait déposé une multitude de bisous sur les joues de Clare, un jour. Gloria lui avait expliqué que Lombard Street avait été dessinée toute en épingles à cheveux afin de casser sa pente beaucoup trop abrupte, mais Clare n'avait pas compris. Elle était seulement ravie par la profusion des têtes rondes des fleurs.

Base militaire de Quantico,
Virginie, 16 janvier

Il était 3 heures de l'après-midi lorsque le Dr-Tanaka appela James Irwin Cagney.

— Bonjour, Dr Tanaka, avez-vous un petit cadeau pour nous ?

— Tout à fait. Ah, avant que j'oublie, vous avez le bonjour des docteurs Amy Daniels et Matthew Hopkins, selon lesquels vous êtes, et je cite, « un sale lâcheur » qui ne les appelle que lorsqu'il a besoin d'eux.

— Ils ont raison, répondit Cagney en souriant. Je vous promets de leur téléphoner un peu plus tard.

— Je transmettrai. Bon, nos affaires, maintenant. Je vais vous faxer les sonogrammes.

— Vous avez tiré quelque chose des bandes ?

— Oui. J'avais des doutes lorsque j'ai eu Jude Morris, en raison du peu de matériel sonore et du bruit de fond de la rue, mais l'analyse a été simplifiée parce que tous ces hommes prononcent exactement les mêmes mots. Or les comparaisons se font mot à mot. Le « tu », par exemple, est très important dans leurs phrases — je devrais plutôt dire *répliques*.

— Dr Tanaka, je ne voudrais surtout pas me montrer interventionniste et je sais que les scientifiques sont des gens très prudents mais...

Un rire très gai lui répondit :

— Mr Cagney, je ne suis pas le Dr Zhang. Vos précautions de langage vous honorent mais quand je sais, je sais.

— Vous êtes une vraie cure de jouvence. Allez-y !

— D'abord, aucune des voix enregistrées durant l'interrogatoire mené par Michael Bozella au Boston PD ne correspond à celles que j'ai repérées sur les bandes faites à l'extérieur.

— Bien, donc ils n'ont pas menti, du moins sur ce point.

— Concernant ces dernières bandes, si l'on se réfère à un ordre chronologique puisqu'elles sont toutes datées, j'ai détecté deux voix très différentes. Attention, ceci signifie qu'il y en a au moins deux, même s'il est peu probable que je sois passé à côté d'une troisième. La première voix apparaît sur les trois enregistrements les plus anciens, la seconde figure sur tous les autres. Ce qui est dommage, c'est que nous n'ayons pas retrouvé le dernier enregistrement, puisque je crois savoir que l'on a vidé le sac de la victime.

— En effet. C'est du beau boulot, docteur Tanaka. Il ne nous reste plus qu'à vous amener le propriétaire de la voix pour que vous concluiez.

— Tout à fait. Je ne sais pas si le partenaire de Ms Wilde était au courant qu'elle enregistrait ses petites sauteries, mais si c'est bien lui le meurtrier, il a dû se sentir très mal lorsqu'il a découvert le magnétophone dans son sac.

— Ça ne fait que commencer pour lui. Je vous remercie encore.

— Bien, je vous faxe les sonogrammes.

Cagney attendit la sortie des feuilles qui ne lui servaient à rien puisqu'il était incapable de les traduire, mais il n'avait pas voulu gâcher son plaisir à Tanaka.

Les fins gribouillis de stylet apparurent les uns derrière les autres. Des bandes de rayures ascendantes ou seccantes qui évoquaient d'improbables idéogrammes : la transcription des intensités et du volume relatifs des fréquences vocales audibles produites toutes les deux secondes et demie.

Il les contemplait encore lorsque Morris frappa à la porte de son bureau. Il désigna les feuilles étalées sur le bureau de Cagney d'un mouvement de menton et demanda :

— Tanaka ?

— Oui, il a fait du bon travail. Vos suspects-témoins de Boston ont dit la vérité et l'homme à localiser est celui enregistré sur la plupart des cassettes de rue.

— Le quatrième homme ?

— Juste. Et de votre côté, il y a du nouveau ?

— Oui, Bozella vient de m'appeler. Ils ont, dans un premier temps, ratissé tous les fleuristes aux environs de Commonwealth Avenue en présentant le portrait-robot du meurtrier de Grace Burkitt. De ce côté-là, pour l'instant, rien de très concluant n'est ressorti.

— Alors ?

— Ils vont étendre leur périmètre de recherches à d'autres quartiers. C'est fou ce qu'il y a comme fleuristes, à Boston.

— Moins que de marchands de chaussures. J'en garde un souvenir épuisant.

— En revanche, le petit rayon de soleil, c'est le répertoire retrouvé chez Terry Wilde. Cette femme n'avait pratiquement pas d'amis, ni même de connaissances. Outre les boutiques chez qui elle se fournissait et les numéros personnels de ses livreurs préférés, il y a les coordonnées de différents membres du personnel de Caine ProBiotex, dont celui, rayé, de Grace Burkitt.

— Ce n'est pas vraiment une nouvelle. On savait déjà qu'elles se connaissaient puisque Grace Burkitt travaillait sous la direction de Terry Wilde.

— En effet. Les autres numéros sont aussi d'ordre professionnel. Il s'agit de confrères du privé ou du public, ou encore de bibliothèques de facultés et d'hôpitaux.

— C'est cela que vous appelez « un petit rayon de soleil » ?

— Non. Il y a deux autres numéros, en Angleterre, à Cambridge, plus exactement. Un certain Guy Collins et une Maud Holland.

— Et... ?

— Lorsque Bozella s'est présenté, Maud Holland lui a raccroché le téléphone au nez à deux reprises. Quant à Guy Collins, il ne parvenait pas à le joindre et a faxé une demande de renseignements aux flics de Cambridge. La réponse n'a pas tardé : Guy Collins a été abattu de deux balles dans la nuque le 5 janvier dernier. Aucune trace du meurtrier, l'enquête piétine.

— Merde.

— En substance, oui. On en a sans doute un autre sur les bras et on ne peut pas dire que cela va nous simplifier la tâche.

— Bon, vous me faites convoquer cette Maud Holland par les Anglais, histoire de l'impressionner, et vous leur demandez de nous envoyer au plus vite le rapport concernant la mort de ce Collins. Ils ne devraient pas être fâchés de cette ouverture.

— C’est déjà fait, monsieur. Je l’attends.

Cagney le regarda durant quelques secondes. Une sorte de regret l’envahit. Morris était un excellent agent, un des meilleurs qu’il ait formé peut-être, et il avait peur que son délire ne finisse par le gâcher.

— C’est bien, merci Morris.

Ringwood se rua dans le bureau, brandissant une feuille de fax. Il haleta :

— Bon, ça ne va sûrement pas vous faire plaisir, monsieur, Morris, mais l’histoire se corse !

— Chouette, marmonna Cagney. On commençait à s’ennuyer.

— Je viens d’avoir Stephen Holberg. Il a fouillé dans les caisses d’affaires de son frère, comme promis. Il a retrouvé un permis de port d’arme établi au nom d’Oliver Holberg et une facture datée d’il y a cinq ans, concernant l’achat d’un Smith & Wesson calibre 32. Rien ne dit que le même a servi à tuer les deux femmes, mais la coïncidence est troublante, d’autant que le meurtrier se servait des papiers de Holberg. J’ai insisté en suggérant à Stephen Holberg que son frère s’était peut-être fait piquer son flingue et son passeport par un type de rencontre mais il est certain du contraire. Selon lui, son frère était « civique ». Si on lui avait dérobé son arme et ses papiers, il aurait fait une déclaration chez les flics et il en aurait parlé à son frère.

— Il ne s’en est peut-être pas aperçu ? proposa Morris.

— Que le vol d’une arme passe inaperçu lorsqu’on ne s’entraîne pas régulièrement avec, je veux bien, mais un passeport, ça se remarque vite. Ah ! dernière chose. J’ai vérifié à toutes fins utiles l’alibi d’Edward Caine pour chaque meurtre. Il est en béton massif. Il se trouvait à l'étranger ou en conférence à droite et à gauche. Même en prenant un supersonique, il ne pouvait pas se rendre sur les lieux du crime et en revenir à temps. Remarquez, ce n'est pas très étonnant. S'il est impliqué, je suppose qu'il est assez malin pour couvrir ses arrières.

Cagney posa les deux mains à plat sur son bureau et déclara d'un ton hargneux :

— Quel bordel, ça part dans tous les sens, cette affaire ! Morris, vous me prévenez dès que vous aurez quelque chose du côté anglais.

Durant les deux heures qui suivirent, Cagney traça des organigrammes sur de grandes feuilles blanches, tentant d'ordonner tous ces éléments disparates qui tournaient autour de Caine ProBiotex sans que l'on puisse seulement exclure qu'il ne s'agissait pas d'une étonnante coïncidence.

Morris toussota et il leva la tête :

— Je commence par quoi, monsieur ? La bonne ou la mauvaise nouvelle ?

— La mauvaise, toujours.

— Maud Holland a envoyé poliment mais fermement balader les flics. Elle ne connaît ni Terry Wilde, ni Guy Collins, ni Caine ProBiotex. Elle ne comprend pas pour quelle raison on « la harcèle ».

— Sans blague ?

— Oui. D'un autre côté, Cambridge est une petite ville assez calme, les flics ne doivent pas être très terrorisants, là-bas.

— Et la bonne ?

— Guy Collins a été abattu de deux balles tirées par un automatique calibre 6.35. Les Anglais nous les envoient. Ces balles ne correspondent à aucune arme enregistrée sur leur fichier. Ça ne vous dit rien ?

— Si. Je vous parie mon salaire du mois qu'il s'agit de l'arme retrouvée dans la poche du pardessus de Terry Wilde, et que vous n'avez aucun sens de ce qu'est une bonne nouvelle, Morris.

— Je ne parie pas, vous allez gagner dans les deux cas.

Cagney laissa dériver son esprit durant un long moment. Il se retrouvait encore une fois confronté à l'une de ces interminables charades morales, l'une de celles qui exaspéraient son ex-femme. Partir à Cambridge pour interroger cette femme, Maud Holland, il le devait. Demander à Gloria de l'accompagner en utilisant un fallacieux argument n'avait aucune raison d'être et c'était une lamentable tromperie. Il avait depuis longtemps admis la nécessité du mensonge, cet admirable raccourci qui permet de faire dire et de taire, de faire croire et de savoir. Mais il n'était pas encore parvenu à extrapoler cette concession jusqu'au cynisme. D'une certaine façon, il rejoignait Ringwood, avec davantage de subtilité sans doute. Si les choses n'avaient pas de sens, du moins devaient-elles avoir une raison, et une raison compatible avec sa morale.

Elle n'était pas encore rentrée de Little Bend et il ne savait toujours pas s'il allait lui téléphoner.

San Francisco, Californie,
16 janvier

Elle avait envie de printemps.

Finalement, elle n'aurait pas dû remonter Lombard Street. La vue de ces tiges d'hortensias décapitées l'avait déprimée.

Elle se rassura en pensant qu'une neige sale et tenace devait recouvrir Boston, en se souvenant de ces files dans les toilettes d'étudiantes du MIT, retirant une à une les couches de vêtements superposés qui les engonçaient et devenaient insupportables dans les labos surchauffés. Gloria avait sous-loué durant quelques mois l'appartement d'une de ses consœurs, en voyage sabbatique. C'était un petit deux pièces clair et bancal de Margaret Street, dans le quartier italien du North End. Ce jour de janvier-là, il était tombé en quelques heures plus de vingt centimètres de neige. Le métro, dont beaucoup de lignes étaient partiellement aériennes, avait été bloqué. Elle avait dû traverser à pied le Longfellow Bridge qui enjambait la Charles River, cramponnée à la rambarde gelée, levant haut les pieds pour progresser péniblement dans l'épaisse couche de neige. Margaret Street était très pentue, à peine praticable par une voiture. Un arbre rachitique mais obstiné, malmené par les intempéries, égayait la petite rue. Lorsqu'elle était arrivée ce soir-là au coin de Salem Street et de Margaret Street, elle avait cru fondre en larmes de découragement, de fatigue, de froid. À moins de ramper sur le ventre, elle n'arriverait jamais à rentrer chez elle. Le froid lui grimpait dans les jambes, engourdissait son visage et ses mains. Elle s'était demandé si elle n'allait pas s'asseoir dans la neige et attendre. Un homme était sorti d'un des immeubles en briques rouges qui bordaient les deux étroits trottoirs, puis un autre, puis une femme, tous hilares. L'homme, le premier, lui avait crié :

— Eh, *bellissima*, et tes raquettes ?

Elle l'avait regardé au travers de ses larmes.

Quelque chose était tombé avec un bruit sourd à côté d'elle : une corde.

La femme avait hurlé :

— Allez cocotte ! cramponne-toi et remorque-moi ce petit cul jusqu'ici ! On a l'habitude, on tient la corde. Y'en a de plus grosses à traîner !

Gloria s'était hissée grâce à la corde et, pas à pas, avait gravi la côte. Ce qui quelques secondes plus tôt était un cauchemar avait tourné au fou rire.

Elle avait envie de printemps, envie de ne plus sentir son corps. Elle avait envie d'effacer des choses. Quoi ? Peu importait. Cela revenait à commencer un nouveau fichier, une page vierge, à entretenir l'idée trompeuse que tout peut être différent. Ces tiges d'hortensias décapitées l'avaient menée, sans qu'elle sache trop comment, à la conclusion que ces vingt années, si bien planifiées, si parfaitement maîtrisées, ne l'avaient pas fait avancer d'un pouce. En dépit de l'argent amassé, qui devait servir à protéger, cacher, elle en était aujourd'hui au même point que cette nuit-là, lorsqu'il avait fait voler la porte de la chambre de sa mère à coups de bottes.

Ne plus penser à cela.

Si, il fallait y penser au contraire. L'intelligence qu'avaient construite ces années de dressage, les réprimandes et les compliments d'Hugues de Barzan ; *son* intelligence ne pouvait plus se satisfaire de cet inadéquat plâtrage. Elle contraignait Gloria Parker-Simmons et ses habiles artifices à admettre la vérité, du temps où elle ne s'appelait ni Parker, ni Simmons. Ces vingt années n'avaient servi qu'à une chose : aménager sa peur, la rendre vivable. Le souvenir de ce film éblouissant, dont le titre prenait aujourd'hui des allures de mauvaise plaisanterie, lui revint : *Pas de printemps pour Marnie*. Gloria se souvenait que la vue de la paire de gants portée par l'héroïne pour monter l'avait bouleversée, parce que c'était de vrais gants, des gants beiges dont la paume et l'intérieur des doigts étaient tachés de la sueur du cheval, de la cire du cuir des rennes. Pas ces gants ou ces chaussures de films qui ne portent aucune trace de vie. Elle se souvenait avoir sangloté lorsque cette femme blonde et parfaite avait abattu le cheval qu'elle adorait. Elle se souvenait des glaïeuls rouges, du viol, du tisonnier, de cette mère incompréhensible. Sean Connery l'avait plaquée dans un escalier, forcée à affronter la peur, parce que la peur ne meurt jamais, mais elle recule lorsqu'on est plus fort qu'elle. Oui, le printemps, il fallait le printemps !

Un message de Cagney l'attendait. Elle n'enleva même pas son manteau, posa juste sa pochette sur la table en demi-lune et le rappela chez lui.

— Bonjour, Mr Cagney. Je viens de rentrer. J'ai trouvé votre message.

L'idée, idiote, qu'elle aurait dû prendre le temps de

se déshabiller et d'aller aux toilettes avant de le rappeler, la troubla.

— Bonjour, Mrs Parker-Simmons, comment allez-vous ?

— Bien, je vous remercie, et vous ? Je suis un peu en retard parce que j'ai fait quelques courses. (Elle rit :) Je me suis acheté des tagliatelles et du basilic sans parmesan.

Elle stoppa net, comme si cette allusion à leur dîner en commun était compromettante. Elle eut l'impression que son ton était un peu contraint lorsqu'il répondit :

— Je vais vous paraître prétentieux, mais je suis sûr qu'elles ne seront pas aussi bonnes que les miennes.

Et Cagney sut qu'il allait mentir, que le souvenir qu'elle avait gardé de leur soirée san franciscaine était la justification de ce mensonge :

— Je pars demain à Cambridge.

— Lequel ?

— L'anglais. Je souhaiterais que vous m'accompagniez. Je crois que notre enquête prendra là-bas un relief différent. Je ne sais pas lequel. Mais j'ai le sentiment que les choses se nouent. Pour être franc, je patauge pas mal, et cette impression est purement sensuelle, si je puis me permettre.

Il l'entendit sourire :

— Fichtre, si l'on m'avait dit que les enquêtes du FBI en appelaient au sensuel, je ne l'aurais pas cru !

— Elles font appel à tout ce qui peut aider. Alors, qu'en pensez-vous ? Je veux dire de ce voyage ?

— Pour être tout à fait franche, un déplacement en ce moment ne m'enthousiasme pas, Mr Cagney, d'autant que je ne suis pas convaincue de son utilité pour moi. Cela vous semblera sans doute très domestique, mais je suis en train d'aménager ma nouvelle maison et je comptais lui consacrer les semaines à venir.

Un sentiment de panique impuissante le submergea. À force de se trouver de bonnes raisons pour justifier ce voyage, il avait presque fini par se convaincre de sa nécessité :

— Nous ferons juste l'aller et retour, je crois vraiment qu'il est crucial de rencontrer cette femme.

— Bien, si vous en êtes certain... Je vais appeler cette amie qui garde Germaine et prévenir Jade. Comment faisons-nous ?

— Un avion militaire vous conduira de l'aéroport international de San Francisco à la base. Ensuite, nous prenons un lear-jet. C'est le plus rapide.

[illegible]

Ils furent reçus par [illegible]

[illegible]

Cambridge, Angleterre,
17 janvier

Ils avaient atterri à 8 heures du matin, heure locale, sur une piste réservée de Heathrow. Un hélicoptère les avait conduits jusqu'à une base militaire située non loin de Cambridge, puis une voiture de police les avait déposés devant le poste central de la ville.

Gloria avait somnolé durant presque tout le voyage, incapable de dormir vraiment, mais trop fatiguée pour prétendre s'intéresser à ce qui l'entourait. Elle éprouvait une curieuse sensation de démission, comme si les heures qui s'écoulaient la concernaient à peine. Une sorte d'apathie, pas désagréable, avait remplacé la tension des premières heures.

Ils furent reçus par le superintendant Leonard Green, un roux flamboyant, à la peau constellée de taches de rousseur. Son impressionnante moustache le faisait ressembler à un major des Indes à la retraite et c'était sans doute l'effet recherché. Il bafouillait élégamment sur chaque début de phrase, comme seuls savent le faire les Anglais. Il insista pour leur servir une tasse de thé trop fort et Cagney sentit que quelques menues anecdotes sur le travail du Bureau seraient les bienvenues. Ce que leur dit Green ne les avança pas beaucoup. Il mit une voiture à leur disposition pour le temps de leur séjour et raccompagna Gloria par le bras, la pilotant avec délicatesse comme si elle relevait d'une longue maladie.

Maud Holland habitait une de ces pimpantes petites maisons *semi-detached,* entourée d'un petit jardinet impeccablement entretenu. Toutes les maisons de la rue étaient identiques et leur seule excentricité consistait en la couleur de leur porte d'entrée. Celle de Maud Holland était d'un violet profond. La femme qui leur ouvrit avait une bonne soixantaine d'années. Ses cheveux étaient teints, mais sans doute dans leur couleur initiale, aile de corbeau. Elle avait la peau d'une pâleur rosée, très britannique, et des yeux aussi lumineux et bleus que ceux de Gloria. C'était une petite femme ronde et l'absence de sourire sur son visage leur prouva, s'il en était besoin, qu'elle se serait volontiers passée de leur visite. Un King Charles dévala en aboyant l'escalier étroit qui menait à l'étage et elle l'intercepta en le grondant :

— Bijou, Bijou ! Sage !

Ils attendirent qu'elle repose le chien sur la moquette épaisse à gros motifs bleu et beige. Un parfum de fleurs séchées flottait dans l'air et se mêlait à l'odeur du bacon frit.

— Je vous en prie, suivez-moi.

Elle les précéda dans un petit salon, encombré de vilains meubles disparates et surchargés de bibelots en tous genres. Une collection de petits sujets de Wedgwood bleu ou vert s'étalait sur toutes les étagères d'une bibliothèque en acajou verni. Un blason recouvert de velours rouge, sur lequel étaient agrafées des petites cuillères souvenirs de voyages, était suspendu au-dessus de la cheminée qui leur faisait face. Les murs étaient recouverts d'un papier peint vert tendre fané.

Elle leur servit une tasse de thé, et attaqua d'un ton pincé et haut perché :

— Si j'ai bien compris ce que m'a dit le superintendant Green, vous, le FBI, avez fait tout le voyage depuis les États-Unis pour me questionner. Vous auriez pu vous épargner cette peine parce que je ne comprends rien à tout ceci. Un bien beau pays, les États-Unis, déroutant. J'ai visité les chutes du Niagara il y a quelques années, en voyage organisé.

Elle termina sa tasse et la déposa devant le petit chien qui lapa les dernières gouttes de thé au lait.

— Mrs Holland...

— Miss.

— Excusez-moi. Miss Holland, j'ignore ce que vous ont dit nos collègues britanniques, mais nous avons retrouvé votre nom et votre adresse dans un répertoire ayant appartenu à une femme qui a été assassinée. Le Dr Terry Wilde. Peu de noms figuraient dans ce carnet, aussi chacun nous semble-t-il important. Connaissiez-vous le Dr Terry Wilde ?

— Non, pas du tout. Je l'ai déjà dit.

— Connaissiez-vous un certain Guy Collins ? Il habitait Cambridge, lui aussi.

— Non, non plus.

Gloria s'agita sur son fauteuil mais ne dit rien. Cagney était certain que Maud Holland mentait. Elle mentait sobrement, sans inventer d'inutiles détails qui sont autant d'écueils.

— Miss Holland, nous sommes en train de parler, non pas de deux, mais de quatre et peut-être même de cinq meurtres.

Maud Holland le fixa d'un air buté et agressif, mais son intonation demeura courtoise et glacée :

— J'ignore pour quelles raisons vous me dites cela. Cette histoire ne me concerne pas, et votre acharnement devient inacceptable. Vous savez, il y a des lois dans ce pays, même pour protéger les personnes contre les abus policiers.

— Nous avons également des lois de ce genre aux États-Unis, et puis d'autres. À titre d'exemple, je ne sais pas au juste combien peuvent valoir dans ce pays l'obstruction à la justice, le faux témoignage, le parjure et la complicité de meurtre, mais chez nous, cela avoisinerait les quinze, seize ans. C'est long, très long. Quel âge avez-vous ?

— C'est une menace ?

— Non, tout au plus une information. Nous allons tout mettre en œuvre pour trouver. Nous allons, si besoin est, retourner votre vie, et nous finirons par apprendre ce que nous voulons savoir. C'est juste une question de temps.

Elle baissa les paupières et serra les lèvres. Enfin, elle leva les yeux et le fixa :

— Ne croyez pas que je cède. C'est juste que je veux du calme. J'ai besoin de paix. Je ne suis coupable de rien, dans cette histoire, je tiens à le préciser en préambule. Je ne voulais rien dire parce que j'avais décidé de tirer un trait là-dessus. Cette histoire m'a déjà coûté assez cher. Guy Collins a été marié à Terry Wilde, Terry Collins. C'était lui le petit génie, pas elle. Elle, c'était une de ses anciennes étudiantes. Il était professeur de biologie moléculaire à Cambridge University. Et puis, il a eu la possibilité de monter sa boîte grâce à des capitaux-risques, la grande mode à une époque. Il suffisait d'avoir une idée.

— Et vous ?

— Moi ? J'étais l'expert comptable désigné par les bailleurs de fonds pour surveiller les comptes et l'utilisation des capitaux investis. La boîte a démarré en flèche. Guy Collins avait mis au point un système que nous voulions breveter. La méthode permettait d'obtenir un vaccin hyper-pur contre la polio, et du même coup de se débarrasser de la menace du SV 40, un virus parasite qui a fait couler beaucoup d'encre il y a quelques années.

Gloria murmura :

— Vous pourriez être plus précise ?

— Je ne suis pas biologiste, je sais ce que j'ai compris, c'est tout. Le vaccin contre la polio est préparé grâce à des cellules rénales de singe en cultures. Un scientifique a publié des résultats alarmants en découvrant que les cellules de singe vert pouvaient être infectées par un autre virus, le SV 40. Il affirmait que ce virus parasite passait dans le vaccin parce qu'il n'était pas détruit par le procédé d'inactivation du virus de la polio. C'est un virus du singe et, expérimentalement, il peut provoquer des cancers chez certains animaux de laboratoire. On sait qu'il peut infecter l'homme, mais on n'a aucune preuve qu'il soit pathogène chez nous. Cette histoire a paniqué les pouvoirs publics. Ils ont lancé des campagnes de tests, notamment chez vous, et la *Food and Drug Administration* a exigé que tous les lots soient contrôlés et que ceux qui étaient porteurs du SV 40 soient détruits. Et puis, on a changé de race de singe. Le brevet de Collins valait une fortune, à ceci près que cela n'a jamais marché, et Guy Collins a commencé à perdre les pédales.

— Comment cela ?

— Oh, c'est compliqué. Terry Wilde avait besoin

de beaucoup d'argent. Sans elle, je crois bien que Collins ne se serait jamais lancé dans « les affaires », comme il disait. C'était un faible et elle le menait par le bout du nez, comme tout le monde d'ailleurs.

Elle s'interrompit et se servit du thé dans la tasse qu'elle récupéra sur la moquette. Elle reprit d'un ton haineux :

— Terry Wilde était, pardonnez-moi l'expression, une garce. Une tueuse impitoyable et sans remords. J'ai cru que je pourrais la coincer, mais je me suis trompée et je peux vous dire qu'elle me l'a fait payer. Vous savez, je me suis parfois demandé si elle n'était pas capable de tuer, je veux dire physiquement, cette fois. Il y avait une telle détermination, un tel manque de scrupules chez cette fille...

Elle partit dans ses souvenirs, buvant à petites gorgées le thé froid. Cagney la ramena doucement à eux :

— Que s'est-il passé avec Guy Collins ? Et comment pensiez-vous pouvoir coincer Terry Wilde ?

— Ce n'est pas simple à raconter, parce que Collins n'était pas mon seul client. J'y passais deux fois par semaine pour vérifier les livres, mais je n'ai pas été témoin de tous les détails. Les choses ont commencé à dégénérer il y a cinq ou six ans, je dirais. Je me suis rendu compte que certaines factures de produits avaient été falsifiées, surévaluées. Pire, certaines d'entre elles ne correspondaient à rien et pourtant l'argent était sorti. J'en suis rapidement arrivée à la conclusion que les époux Collins détournaient des fonds à leur profit. Terry Wilde est passée à l'attaque. Mon Dieu, quelle curée ! Je me suis fait mettre en pièces. Elle a rencontré les bailleurs de capitaux, m'a accusée de faire obstruction à l'avancée de leurs travaux, de commettre des erreurs comptables et de les leur coller sur le dos. Elle était beaucoup plus jolie et persuasive que moi et leurs « mécènes » espéraient beaucoup du brevet. En plus, l'époque n'a pas été faste pour beaucoup de PME et plusieurs de mes clients ont déposé leur bilan. De là à conclure que j'étais, en effet, incompétente, voire indélicate, il n'y avait qu'un pas et il a été franchi. J'avais 57 ans à ce moment-là et je n'ai jamais retrouvé de travail, d'où ceci, acheva-t-elle en englobant la vilaine pièce d'un mouvement de poignet.

— Et vous n'avez plus revu les Collins ?

— Ils ont divorcé peu de temps après et Guy Collins a déposé le bilan. J'ai appris qu'elle avait quitté le pays et, croyez-moi, j'ai brûlé un cierge ce jour-là. Je ne sais pas ce que le mari a fait ensuite et je n'en ai pas entendu reparler jusqu'à hier.

Ils prirent congé et Gloria se retourna sur le pas de la porte violette :

— Ces factures concernaient quel genre de produits ?

— Des produits de laboratoire entrant dans le procédé de fabrication des vaccins.

— En avez-vous gardé des copies ?

— Non, cela n'avait pas d'intérêt.

— Merci, madame.

Ils déjeunèrent dans un immense restaurant branché de Market Street. De grands tableaux noirs suspendus aux murs présentaient le menu du jour. Une musique assourdissante noyait le vacarme des tables. Ils durent patienter presque une heure avant qu'une jeune fille aux yeux soulignés d'un épais trait de crayon noir et aux cheveux orange ne s'approche de leur table pour y déposer une carafe d'eau et repartir aussitôt. Cagney déclara, agacé :

— J'espère que vous ne mourez pas de faim, sans quoi il faudra que je fasse rapatrier votre corps.

Gloria commenta en souriant :

— C'est intime et chaleureux, comme endroit. Bien, il va falloir définir un plan d'attaque. Dès qu'un serveur passe à côté de la table, vous le bloquez et vous lui hurlez dans l'oreille que je veux une salade tiède de poulet mandarine avec un verre de vin blanc sec.

— D'accord, partenaire, synchronisons nos montres ! C'est parti !

Il attrapa en effet un grand blond mou et pressé par un des pans du tablier blanc immaculé qui le ceignait. Sans doute lui fit-il très peur, puisque le jeune homme dut s'y reprendre à trois fois avant de parvenir à noter leur commande.

Adoptant un ton acide, Cagney remarqua :

— C'est dans ces moments-là que je me dis que je vieillis.

— Alors je suis vieille avant l'âge. Je vous demanderais bien ce que vous avez pensé de Maud Holland, mais il faudrait hurler pour se comprendre et cela risque de manquer de discrétion.

— Avalons nos salades respectives et sortons avant que nos tympans soient irrémédiablement abîmés.

Ils n'échangèrent plus une parole. Gloria étudiait sa salade, jouant du bout de sa fourchette avec les quartiers de mandarine, pour éviter de croiser le regard songeur de Cagney qui la fixait. Elle reposa ses couverts.

— Vous avez fini, vous voulez un thé, un café ?

— Non merci.

— Vous n'avez presque rien mangé.

— Le bruit me coupe l'appétit. On y va ?

Cagney fondit sur un serveur pour régler l'addition et ils sortirent. Le froid piquant fit frissonner Gloria.

— Vous n'êtes pas assez couverte, pour ce pays.

Elle rit :

— Vous êtes une vraie mère, Mr Cagney.

Le plus sérieusement du monde, il rétorqua :

— Oui, je suis bourré de qualités.

— Qu'avez-vous pensé de miss Holland ?

— Qu'elle nous a dit la vérité.

— Selon vous, c'est Terry Wilde qui a tué son mari ?

— Je ne sais pas. Même si, comme je le crois, le pistolet utilisé est bien le sien, cela ne prouvera pas qu'elle est coupable de meurtre. Le tueur peut lui avoir subtilisé l'arme, puis l'avoir replacée chez elle, bref, on peut imaginer différents scénarios. La solution viendra des agences de voyage bostoniennes, et des aéroports anglais. Et vous, qu'en avez-vous conclu ?

— Pas grand-chose de nouveau, mais il faut que je fasse le tri au calme. Tout tourne autour de Caine ProBiotex, mais ce n'est pas une conclusion très novatrice. Miss Holland a parlé d'un brevet et vous m'avez dit que Caine Laboratories venait d'en déposer un grâce à Terry Wilde. Vous pensez qu'il s'agit du même ? Le Dr Wilde aurait pu commettre une indélicatesse et le dérober à son ex-mari pour l'exploiter elle-même.

— Là encore, je ne sais pas. Il faudrait que Ringwood vérifie mais *a priori* j'ai le sentiment que le brevet de Caine ProBiotex est, comment dire, beaucoup plus évolué que celui sur lequel travaillait Guy Collins.

— Hum. On m'a parlé d'une très grande librairie universitaire dans le coin. Si nous n'avons plus rien à faire, j'irais bien y traîner le reste de l'après-midi. Nous pourrions nous retrouver... je ne sais pas où.

— Vous ne voulez pas de moi ?

Elle hésita :

— Si vous y tenez, mais vous allez vous barber. Vous savez, en général, je m'assois par terre dans un coin et je feuillette des heures durant tout ce qui me tombe sous la main. Et puis, je suppose que vous avez des tas de détails à régler avec le superintendant Green.

C'était un congé et il l'accepta en souriant. Il tourna sur lui-même et proposa :

— On pourrait se retrouver ici, devant la poste. Vous n'avez qu'à vous rappeler que c'est au coin de St John's Street et de All Saint's Passage.

— Il y a de quoi s'embrouiller. Vous avez remarqué comme les rues anglaises portent souvent des noms de saints ?

— C'est parce qu'il n'y a jamais eu de divorce entre l'État et l'Église, chez eux.

— Sans doute. À quelle heure nous retrouvons-nous ?

— Deux heures de liberté vous suffisent-elles ?

— C'est parfait. (Elle regarda sa montre d'homme en métal chromé et précisa :) Donc, ici à 4 heures.

— La nuit ne sera pas encore tombée. Connaissez-vous les jardins botaniques ?

— Non. C'est la première fois que je viens à Cambridge.

— Nous pourrions peut-être y faire un tour, s'il ne fait pas trop froid. Ensuite, nous tenterons de découvrir un restaurant un peu moins bruyant.

— Avec plaisir. À tout à l'heure.

Il la regarda s'éloigner d'une allure pressée et retourna à la voiture que leur avait prêtée Green.

Cagney raconta au superintendant son entrevue avec miss Holland. Le grand roux clignait par moments des paupières et hochait la tête d'un air entendu. Enfin, il déclara d'un ton satisfait :

— Eh bien, tout ceci corrobore ce que nous venons d'apprendre.

— C'est-à-dire ?

— Guy Collins végétait. Il n'a pas récupéré son poste de professeur à l'université. Au début, il a trouvé trois quatre petits boulots, par-ci par-là, notamment dans des boîtes qui commercialisent des produits de laboratoire. Mais vraiment des tout petits trucs, temporaires. Sacrée déchéance pour un ancien prof de Cambridge. Puis plus rien. Il recevait un virement mensuel de 500 livres par l'intermédiaire d'un cabinet d'avoués londonien. On vient de nous confirmer que le virement initial provenait de la Bank of Boston, du compte du Dr Terry Wilde.

— La compassion et la générosité ne semblant pas entrer dans le profil psychologique du Dr Wilde, peut-être faut-il y voir un chantage de la part de son ex-mari ? Ce serait un mobile.

— Je l'ignore. De toute façon, je vais contacter la police des aéroports. Nous devrions avoir une réponse assez rapidement.

Cagney arriva avec un quart d'heure d'avance devant la poste et s'assit sur un des plots de ciment qui entouraient la pelouse de Gifford Place. Les brins d'herbe courte étaient raides de gel.

Elle s'était acheté une sorte de doudoune longue, gris anthracite, qui la faisait paraître encore plus jeune et plus frêle, et avançait en peinant, les bras chargés de sacs en plastique de la librairie et d'un grand paquet de chez *Marks and Spencer*. Il la rejoignit et lui prit les sacs des bras :

— Ah, merci, mon sauveur, j'ai cru que je n'arriverais jamais. C'est lourd comme tout. Je suis ravie ! J'ai trouvé des livres extraordinaires.

— Quel genre ?

— Le genre qui vous endormirait en moins de trente secondes.

— Ça peut se révéler intéressant et c'est moins nocif que les somnifères.

— Ce n'est pas sûr. On y va ? Vous avez vu, je me suis sérieusement équipée. Je peux affronter froid, grêle, neige et même blizzard.

— Le blizzard et les ouragans sont assez rares dans ces régions.

Ils se promenèrent lentement dans les magnifiques jardins que des botanistes amoureux composaient depuis des siècles. Gloria passait et repassait sous les énormes branches des conifères, surveillant il ne savait trop quoi. Parfois, elle s'arrêtait brusquement et se baissait à la recherche de pommes de pin de forme et de taille variable, et il était enchanté. Soudain, elle demanda :

— Connaissez-vous le système de reproduction de ces arbres ?

Il rit fort, projetant à chaque éclat une bouffée de buée dense, parce qu'il était heureux et que c'était un sentiment si rare qu'il avait presque l'impression de le découvrir :

— Non, je suis confus. La botanique n'est pas une de mes forces, vous m'en voyez désolé.

Elle déclara, vexée :

— Non, je vous demandais cela parce que certains arbres fonctionnent sur le même mode que nous, mâle et femelle. D'autres, en revanche, sont les deux à la fois. J'ai l'intention de planter toutes ces graines dès mon retour. Le problème, c'est que j'ignore s'il s'agit de vraies graines ou d'ovules stériles.

Toujours hilare, il précisa :

— Gloria, ces arbres mettent en moyenne trois à cinq siècles pour devenir ce que nous contemplons.

— Et alors ? Il faut bien commencer quelque part.

— Ça, c'est un argument ! Que diriez-vous de commencer notre difficile quête d'un restaurant calme ?

Elle fourra les dernières pommes de pin dans ses poches déjà gonflées et le suivit.

Ils optèrent pour un restaurant indien en sous-sol et leur choix s'avéra vite aussi désastreux que le premier, mais dans un genre différent.

Le restaurant était presque désert. Seule une autre table était occupée par trois jeunes Américaines qui finissaient de dîner. Elles étaient lancées dans une conversation animée dont l'objet était une quatrième jeune fille qui semblait rencontrer d'énormes difficultés dans sa vie amoureuse. Cagney baissa le ton de peur que son accent ne les encourage à nouer connaissance. Il avait envie d'être seul, seul avec Gloria.

Un serveur pakistanais monté sur ressorts les harcela dès leur installation, revenant toutes les trois minutes pour prendre leur commande. Lorsque Cagney suggéra un apéritif, le jeune homme s'énerva et lâcha :

— Pas la peine, pas la peine, et il repartit en cuisine.

— Mais il est fou ?

— Non, il veut que l'on parte pour pouvoir fermer et il commence à me chauffer.

Lorsque le serveur réapparut trente secondes plus tard, un crayon menaçant appliqué contre son petit calepin, Cagney articula d'un ton dangereux :

— Vous êtes pressé ? Nous pas.

Un fou rire fit monter les larmes aux yeux de Gloria. Elle hoqueta :

— Oh, je ne peux pas le croire ! C'est le clou du voyage !

— C'est la première fois que je vous vois vraiment rire.

Le rire mourut aussitôt et il regretta ses paroles.

Ils dînèrent paisiblement, le serveur semblant minimiser ses interventions. Ils burent beaucoup trop et parlèrent de la librairie, des jardins botaniques, du nouveau jardin de Gloria. Puis ils sortirent et flânèrent jusqu'à la voiture. Gloria constata :

— Tout est fermé. Il n'y a pas grand-chose à faire, le soir. Remarquez, je crois que nous avons assez bu pour aujourd'hui. Je me sens un peu approximative.

— J'adhère à cette constatation, à toutes ces constatations. C'est typique des villes de province anglaises. La vie nocturne s'arrête à 9 heures du soir. Ils ont la télévision dans les chambres, dans le *bed & breakfast*, je veux dire. Excusez-moi, mes phrases manquent de cohérence. Nous n'avons trouvé qu'un *bed & breakfast*. Tout est pris d'assaut dans cette ville en raison des innombrables meetings, congrès et colloques qu'elle abrite en permanence.

— Oh, pourvu que ce soit propre, ce n'est pas dramatique.

— Nous sommes au *Bella Vista*.

— Tout un programme !

La chambre était triste, connement laide, mais propre. Tout était vert et roux, vert bronze à motifs roux pour la moquette — les taches marquent moins —, vert d'eau pour les murs, le vert olive étant réservé au couvre-lit. Une grande huile consternante était suspendue au-dessus du lit. Elle représentait une biche aux abois, perdue au milieu d'arbres dont les feuilles avaient permis à l'artiste un catalogue presque exhaustif des tons automnaux. L'inévitable théière, accompagnée de sa bouilloire, son ramequin en terre cuite contenant sucre et sachets de thé, trônait sur une petite table en Formica coincée derrière une armoire. Une grosse télévision était scellée dans le coin supérieur d'un mur.

Gloria jeta un regard circulaire et demanda d'un ton courtois :

— Il n'y avait rien d'autre ?

— Non, je suis désolé. Seulement ce *bed & breakfast*, et si ma secrétaire n'a réservé qu'une seule chambre, c'est qu'il n'y en avait pas d'autre. Je vais rapprocher ces deux fauteuils pour dormir.

Il sentit qu'elle se raidissait, luttait contre la colère et la mauvaise humeur. Le souvenir heureux de cette soirée avait disparu. Elle lâcha d'un ton glacial :

— C'est consternant, n'est-ce pas ?

— Le qualificatif me paraît assez justifié. Bon, on a vu pire.

— Vous, je ne sais pas, mais moi sans doute. Vous croyez que la salle d'eau est propre ?

— J'en ai eu l'impression. Écoutez, vous pouvez aussi limiter vos ablutions. Vous n'êtes pas forcée de...

— J'aime prendre deux douches par jour, si toutefois cela ne vous pose pas de problème.

Cagney la détailla de la tête aux pieds. Il ne supportait pas son revirement, pas ce soir, pas maintenant :

— Dégueulasses, les odeurs humaines, n'est-ce pas ? L'odeur de sueur, l'odeur de fatigue, de peur, et l'odeur extrêmement caractéristique du sexe, beurk, non ?

Elle le toisa :

— Vous avez bu, Mr Cagney.

— Oui, j'ai bu. J'ai même pas mal picolé. Et alors ? C'est une chose que l'on connaît tous les deux, un territoire partagé, n'est-ce pas ? Vous vous saoulez pour quelle raison, Gloria ? Oublier ? Moi, je bois pour me souvenir, me souvenir que je suis vivant, que j'ai mal, que j'ai envie, que j'aime. Je *vous* aime. Je vous aime et j'ai envie de vous, envie de faire l'amour avec vous. C'est chiant, non ? Qu'allez-vous faire ?

Elle le contempla posément, presque tranquillement, et déclara :

— Je crois, Mr Cagney, que nous avons beaucoup trop bu. Ce sera notre excuse, si vous le voulez bien. Tout ira mieux demain, la migraine en moins. (Elle hésita et poursuivit d'un ton plus doux :) Vous savez, on a toujours le sentiment que si on... laisse aller, en quelque sorte, les choses trouveront d'elles-mêmes une solution. C'est faux, cela ne sert à rien. Il n'y a pas de réponse parce que les problèmes sont passés et que même s'ils avaient des réponses, elles n'auraient plus lieu d'être. Dormons, voulez-vous ? Je suis fatiguée. Vous dormez par terre, ou sur ces fauteuils. Vous pouvez aussi dormir sur le lit, mais je ne veux pas... enfin, je n'en ai aucune envie, nous sommes bien d'accord ?

— Oui. Le sexe forcé n'est pas mon truc, quant aux

attouchements fiévreux, j'ai passé l'âge. Gloria... À part pour Clare, avez-vous eu des... Enfin...

La voix qu'il aimait tant, cette voix étonnamment grave pour une femme si menue, claqua :

— Je devrais vous répondre que cela ne vous regarde pas. J'ai eu Clare. Je ne la voulais pas. Non, en fait, c'est idiot ce que je dis. Je ne savais même pas ce que c'était. (Elle rit désagréablement.) J'en étais à la période des cigognes ou des roses lorsque... ça a commencé. Toujours est-il que ma connaissance du sexe s'arrête avec la naissance de ma fille et cela me va très bien comme cela, je vous remercie.

Elle disparut dans la salle d'eau et il entendit la douche couler durant un long moment. Lorsqu'elle réapparut, elle avait repassé son chemisier et sa jupe. Elle se coucha et déclara d'un ton calme :

— La salle d'eau est à vous. Je crois que je ne vais pas tarder à m'endormir. Je suis très fatiguée.

Cagney prit une douche presque glacée. Lorsque sa secrétaire avait appelé le *Bella Vista*, il restait une autre chambre libre, une petite. Il avait menti, un mensonge adolescent, stupide. Il voulait dormir à côté d'elle, même pour rien, ça n'avait pas énormément d'importance. Merde, bien sûr que ça en avait, mais il pouvait s'en passer. Non, il pouvait faire sans sexe avec elle, mais pas sans elle. Il avait une envie folle qu'elle se colle à lui en dormant. Il avait envie de sentir sa salive couler sur son épaule parce qu'elle rêvait, bouche ouverte. Et puis... Il avait envie que ses cuisses lui serrent les reins, le tiennent, le maintiennent contre elle, mais cela, c'était autre chose.

Il se coucha à côté d'elle. Elle dormait ou feignait de dormir. Il demeura sur le dos, attendant il ne savait trop quoi. Cagney connaissait les femmes, sans doute parce qu'il n'avait jamais aimé les hommes, et qu'il n'avait jamais eu envie de les apprendre autrement que professionnellement. Il savait que les gestes, les preuves physiques de l'existence de l'autre sont souvent déroutants. Il faut admettre que l'autre vit en dehors de la civilité, que sa réalité ne passe pas seulement par des rires, des paroles, des confidences, des sourires. Il faut admettre aussi qu'il n'est pas un enfant que l'on prend, couve, embrasse, renifle.

— Gloria ?... Gloria ? Vous dormez ?

— Chuuut, j'essaie. Écoutez, je crois que votre première suggestion était la meilleure. Dormez sur les fauteuils.

— Non, c'est trop tard... Touche-moi. Je t'en prie, touche-moi. Non, ce n'est pas cela, caresse-moi. Je ne bougerai pas.

Il sentit les draps se tendre, le corps léger de Gloria se relever. Ses mots claquèrent, méprisants, haineux :

— Vous êtes malade, comme les autres, comme *lui* ! Tout se résume à cela, n'est-ce pas ? Sortez de cette chambre ! Vous ne voulez pas ? Ce n'est pas grave, je vais dormir dans la voiture.

Il la sentit se lever et se retourna d'un mouvement, l'écrasant de tout son poids.

— Non. Normalement, ce n'est pas comme cela que les choses se passent, Gloria.

Elle était raide comme une morte. Elle avait probablement été morte pour cet homme qui la violait en riant. Mais lui s'en foutait, elle était tiède, et ça lui suffisait.

Cagney se retourna et croisa les bras sous sa tête. Il murmura, les yeux clos :

— Je ne fais rien, je ne bouge pas. Regarde ; je

croise mes bras derrière la tête. Je ne te toucherai que si tu le demandes. Baise-moi, je t'aime. Je ne fais rien.

Durant quelques minutes, rien ne troubla l'épouvantable vide de la chambre, du lit. Il osait à peine respirer, se disant que même un souffle allait l'affoler et la faire fuir. Un murmure :

— Ne me serre pas, ne me touche pas. Ferme les yeux.

Cagney serra davantage les paupières. Et si elle l'égorgeait ? Elle en était capable.

— N'ouvre pas les yeux ! Ne bouge pas.

Cagney fit un effort gigantesque pour ne pas se retourner sur elle, rester immobile. Les lèvres qui embrassaient doucement ses seins, qui glissaient sans hâte le long de son ventre lui donnèrent envie de hurler. Il cria dans sa tête : maintenant ! maintenant !

— Chut, tais-toi.

Elle le mordait gentiment. Sa langue suivit l'arc de son aine. Quelque chose de doux et de puissant, de tiède enveloppa son sexe. Le sien, le sexe de Gloria.

Le cerveau de Cagney explosa. Quelque part, très loin, il sentit ses doigts se refermer sur ses épaules. Il la serra contre lui. Elle se débattit. Il se retourna et la plaquant sous lui, cria :

— Tais-toi ! Il ne peut plus rien te faire, maintenant, d'accord ? Il est mort, c'est fini ! Personne ne pourra te faire de mal ! Tais-toi, je t'aime ! Finalement, je crois que je n'ai jamais aimé que toi. Il était temps ! Gloria, je me fous que ce ne soit pas réciproque. J'ai juste besoin que tu aies besoin de moi. Dors.

Lorsqu'il se réveilla, une heure plus tard, elle dormait profondément, bouche ouverte. Son épaule était trempée de sa salive et il sentit son sexe se durcir. Il serrait dans son poing crispé une pleine poignée de ses cheveux blond châtain, comme s'il avait craint dans son sommeil qu'elle le quitte. Sa jambe la tenait fermement contre le matelas. Il la déplaça, se demandant s'il ne l'avait pas à moitié étouffée en dormant. Il s'étonna de cette étrange émotion, de ce chagrin qu'il ressentait en la contemplant. Pourrait-il la garder ? Resterait-elle quelque temps ? Toujours, pourquoi pas ? Elle était folle, non, ce terme est trop simple. Elle était aliénée, au sens étymologique du terme, sans lien avec le réel. En voulait-elle ? Pourrait-il la convaincre que certains liens vous permettent de croire, du moins pendant un moment, que la vie peut vivre encore ? Il la sentit bouger faiblement et la plaqua contre lui pour qu'elle s'éveille dans sa peau, dans son odeur.

Elle ouvrit les yeux, plissa le front, puis tourna légèrement la tête vers la porte de la salle d'eau en murmurant :

— Je suis désolée. C'était une erreur, pardon.

— Non. Pas ça. Je ne suis pas désolé. Pas pardon.

Elle se débattit sans hâte et il desserra les bras. Elle se leva, le regarda, embarrassée :

— Je... Si, je suis confuse, Mr Cagney. Euh... Il faut que je voie un médecin.

— Je suis sain, si c'est ce qui t'inquiète, répondit-il, cinglant, parce qu'il savait qu'elle l'abandonnait. Je n'ai pas eu de rapport sexuel depuis mon divorce, si l'on exclut quelques épisodes masturbatoires assez peu contaminants.

Il se rendit soudain compte qu'elle mettait un certain temps à comprendre à quoi il faisait allusion. Elle hésita en baissant la tête :

— Non... Je ne parlais pas de cela. Je... Enfin, je n'ai pas de moyen de contraception. Vous comprenez, depuis Clare, je... Nous en avons déjà parlé.

— Ce n'est pas la peine, Gloria. Je suis sain et je suis stérile. Tu peux donc en conclure que tout cela fut parfaitement hygiénique.

— Bien. Je vais prendre une douche.

Il hésita puis demanda, tout en sachant qu'elle allait refuser et lui faire mal :

— Je peux venir avec toi ?

— Non, je me lave seule, Mr Cagney.

Une peine incohérente le rendit agressif :

— La liste des choses que tu tolères de partager doit être étonnamment courte, n'est-ce pas, Gloria ?

Elle le détailla et répondit gentiment :

— Ne croyez pas que je veuille être désagréable, mais il serait souhaitable que nous en revenions à un certain formalisme... Enfin, nous avions beaucoup bu, et... la situation nous a échappé, voilà tout.

Il se leva du lit d'un bond et elle eut un mouvement de recul. Il resta planté, à trois mètres d'elle. Le regard de Gloria demeura rivé à ses yeux.

— Comme il vous plaira, Mrs Parker-Simmons.

— Bien, je vais prendre ma douche, Mr Cagney.

Le retour fut silencieux. Il paniqua parce qu'il sentait que son mutisme n'avait rien à voir avec une revanche. Simplement, elle n'avait rien à lui dire. Il tenta à plusieurs reprises de briser le mur qu'elle bâtissait entre eux et elle lui répondit par monosyllabes.

Lorsqu'il l'accompagna jusqu'à la rampe de l'avion militaire qui la ramenait à San Francisco, il agrippa son poignet pour la forcer à se retourner, le regarder :

— Vous me faites mal, Mr Cagney, déclara-t-elle sans tourner la tête.

Il rejoignit la distance de sécurité à grandes enjambées, hésita mais décida de ne pas attendre le décollage de l'avion.

Fredericksburgh, Virginie,
18 janvier

La journée était interminable. Morris avait prétexté un travail urgent à terminer à la base pour fuir son appartement dès le matin et n'y revenir qu'à la nuit tombée.

Il avait traîné dans les couloirs déserts du sous-sol, passant et repassant devant les portes des bureaux, s'installant devant son ordinateur, pianotant pour meubler le silence. Il avait presque souhaité que Cagney ou Ringwood viennent eux aussi tromper leur solitude et leur ennui. Dawn Stevenson était passée en coup de vent juste avant midi. Il l'avait invitée à déjeuner, mais elle avait décliné l'offre. Elle rejoignait des amis.

Jude Morris avait, pour la centième fois peut-être, pesé le pour et le contre, arrivant toujours à la même conclusion, et à la même conviction qu'il serait incapable de l'appliquer. Il devait quitter Virginia, pour lui et puis aussi pour elle. Il n'y aurait pas de miracle. Virginia ne serait jamais Gloria et il ne tomberait jamais amoureux de Virginia précisément parce qu'elle ressemblait trop et pas assez à un rêve. Pourtant, il savait qu'il lui sourirait en rentrant ce soir, que peut-être ils feraient l'amour si vraiment elle insistait, et qu'ils dormiraient ensemble.

Comment annonce-t-on à une femme qu'on ne l'a jamais aimée, qu'elle n'a jamais existé, qu'on l'a baisée pour avoir l'impression de faire l'amour à une autre ? Comment lui dit-on qu'elle doit partir parce qu'elle n'est pas assez l'autre ?

Cagney avait raison. Il avait menti, il avait trahi, mais il n'avait pas le droit de détruire.

Lorsqu'il referma la porte de son appartement, Virginia se précipita en riant dans ses bras.

— Oh, chéri, j'ai eu peur que tu rentres dix minutes trop tôt. Pouf, quelle panique !

Elle le conduisit cérémonieusement vers la salle à manger. Un vase rempli de courtes roses blanches trônait au milieu de la table, doucement éclairée par la lumière des bougies. Elle pouffa :

— Poulet à l'estragon et pâtes fraîches suivi d'un *apple crumble*, pour mon seigneur. Le tout accompagné d'un petit vin, je ne vous dis que cela. Mylord ?

Morris la serra contre lui et enfouit sa tête dans son cou. Il fit un effort pour stabiliser sa voix et murmura :

— Tu es merveilleuse, Virginia.

Elle ne comprit pas, ne sentit pas qu'il était désespéré. Elle répondit en plaisantant, parce qu'elle l'aimait et qu'elle était heureuse :

— Oui, je sais, je suis presque parfaite et je m'améliore de jour en jour !

San Francisco, Californie,
18 janvier

Gloria avait retrouvé Maggie avachie sur le canapé, des paquets de chips vides entassés sur la table basse, le cendrier débordant de mégots fumés jusqu'au filtre et une bouteille de whisky presque vide à ses pieds. Germaine ronflait contre elle.

Maggie somnolait, Gloria la contempla. La femme qui l'avait consolée sursauta. Quelques instants furent nécessaires avant que son regard se focalise et elle déclara en bâillant :

— Je crois que j'ai eu une petite panne. Qu'est-ce que c'est beau, ce film ! Je chiale à chaque fois.

— C'est quoi ?

— *Autant en emporte le vent.*

Gloria sourit :

— Maggie, Maggie, ne me dis pas que tu es une midinette !

Maggie la regarda, sincèrement étonnée :

— Ben si. Je croyais que ça sautait aux yeux. Pas toi ?

— Tu as mangé ?

Maggie désigna les paquets de chips d'un geste vague et déclara :

— Ouais.

— Moi j'ai un peu faim. Que dirais-tu d'une bonne soupe de poisson et d'une omelette aux fines herbes ? J'ai aussi du yaourt glacé, cinq ou six parfums.

— Tout ça !

— Oui, j'ai fait des courses la semaine dernière et j'ai rempli le réfrigérateur et le congélateur.

— Mais qu'est-ce qui t'arrive, ma puce ? Demain tu fais le grand ménage, c'est ça ? T'es enceinte et tu prépares la nidation ou quoi ?

Gloria murmura, plus pour elle que pour Maggie :

— Théoriquement, non. Mais on a vu des choses plus étranges.

— Quoi ?

— Non, rien, je plaisante. Tu me sers un verre de vin et je prépare le repas ?

— T'es sûre que tu sais faire une omelette ?

— Pas vraiment, mais c'est le moment de le vérifier. De toute façon, même si c'est raté, tu n'en mourras pas. Les œufs sont extra-frais.

— Tu sais qu'il faut enlever les coquilles d'abord, hein ?

Gloria battit les œufs.

Elle aurait dû avoir peur, être dégoûtée, se sentir malade. Mais elle était calme. Cela n'avait rien à voir avec le prétendu éblouissement de la femme comblée. Du reste, elle ne savait pas ce qu'était un orgasme et elle s'en foutait. Elle n'avait jamais connu jusqu'ici de relations sexuelles, non, de moments de sexe, qui lui donnent envie de le découvrir. Mais elle était calme, très calme. Il lui semblait que cette moitié de nuit contre lui, dans ce *bed & breakfast* si laid, était une suite logique et inévitable. Rien ne l'avait contrainte. Elle avait décidé des gestes et elle ignorait pourquoi. Cette incompréhension l'avait plongée, tout le long du retour, dans un mutisme qu'il n'avait sans doute pas compris. Il fallait qu'elle réfléchisse. Elle avait réfléchi et rien n'en était sorti.

L'omelette dégoulinait un peu et elles durent manger la soupe de poisson ensuite parce qu'elle n'avait pas eu le temps de décongeler au micro-ondes. Maggie la fit rire, en demandant d'un ton piteux :

— T'as pas une paille, ma puce ? C'est pour la sauce d'œufs...

Gloria détailla les filaments d'œufs glaireux qui retombaient dans son assiette lorsqu'elle tentait de les piquer avec sa fourchette. Il régnait une confusion assez plaisante dans son esprit. Elle voulait demander un service à Maggie mais n'osait pas parce qu'il avait une qualité si étrangère, si inhabituelle, qu'elle ne savait pas comment s'y prendre :

— Tu as quelque chose de prévu, ce soir, cette nuit ?

— Non, pourquoi ?

— Je me demandais... enfin, je veux dire, il est déjà tard. Alors si tu n'as rien de mieux à faire, tu peux dormir ici.

Maggie la considéra un instant, et saisit sa main pardessus la table de la cuisine :

— Qu'est-ce qui se passe, Gloria ?

Gloria retourna sa paume dans celle de Maggie et, à son tour, serra sa main. Quelques semaines plus tôt elle l'aurait retirée.

— Je ne sais pas. Je n'en sais strictement rien. Je crois que j'en ai marre de la mort. J'ai vécu depuis vingt ans dans des cimetières, avec des douleurs et des souvenirs tellement vieux qu'ils sont méconnaissables. J'ai des cicatrices partout dans la tête. Elles se referment un peu et puis elles se rouvrent parce que je les égratigne. Mais tu vois, je viens de me rendre compte que tout cela n'existe pas. C'est mort, et j'en ai marre, et c'est bien.

— T'aurais dû être irlandaise, mon chou, ou russe, peut-être. Tu tiens très bien l'alcool et t'as le sens de la métaphore ! Et puis, merde, il y a pas de mal à se faire du bien ! Allez, levons notre verre, amie ! Je ne vais pas tarder à mettre la viande dans le sac, parce que pour être franche, j'en tiens une bonne. Qu'est-ce que tu vas faire ?

— Réfléchir, je vais travailler un peu. Merci de rester cette nuit, Maggie.

— Oh ma puce, merci à toi de m'avoir invitée. Bon, la première qui se réveille prépare le p'tit déj' à l'autre. Je ne risque rien, je dors comme une souche !

Gloria abandonna Maggie, titubante, devant la porte de sa chambre, car c'était maintenant la-chambre-de-Maggie, et s'enferma dans son bureau. L'ivresse légère qu'elle ressentait était agréable, ni invalidante, ni effrayante.

Elle alluma le puissant ordinateur et pénétra dans CAINE. DOC. Elle passa en revue les colonnes de données entrées quelques jours avant et s'adossa à son fauteuil. Rien ne donnait rien parce qu'elle s'était trompée. Tout problème objectif possède une solution, c'est dans son essence *sui generis*, et il suffit de la trouver. Ces événements, ces morts, toute cette accumulation de faits n'étaient tenus que par une évidence : Caine ProBiotex. Pourquoi les tests qu'elle avait tentés jusqu'ici n'avaient-ils pas fonctionné ? Quelle condition partageaient-ils ? L'autonomie des valeurs, qu'elles soient quantitatives ou qualitatives. Si par exemple on souhaitait tirer une loi, donc une classification de variables qualitatives, comme « avoir les cheveux blonds », il fallait que Bob ait les cheveux blonds et que cette qualité n'influence en rien la couleur des cheveux de Peter ou Marc. Si maintenant, le test s'intéressait à des variables quantitatives, cela supposait que le trajet de cent miles effectué par Mary n'augmenterait ni ne réduirait celui que devaient parcourir Patsy et Karen.

Et Gloria descendit dans sa tête « sans *a priori,* ni mièvrerie ». Qu'est-ce qui différencie profondément les statistiques qui s'occupent d'affaires humaines de celles qui régissent un tirage à pile ou face ? On jette la pièce, elle retombe, et la solution est soit pile, soit face. L'homme sait, se souvient, anticipe. L'homme fonctionne par intentions et associations. L'homme utilise son environnement au sens large pour se modifier. Les probabilités bayésiennes. Il est impossible de réduire le comportement de l'homme à celui d'un *homo ludens*, d'un simple parieur. Si un homme est présenté à une femme de 40 ans, il la saluera d'un « Madame ». Neuf fois sur dix, il aura eu raison. Il aura gagné le pari statistique. Il avait pourtant le choix entre « Madame », « Mademoiselle », « Monsieur », un choix équivalent d'un point de vue statistique s'il avait eu les yeux bandés. Il voit, donc sait, qu'il s'agit d'une femme, ce qui élimine le « Monsieur ». Il comprend que cette femme a 40 ans, il en déduit qu'il y a plus de chances que le bon pari soit « Madame » que « Mademoiselle ». Il anticipe cependant une présentation plus précise et regarde son annulaire. Elle porte une alliance. Il se souvient que les femmes mariées portent une alliance. Il parie sur le « Madame » et il gagne. D'un point de vue mathématique, les trois propositions n'ont plus la même valeur parce qu'elles sont entachées de connaissance. Tous les événements sont liés les uns aux autres et s'excluent donc. C'est, en l'essence, à l'opposé d'un jeu de pièce. Si le même homme constate que le premier jet ramène un pile, cela n'indique en aucune façon que le suivant sera un face ou même un autre pile. Les événements sont distincts et ne sont pas influencés par la connaissance du premier résultat.

Il fallait donc partir du présupposé que la première mort avait, d'une façon ou d'une autre, engendré les autres. Le premier problème consistait à trouver *la* mort initiale. Qui ? Charles J. Seaman ? Barbara Horning ? Grace Burkitt ? Ou peut-être même Kim Hayden, puisqu'il paraissait évident que la mort de Terry Wilde et celle de Guy Collins suivaient... L'ordre chronologique était un paramètre, mais sans doute pas le plus déterminant parce que rien ne prouvait que la mort la plus ancienne soit statistiquement liée à celle qui l'avait suivie.

Tant pis, elle y passerait la nuit s'il le fallait. La maison était douce, ce soir. Elle était douce parce qu'elle hébergeait une présence amie. Elle avait envie d'une tasse de thé, l'alcool ne s'imposait pas, du moins pas encore, pas déjà. Elle sourit et se souvint de cet excellent texte de Roschdi Rashed, ancien sans doute, mais pas daté, comme toutes les choses vraiment intelligentes. C'était en français. Quel en était le titre, déjà ? Ah oui : « La conduite de l'homme bernouillien », joli. L'héritage de Bernouilli était considérable. Le livre devait être quelque part dans l'une de ses caisses.

Gloria choisit un test acceptant le fait que ses valeurs, les différents meurtres, dépendaient les unes des autres ; en d'autres termes que B n'existerait pas sans A et que C dépendait des deux premiers et ainsi de suite. Elle ordonna les données en suivant ce fil conducteur et en choisissant Barbara Horning comme A. Une demi-heure plus tard, l'ordinateur afficha « insuffisance de données, impossible de déterminer la liaison entre les différents points ». Les différents meurtres se répartissaient au-dessus de l'axe des abscisses de façon aléatoire. Elle recommença en choisissant Kim Hayden et obtint le même résultat. Lorsqu'elle décida d'attribuer Charles J. Seaman au A, les points rebelles s'éloignèrent encore davantage, preuve que la mort de Seaman n'était pas à l'origine des autres.

Elle descendit silencieusement à la cuisine. Germaine ne se réveilla pas. Elle se prépara une théière de tari souchong.

Calme, préserver le calme de son cerveau. Descendre dans les méandres complexes de son intelligence. Calme.

Elle se réinstalla devant l'ordinateur et but lentement sa tasse de thé. Germaine remua dans ses rêves.

Qui était le A ? Qu'avait-elle oublié, qu'avait-elle négligé ? Quel raccourci logique avait-elle opéré ? Elle ferma les yeux. Il était inutile de reprendre les dossiers faxés par le FBI. Tout était stocké dans sa tête, ordonné en fonction d'une hiérarchie de priorités qu'elle comprenait à peine. Elle rouvrit les yeux brusquement. Merde ! Ça n'était pas possible ! Elle entra les données qu'elle avait omises simplement parce qu'elle avait commis l'erreur de les juger sans aucun lien statistique avec les autres. Et les points s'organisèrent parfaitement. Deux sous-ensembles compacts, distincts mais non autonomes.

Elle hésita, puis se décida à explorer plus finement

chaque sous-ensemble. Elle réduisit l'analyse à Horning et Hayden. Les deux meurtres étaient liés entre eux et si l'on excluait la composante chronologique, le meurtre de Kim Hayden avait en quelque sorte déterminé celui de Barbara Horning, comme dans le cas des autres. Les deux femmes n'étaient donc pas des victimes au hasard, mais elles étaient spécifiquement liées par quelque chose dans l'esprit du tueur. Elle réarrangea les données, puis recommença, jusqu'à obtenir un résultat incroyable mais incontestable.

Il était 3 heures du matin. Le ronflement bienheureux de Germaine lui parvenait de sous le bureau. Il déglutissait parfois, produisant un bruit de succion humide de salive. Gloria envoya un baiser à l'écran et éteignit l'appareil.

Fredericksburgh, Virginie,
19 janvier

La sonnerie du téléphone le tira d'un demi-sommeil qui s'attardait. Il avait mal dormi, il dormait mal depuis longtemps. Ces interminables périodes d'endormissement, puis de réveil, ne faisaient qu'ajouter à sa fatigue. Des fragments d'enquêtes se mêlaient au rappel de stupides obligations domestiques, comme penser à acheter des pansements, ou du café, et au souvenir de ces quelques heures anglaises.

Cagney tendit la main vers le combiné :

— Allô ?

— Oh, excusez-moi, je vous réveille ! Je ne serai pas chez moi de la journée et j'ai voulu vous appeler avant de partir. J'avais pourtant calculé le décalage horaire...

— Quelle heure est-il ?

— Chez vous ou chez moi ?

— Chez vous.

— Il est 4 heures du matin.

— Vous ne dormez jamais ?

— Pas si j'ai des choses plus intéressantes à faire.

— Je m'en souviendrai. C'est agréable d'être réveillé par vous. Que faites-vous, aujourd'hui ?

Il craignit une remarque cinglante, mais elle poursuivit d'un ton égal :

— Vos neurones sont-ils d'attaque ou préférez-vous que je vous rappelle à la base ?

— Non, je me concentre, je vous promets.

— Il y a un truc qui me chiffonne dans ce que vous m'avez dit. Ce légiste de Portland, Charlotte Craven, c'est bien cela ?

— Oui.

— Si j'ai bien compris, elle est presque certaine que le meurtrier de Kim Hayden n'est pas celui de Barbara Horning ?

— Elle a été très prudente, mais en substance c'est sa conviction, en effet. C'est du reste dans ce sens qu'elle a orienté son témoignage expert.

Un silence s'installa à l'autre bout de la ligne.

— Gloria ?

— Hum ? Attendez, je réfléchis. Parce que, selon moi, c'est le même meurtrier. Je veux dire que les deux événements sont indissociables et que l'une a été tuée à cause de l'autre.

— Vous en êtes certaine ?

Il entendit ce rire grave et économe qui partait du fond de sa gorge pour mourir avant d'être délivré :

— Oui. Je vous l'ai dit, on ne me paie que pour des certitudes, Mr Cagney.

— Barbara Horning aurait été assassinée parce que Kim Hayden l'avait été, c'est cela ?

— Non. Ce qui va suivre va vous causer un choc. Kim Hayden a été poignardée parce que Barbara Horning allait l'être. C'est elle le A, le point d'origine du sous-groupe.

— Quoi ?

— Oui. Vous avez donc affaire à une sorte de *copycat* inversé : il se copie lui-même.

— Merde. La journée commence très fort !

— Et elle va continuer très fort. Je n'ai pas fini.

— Oh, je crains le pire !

— Vous avez raison. Toutes ces morts sont liées à Caine ProBiotex, même celle de Seaman, qu'il s'agisse bien d'un suicide ou pas. Mais la mort initiatrice, si je puis me permettre, est celle d'Oliver Holberg. C'est le seul A qui convienne à ce dernier sous-groupe.

— Attendez, Gloria, quelque chose ne va pas. Ce type est mort du SIDA au Charlotte's Hospital, il y a deux ans.

Elle déclara d'un ton désolé mais ferme :

— Je sais, oui. Que voulez-vous que je vous dise, c'est mon résultat.

— Non, écoutez, Gloria. Si on admet votre hypothèse...

Elle le coupa sèchement :

— Il ne s'agit pas *d'hypothèses*, Mr Cagney. Je vous livre mes *conclusions*. De deux choses l'une, ou les renseignements que vous m'avez fournis étaient incomplets ou erronés, auquel cas mon calcul est biaisé, ou ils sont fiables et mes conclusions le sont aussi.

— Mais enfin, soyez logique ! Un type mort du SIDA deux ans plus tôt, sans aucun lien avec Caine ProBiotex, ne peut pas être à l'origine de deux séries de meurtres dont vous dites vous-même qu'elles sont intimement liées avec Caine Laboratories !

— Je n'ai pas mentionné les deux séries. Elles ne sont pas autonomes, mais leur lien entre elles est différent des intra-liens. J'ai parlé de la série qui commence chronologiquement à Seaman. De surcroît, je ne crois vraiment pas avoir besoin de vos leçons en matière de logique. La logique, c'est aussi être capable d'accepter un résultat démontré même si votre jugement personnel de la situation est choqué. L'inverse s'appelle le dogmatisme et c'est un vilain mot pour une vilaine tournure d'esprit. Encore une fois, Mr Cagney, il ne s'agit pas de croire, mais de savoir.

— Excusez-moi. Vous avez raison. C'est juste que nous devons tout reprendre à zéro, sous un autre éclairage.

Elle ne se rendit sans doute pas compte qu'elle remuait le couteau dans la plaie lorsqu'elle conclut d'un petit ton supérieur :

— De toute façon vous pataugiez, non ? Un peu de ménage ne peut pas faire de mal.

— Si je n'étais pas raide amoureux de vous et si vous n'étiez pas une femme, je crois que je deviendrais très grossier.

— À bientôt, Mr Cagney.

Il écouta le bip-bip têtu qui venait de remplacer le grésillement des appels longue distance et sourit.

Base militaire de Quantico,
Virginie, 19 janvier

Il était presque 10 heures lorsqu'il se gara sur le parking de Jefferson. Un groupe de jeunes gens portant la casquette de la *Drug Enforcement Administration* passa devant lui au petit trot, saluant, souriant. Merde. Tous de parfaits spécimens humains, jeunes, sains, musclés, heureux de leurs courbatures de la veille, suant déjà de fatigue et d'effort. Demain, ils recommenceraient, alternant leurs cours de formation académique et leurs entraînements. Ce soir, ils s'écrouleraient tous pour dormir d'un sommeil de plomb dans l'un des dortoirs de la base. Cagney repoussa l'idée de la vieillesse. Il avait autre chose à faire.

Il pénétra dans le bureau de Richard Ringwood dix minutes plus tard. Dawn Stevenson était installée à ses côtés, coincée entre son épaule et le mur. Ils pianotaient à quatre mains.

— J'allais vous appeler. Je me suis dit que vous étiez peut-être malade. On s'inquiétait. Vous pourriez téléphoner. À ce sujet, du reste, cela n'a rien à voir, nous venons de recevoir le rapport de la balistique. Les balles qui ont tué Guy Collins ont bien été tirées par le petit automatique retrouvé sur Terry Wilde.

— Ringwood, enlevez-vous de la tête que je suis votre vieille mère sénile, s'il vous plaît !

— Mais ma mère n'a rien de sénile. Il suffit de voir comment elle triche au poker ! Vous avez une mine apocalyptique, ce matin. C'est votre névralgie cervico-brachiale qui vous taquine ?

— Non. Cette vacherie ne me taquine jamais, elle me pulvérise. J'ai une très mauvaise nouvelle, Morris est là ?

— Oui, il est arrivé. Qu'est-ce qui se passe ?

— Il se passe que si vous avez appris une technique pour rester zen, c'est le moment où jamais de l'appliquer.

— Je suis une pierre, une très vieille pierre !

Morris le rejoignit immédiatement. Cagney embraya :

— Alors, on reste calme. Premièrement, c'est le meurtre de Barbara Horning qui a provoqué celui de Kim Hayden.

Morris intervint :

— Attendez, il y a un problème de chronologie.

Dawn murmura :

— Ce n'est pas obligatoire.

Cagney acquiesça :

— La petite a raison. Admettons que tout ceci soit très intelligemment prémédité. On tue Kim Hayden ; le mobile apparent, c'est-à-dire le vol, est bidon. En réalité, on veut descendre Barbara Horning. Le tueur intervertit l'ordre chronologique des victimes. Ça s'est déjà vu. Cela demande une maîtrise hors du commun et surtout une absence totale de remords parce que le meurtrier sait qu'il massacre quelqu'un d'innocent, même selon ses propres valeurs. Ce genre de profil psychologique est assez typé. Cela devrait nous aider.

— À qui profite le crime ? opina Ringwood.

— En première analyse, au mari et à la fille. Mais il peut s'agir d'une vengeance, d'une jalousie, de quelque chose de beaucoup plus subjectif, surtout avec ce type de structure mentale.

Ringwood demanda d'un ton méfiant :

— J'ai malheureusement cru entendre le mot « premièrement » sortir de votre bouche. Cela sous-entend-il qu'il existe un « deuxièmement » ?

— Oui.

La sonnerie du téléphone résonna à ce moment et tous sursautèrent.

— *Alléluia !* lâcha Ringwood en décrochant. Oui, il est dans mon bureau, je vous le passe.

Cagney attrapa le combiné et s'assit sur le bureau de son adjoint, les jambes écartées, la tête inclinée vers la moquette. Une série de « hum », de « bien, bien », conclue par un « joli travail, superintendant Green » tomba dans le silence de la pièce.

— Terry Collins a effectué un vol aller-retour dans la journée, le 5 janvier dernier. Elle a atterri à Heathrow. Ils ignorent si elle a pris ensuite le train pour Cambridge ou si elle a loué une voiture. Ils vérifient.

— Voilà au moins un coupable qui n'engorgera pas davantage les tribunaux.

— Quelle jolie épitaphe, Morris ! « Ci-gît une femme qui eut la courtoisie de mourir avant d'être jugée. » Reste à savoir pour quelle raison elle a buté son ex-mari.

Ringwood revint à la charge :

— Et le « deuxièmement », alors ?

— Vous êtes sûr d'être parvenu au stade « très vieille pierre », Richard ?

— C'est le moment de me tester.

— La mort d'Oliver Holberg précède toutes les autres... non, je veux dire : génère, en quelque sorte, toutes les autres. Ne me demandez pas ce que cela signifie, je ne sais pas. C'est un système en rapport avec un mathématicien, voilà tout ce que je peux vous dire.

Morris demanda, glacé :

— Mrs Parker-Simmons ?

— Oui, Morris.

Ringwood sentit le malaise de Morris et intervint, poings sur les hanches, parce que la détresse de son coéquipier l'émouvait, en dépit du reste :

— Non, mais attendez... Oliver Holberg est mort du SIDA, dans un hôpital !

— Je sais. Mais on reprend tout à zéro. On cherche en quoi ce type, qui n'avait pas grand lien avec Caine Laboratories, si ce n'est le fait que son dernier amant y travaillait, a pu être l'origine mathématique d'une série de meurtres.

Un silence s'établit. Dawn Stevenson se racla la gorge et bafouilla :

— Euh... quand j'étais petite, je ne pouvais pas me réveiller. Je veux dire que je n'entendais jamais le réveil...

Morris la détailla de la tête aux pieds et déclara :

— Vos souvenirs d'enfance sont émouvants et surtout très originaux, Dawn.

Cagney suivit le pourpre qui envahissait le menton encore adolescent, puis les joues rondes :

— Laissez-la parler, Morris. Allez-y, Dawn.

Elle déglutit avec peine et poursuivit :

— Ma mère me secouait dans mon lit pour me réveiller. Et puis un jour, elle m'a frictionné les reins avec un gant de toilette. L'eau était glacée. J'ai hurlé.

Elle a failli se faire défigurer. Mon chien — c'était une chienne, un épagneul — dormait à côté de moi. Elle lui a sauté au visage. Pourtant, c'était ma mère qui la nourrissait tous les soirs. Où était le cocker de Barbara Horning lorsqu'elle a été poignardée ? Ces chiens sont très courageux, agressifs. Ils n'ont peur de rien.

Cagney déclara d'un ton très calme :

— C'est une excellente question, Dawn. Où était ce chien ?

Ringwood se vautra à moitié sur son bureau pour extraire un dossier d'une pile de papiers en équilibre instable :

— Voilà, je l'ai. Alors, attendez... Ça y est. La femme de chambre qui a découvert le corps de Barbara Horning peu après sa mort précise dans sa déclaration que la chienne Roxy était enfermée dans le dressing-room et, je cite : « Elle avait du sang sur les oreilles. Il a fallu la baigner. »

— Donc, la chienne était présente lorsque Barbara Horning a été poignardée. Le meurtrier l'a conduite ensuite dans le dressing-room. Pourtant, cette chienne, ce bébé comme l'appelle Vannera Sterling, n'a pas attaqué, n'a pas mordu. Le labo n'a retrouvé qu'une sorte de sang, celui de la victime. Roxy s'est laissé faire gentiment, or elle a un sale caractère, nous l'avons vérifié.

Dawn compléta sa pensée :

— Ce qui sous-entend que la chienne connaît bien le meurtrier et qui plus est, elle l'aime bien.

Cagney reprit :

— Ringwood, vous m'épluchez les alibis de Caine et de Vannera Sterling. À fond. Vous vérifiez également les casiers judiciaires du personnel et celui de cette femme qui venait faire le ménage.

— Et les autres, Oliver Holberg ?

— J'accepte volontiers votre proposition, Morris. Vous vous en chargez. L'idée est de comprendre en quoi le couple de valeurs, comme dirait Mrs Parker-Simmons, formé par Holberg et Seaman, a retenti sur les autres victimes. Je crois qu'il serait judicieux d'interroger le petit personnel de Caine, pas les têtes.

— Je m'y mets tout de suite.

— Ah, Morris ! vous avez des nouvelles de Bozella et de son fleuriste ?

— Pas encore, non.

— Appelez-le, s'il vous plaît, avant de partir pour Randolph.

— Entendu.

Cagney retourna dans son bureau. Où était-elle ? Elle lui avait dit qu'elle ne serait pas là de la journée. Que faisait-elle ? Il l'aurait bien appelée, pour parler un peu, entendre sa voix, ses silences. Il abandonna ses pensées douces-amères pour répondre :

— Entrez, Morris.

— Je viens de joindre Michael Bozella, monsieur. Il ressort trois noms de leur recherche, trois types qui correspondent à la description et surtout à la période. Il s'agit de livreurs de trois fleuristes différents, mais dans un périmètre raisonnable. Le problème, c'est que pour deux d'entre eux, on ne sait pas où ils sont passés. Bozella fouille du côté permis de conduire et sécurité sociale, mais ça risque d'être assez long. J'ai un vol au départ de Washington dans un peu moins de deux heures. De là, je louerai une voiture. Je vous appellerai dès que j'aurai quelque chose.

— Entendu, Morris. Bonne chasse.

Cagney passa presque une demi-heure à ordonner les pièces éparses du dossier grossissant. La sonnerie du téléphone l'interrompit. Il lâcha un « Allô » agacé. Une voix qu'il connaissait par cœur, mais à la tonalité étrangement gaie, déclara d'une traite :

— Oh, vous n'allez pas être content ! J'ai fait quelque chose de très mal et de très illégal ! Il faut absolument que je joigne Amy Daniels à Washington. Il y a un détail qui m'échappe et ça m'énerve.

— Mais qu'est-ce que vous racontez, Gloria ?

— Je n'ai pas l'intention de vous le dire, vous allez encore vous sentir forcé de me sermonner.

— Il est un peu tard pour cela, non ?

— En effet. Donc, je peux parler ?

— Oui, je ne suis pas en train de vous enregistrer pour pouvoir vous inculper ensuite.

— Vous me rassurez. Finalement, je ne suis pas allée chercher mes nouveaux doubles rideaux. J'ai repensé à ce que nous avait dit Maud Holland, concernant ces factures, et puis la déconfiture de Guy Collins. Je suis entrée dans les fichiers comptables de Caine ProBiotex.

— Quoi ?

— Vous avez bien entendu. C'était juste après vous avoir parlé. Il était très tôt, *a priori* le personnel n'était pas encore arrivé. C'est plus sûr. D'autant que leur système de protection est blindé, j'ai rarement rencontré cela. Mais il y a presque toujours une faille et avec un peu de patience et d'expérience, on la trouve. J'ai fait des copies de leur comptabilité. Les premières entrées datent d'il y a trois ans. Il y a des chiffres que je ne m'explique pas. D'abord la différence de prix pour un même produit de laboratoire, acheté à peu d'intervalle. Je parle d'un rapport du simple au décuple. Cela, c'est pour les factures les plus vieilles. Mais depuis un an apparaît de plus en plus souvent la mention « consommable », ce qui ne veut pas dire grand-chose, d'autant qu'il n'y a pas de provenance. Or, les différents montants de ces consommables sont toujours une valeur multiple du prix d'un autre produit de laboratoire, celui, précisément, dont les prix varient tant.

— Et c'est ?

— Du sérum fœtal de veau. Je ne sais pas à quoi ça peut servir et c'est pour cette raison que j'aimerais joindre Amy Daniels.

— Vous avez son numéro au Russel Building ?

— Vous savez très bien qu'elle voudra s'assurer que vous êtes au courant avant de me répondre.

— Oui, sans doute. Vous me rappelez ensuite ?

— Non. Il faut que je parte pour Little Bend. Vous n'aurez qu'à rappeler le Dr Daniels.

Cagney attendit une demi-heure puis, n'y tenant plus, composa le numéro d'Amy Daniels qui lui répondit d'une voix essoufflée :

— Ah, quand même, vous nous téléphonez !

— Oui, mais j'ai bien peur de vous paraître encore plus intéressé. Vous avez parlé à Mrs Parker-Simmons ?

— Oui, j'étais dans un autre bureau. Elle vient de raccrocher et j'ai couru pour prendre votre appel. Je savais que c'était vous. Je suis ravie qu'elle retravaille avec nous.

— Moi aussi. Alors ?

— Eh bien, je n'ai pas bien compris sa question et je crois qu'elle ne savait pas trop ce qu'elle cherchait, elle non plus. Je peux vous répéter ce que je lui ai dit. Le sérum fœtal de veau est utilisé dans les milieux de croissance pour les cultures cellulaires. C'est extrêmement riche et il suffit de rajouter peu de chose pour permettre aux cellules de survivre ou même, pour certaines lignées, de se multiplier. C'est effectivement très cher, mais normalement le prix est assez comparable d'un fournisseur à l'autre.

— Oui, mais si Caine ProBiotex avait acheté des lots, je ne sais pas, périmés ? C'est possible ?

— Non. Gloria m'a posé la même question mais c'est impossible. Les bouteilles de sérum sont préparées dans des conditions très strictes pour éviter toute contamination parce que, sans cela, vous n'avez plus qu'à jeter votre culture cellulaire et cela revient très cher. De plus, si le sérum est « mauvais », en quelque sorte, les cellules crèvent. Voilà, c'est ce que je lui ai dit. Cela ne doit pas beaucoup vous aider.

— On utilise ce genre de sérum pour produire des vaccins ?

— Oui, bien sûr, de plus en plus. C'est le cas du vaccin contre la polio, l'hépatite, ou même la rubéole et la varicelle, par exemple, produits à partir de cultures de cellules fœtales humaines. Les productions vaccinales sur cultures cellulaires ont énormément d'avantages. C'est plus pur, l'éventuelle pathogénicité du vaccin est bien mieux contrôlée, et au bout du compte, c'est sans doute moins cher. Mais je ne connais pas grand-chose aux problèmes de coût. Je peux me renseigner, si vous voulez.

— Non. C'est quoi, ces cellules fœtales humaines ? On ne risque pas des contaminations, genre HIV ou des choses comme cela ?

— Non, absolument pas. C'est extrêmement

contrôlé. Il s'agit de tissus prélevés sur des fœtus humains obtenus à la suite d'avortements légaux. Ces tissus passés au crible datent tous des années 60, bien avant le SIDA. Si un producteur de vaccin a besoin de cellules humaines, il est contraint de les obtenir auprès des banques tissulaires de la *Food and Drug Administration*. Il ne peut pas bidouiller cela dans son coin. De surcroît, les tests exigés pour contrôler la pureté des lots de vaccins avant leur commercialisation sont très nombreux, les virus recherchés allant de celui de la tuberculose au SV 40, en passant par le virus de l'herpès et j'en oublie.

Cagney eut un soupir de découragement qui fit dire au Dr Daniels :

— Je suis vraiment désolée, James. Je sens que je ne vous ai pas remonté le moral.

— Pas vraiment, mais merci quand même. Passez, s'il vous plaît, mon bonjour à Matthew.

— Je n'y manquerai pas.

Il raccrocha le téléphone dont la sonnerie résonna aussitôt :

— Et merde. Allô ? Ah, mais oui, venez, Richard.

Ringwood entra en trombe dans le bureau de Cagney, suivi d'une Dawn aussi échevelée que lui.

— Attendez ! Je vais vous lire un truc et vous me dites ce que ça vous évoque. Prêt, monsieur ?

Dawn ouvrit la bouche, mais Ringwood la fit taire en pointant l'index sur elle :

— Vous, le petit lutin, ça suffit ! Grand chef sioux va nous expliquer. J'y vais : « Dépression caractérisée par des troubles extrêmes touchant le rang et le rôle, interactionnels et relationnels. »

— C'est en combien de lettres ?

— C'est le motif donné pour « la mise au repos »

de Vannera Sterling, à la Sweetdale Clinic, Massachusetts. Alors, ça veut dire quoi ?

— Que cela n'avait rien à voir avec une dépression. Les fameux troubles extrêmes touchant le rang et le rôle, interactionnels et relationnels, sont des troubles graves de la personnalité. Ils se caractérisent en général par une totale absence de respect des obligations sociales, une insensibilité, et parfois une agressivité disproportionnée. On appelle cela la sociopathie.

Dawn le regarda et murmura :

— Mais elle avait l'air si gentille, si triste et posée ! Et la chienne lui a fait une telle fête !

— C'est bien ce qui m'inquiète. Les sociopathes sont souvent des êtres très intelligents et d'habiles menteurs, des comédiens hors pair. Certains meurtriers parmi les plus gerbants que nous ayons arrêtés entrent dans cette catégorie. L'entourage de plusieurs d'entre eux n'a jamais voulu admettre leur culpabilité tant ils étaient charmants et serviables. Bien, Ringwood, vous demandez au juge une mise en demeure pour un prélèvement de sang sur Vannera Sterling et vous faites faire une comparaison avec le sang trouvé sur l'appui de fenêtre de la résidence de Kim Hayden.

— Non, attendez ! Vous croyez que cette jeune fille a brutalement poignardé deux femmes, dont sa mère ?

— Elle n'a pas « brutalement » poignardé Kim Hayden. Elle l'a abattue, froidement, parce qu'elle n'en avait rien à foutre et que c'était nécessaire selon elle. Par contre, elle détestait sa mère et s'est acharnée sur elle. Oui, Ringwood, je le crois. J'aimerais pouvoir affirmer le contraire. Vous me faites convoquer Caine et sa belle-fille au John Fitzgerald Kennedy Building, à Boston. Demain. Dawn, je vous emmène.

— Bien, monsieur. (Elle hésita et, baissant le

regard, déclara :) Je comprends maintenant ce que vous m'avez dit, sur les détails personnels, vous vous souvenez ?

— Oui.

— Je vous remercie de m'avoir retenue lorsque j'ai voulu me lever pour aller la consoler. Je crois que je détesterais me dire que j'ai serré contre moi un... c'est un monstre, non ?

— Non, c'est un être humain. C'est pire, parce que les monstres ont l'excuse de leur monstruosité. Ne vous inquiétez pas, Dawn, c'est le métier qui rentre, et cela ne va jamais sans quelques bleus. À ce sujet, Ringwood, l'agent Dawn Stevenson n'est pas un petit lutin, aussi charmante soit-elle. Vous ai-je jamais appelé « le petit gnome » ?

— Non, mais un lutin, c'est plus joli qu'un gnome. Excusez-moi, monsieur, et vous aussi, Dawn.

Cagney décida de tempérer sa dernière remarque et conclut :

— C'est que... voyez-vous, Richard, je souhaite que toutes vos bourrasques d'instinct maternel inassouvi me soient réservées.

— Affaire conclue. Je vous cède le monopole.

Ringwood repassa la tête une heure plus tard pour lui annoncer qu'Edward Caine ne pourrait pas se rendre au rendez-vous du lendemain.

— Il ne s'agit pas d'un rendez-vous, mais d'une convocation.

— C'est ce que j'ai dit à sa secrétaire, Patricia Park. Cela ne paraît pas l'avoir beaucoup émue. Edward Caine a une réunion très importante dans ses bureaux. Il n'est pas disponible avant 16 heures.

— Sans blague ? Eh bien si la montagne... Rappelez cette Park et dites-lui que Mr Caine ferait bien de nous attendre après sa réunion et que nous souhaitons vivement la présence de sa belle-fille. Précisez qu'un manquement pourrait provoquer de fâcheux effets.

Randolph, Massachusetts,
19 janvier

Jude Morris pénétra à 18 heures dans l'élégant hall de réception de Caine ProBiotex. Il ne s'était pas annoncé, parce qu'il comptait sur l'effet de surprise. Il ne faut jamais donner aux gens le temps de préparer leurs visages et leurs mots.

Il se dirigea avec un large sourire vers la jeune femme assise derrière le bureau en fer à cheval. Elle le regardait avec une impatience engageante. Elle devait s'ennuyer comme un rat mort derrière son vase de liliums, et un peu de conversation, aussi banale et convenue soit-elle, la délasserait. Morris était bel homme, plein de charme, et il en usait habilement :

— Bonjour madame, excusez-moi de vous déranger...

— Mais pas du tout.

Il regarda la colonne de téléviseurs où repassaient les mêmes images muettes et déclara :

— Dites-moi, ça doit être rasoir de regarder cela toute la journée.

— Oh, ça ne me gêne pas, je leur tourne le dos. Avant il y avait une petite musique, alors là, c'était affreux. Mais on a obtenu qu'elle soit supprimée. Je vous ai déjà vu, non ?

Il lui tendit délicatement sa carte plastifiée et sourit :

— Non, non, ne vous inquiétez pas. C'est une mission de routine et peut-être pouvez-vous m'aider ?

Elle papillota des cils et il comprit que son prestige était renforcé par ces quelques centimètres carrés de plastique, aussi efficaces qu'une casquette de commandant de bord ou un masque verdâtre de chirurgien.

— Voulez-vous que j'appelle Ms Park, la secrétaire de direction ?

— Non, ce n'est pas elle que je veux voir, ni Mr Caine.

— Oh, ça tombe bien parce qu'il n'est pas là, aujourd'hui.

— Ah bon. Non, je préférerais parler un peu avec des membres du personnel qui ont connu les victimes, vous par exemple.

Elle le regarda et pâlit. Il lut un sincère affolement dans ses yeux :

— Mais qu'est-ce qui se passe, monsieur ? Euh... on dit peut-être « agent », ou « agent spécial » ?

— Non. Quand on m'est sympathique, on dit Jude.

— Moi, c'est Sharon, répliqua-t-elle en désignant d'un index impeccablement manucuré le petit écusson en métal agrafé à sa courte veste.

— Bonjour, Sharon, murmura-t-il d'une voix chaude. Connaissiez-vous Grace Burkitt ?

— Oui. Ça a fait un drôle de choc à tout le monde lorsque Mr Caine l'a licenciée. On n'a pas compris. C'est vrai, Grace, c'était toujours « première arrivée, dernière partie ». Y'a des gens qui prétendaient que c'était elle qui faisait tourner le labo, pas le Dr Wilde. Remarquez, c'était peut-être des médisances. Les gens racontent parfois n'importe quoi.

— Et vous savez pour quelle raison elle a été licenciée ?

— Patricia Park a prétendu que c'était pour faute professionnelle grave, mais ce n'est pas elle qui contredira la direction.

— Ah bon ?

— Ah ça, c'est la voix de son maître, celle-là ! Et puis, vous n'avez pas intérêt à dire un truc devant elle, parce que ça remonte aussi sec. Remarquez, elle n'est pas arrivée à son poste par hasard.

— Ah non ?

Sharon le regarda, hésita puis, répondant à son sourire, se lança :

— Je sais que je devrais pas dire ça, mais après tout, elle nous en fait assez baver. Patricia Park, c'est la promotion canapé, enfin plutôt chambre de motel.

— Et ça continue, entre eux ?

— Oh non, Edward Caine les prend comme il les lâche. Remarquez, il faut lui reconnaître une justice : il n'insiste jamais au-delà du correct. Et puis, si c'est non, il ne vous en veut pas et il passe à un autre gibier. Ce ne sont pas les occasions qui lui manquent.

— Et vous ?

Son sourire mourut, et elle répondit très sérieusement :

— Moi, je suis mariée depuis huit ans et j'aime mon mari. Alors c'était non et définitivement. Un peu de charme par-ci, par-là, je ne dis pas, mais il ne faut pas tout mélanger. Mr Caine a eu deux, trois allusions, le genre plaisanteries mais attention, polies. Il a compris que je n'étais pas partante. Et c'est tout. D'ailleurs, je trouve qu'il s'est beaucoup calmé depuis quelque temps.

— C'est peut-être la mort de sa femme, non ?

— Oh non, avant. Moi et ma collègue, une de celles qui font le soir, on s'est même dit à un moment qu'il avait une liaison, mais je veux dire une vraie, romantique quoi, avec le Dr Wilde. Mais on se trompait.

— Comment le savez-vous ?

Elle répondit avec candeur :

— Ça se sent. Vous savez, on n'a rien à faire de toute la journée derrière ce bureau, qu'à jouer les potiches, répondre au téléphone extérieur et sourire. Ça laisse du temps pour observer. Comme les vaches qui regardent passer les trains.

Il rit et sentit qu'elle était ravie de l'avoir distrait.

— Justement, Sharon, que pensiez-vous du Dr Wilde ?

Le petit front blond, savamment maquillé, se rembrunit :

— J'aimais pas cette fille, pardon, le docteur, mais alors pas du tout ! Elle était toujours très polie, toujours « bonjour » et « au revoir », pas comme certains, notamment Patricia Park. Mais... je ne sais pas, il y avait un truc qui n'était pas, comment dire... net, chez cette femme. Vous savez, c'est comme une porte de placard dans une maison que vous ne connaissez pas. Vous hésitez à l'ouvrir parce que vous ne savez pas ce que vous allez trouver derrière, si ça ne va pas vous dégringoler sur la figure ou sentir mauvais. Je ne sais pas si vous comprenez.

— Oh, très bien.

— Eh bien, c'est l'effet qu'elle me faisait, et à ma collègue pareil. Parce qu'elle la connaissait aussi. Le Dr Wilde partait souvent très tard. Et en plus, nous avons trois cocktails par an pour tout le personnel.

— Ah oui ?

— Oui, Halloween. Il y a un buffet rien qu'à base

de potiron, c'est fou ce qu'on peut faire avec des potirons, et puis le Nouvel An, au champagne s'il vous plaît, et Pâques. Non, parce qu'il faudrait pas que vous ayez une fausse idée de Caine ProBiotex, c'est une boîte sympa. Je vous assure que j'ai connu bien pire. Oui, alors par exemple, le Dr Terry Wilde était du genre à ne jamais rater un cocktail, mais elle restait dans son coin, à examiner tout le monde. Bon, paraît qu'elle était anglaise et les Anglais sont des gens réservés, mais quand même, au boulot on fait un effort.

— Oui, bien sûr.

— Au Nouvel An, le dernier, elle n'a parlé qu'à Mr Caine et à Patricia Park, et pas beaucoup. Et à Halloween pareil, elle a parlé un peu avec le patron et quelques mots à un garçon de courses. Et encore, ça n'avait pas l'air de l'enthousiasmer.

— Et Mr Charles J. Seaman, vous le connaissiez ?

Elle fronça les sourcils et demanda d'un ton méfiant :

— Mais ce n'est pas un interrogatoire, tout de même ?

— Mais non, Sharon, allons. On discute, sans plus.

— Ah bon. Vous savez, avec ma collègue du soir, on parle toujours lorsqu'elle arrive pour la relève et on se disait que ça commence à faire une sacrée liste.

Jude Morris s'en tira par un peu compromettant :

— C'est la loi des séries.

— Ah oui, ça, ça existe. Oui, donc Mr Seaman. Un homme charmant. Il vous disait bonjour comme s'il vous voyait vraiment. (Elle réfléchit quelques instants, puis poursuivit d'un ton très bas :) Moi, je dis qu'on aurait dû se douter de quelque chose.

— Comment cela ?

— Oui, pour son suicide, quoi. Quel dommage ! c'était vraiment un bel homme et gentil. Mais depuis plusieurs jours, ça n'allait pas du tout. Il arrivait aux aurores. Il avait l'air d'un zombie.

— Et vous avez eu connaissance des raisons de son suicide ?

Sharon baissa les yeux et se mordit la lèvre inférieure.

— Sharon, je vous ai embarrassée ?

Elle nia d'un mouvement de boucles blondes et soupira :

— Non. Ce n'est pas cela. Oh, je ne sais pas ce que je dois faire.

— Que se passe-t-il ?

— Ben, c'est sûr qu'on se doutait pas que... enfin qu'il était gay, quoi. Remarquez, moi, je m'en fous, les gens font ce qu'ils veulent, tant qu'ils ne nuisent pas aux autres.

— Oui, vous avez raison, c'est un bon critère. Mais... ?

— Ben, il faudrait plutôt que vous demandiez à ma collègue du soir, parce que ce soir-là, enfin le soir d'avant, c'est elle qui l'a vu partir, comme un fou, il paraît.

Elle regarda sa montre et précisa :

— Oh ben, il est 6 h 15. Elle prend à la demie, mais elle arrive toujours en avance pour papoter un peu. Teresa est une fille adorable, et puis, on ne peut pas dire qu'elle ait sucé beaucoup de miel dans sa vie.

— Comment cela ?

— Oui. Rendez-vous compte que lorsqu'elle était jeune, son mari — parce qu'elle s'est mariée à 17 ans — l'enfermait dans le poulailler et lui disait de manger le pain des poules ou qu'elle pouvait crever. Non, mais c'est dingue ! Et en plus, il la battait. Un jour elle en a eu marre, elle a pris son gosse et elle s'est tirée. (Soudain, elle baissa le ton et acheva :) Chut, la voilà. Ne lui dites pas que vous êtes au courant, pour elle, hein ?

— Motus.

— Teresa, comment tu vas ? Je te présente l'agent spécial fédéral Jude Morris. Du FBI, quoi.

Teresa était une femme de taille moyenne, habillée simplement et avec goût. Son léger maquillage mettait en valeur d'immenses yeux bruns et doux, et une belle peau mate. Elle eut l'air un peu réticente et Jude Morris comprit à son regard timide et réservé que lorsque Sharon et elle « papotaient », Teresa devait sans doute se contenter d'écouter sa volubile collègue. Il tendit la main sans attendre son ouverture et sourit, conscient que l'approche charmeuse qui avait fonctionné avec Sharon risquait cette fois de se solder par un bide :

— Bonjour, madame. Puis-je vous appeler Teresa ?

Elle hocha la tête et attendit.

— Votre amie Sharon et moi discutions des récents événements survenus chez Caine ProBiotex. Elle me disait que Charles J. Seaman avait l'air déprimé les derniers jours avant sa mort ?

— Je ne prends mon travail qu'à 18 h 30.

— Oui. Et il semble que vous soyez une des dernières personnes à avoir vu Mr Seaman en vie. Je veux dire que vos impressions sont importantes. On se pose toujours d'inévitables questions face à un suicide. D'après ce que m'a confié Sharon, Mr Seaman avait l'air bouleversé ?

Teresa le regarda, hésitante. Sharon l'encouragea :

— Mais dis-lui, Teresa ! C'est pas nos oignons, après tout. Tu te souviens comment ils ont viré Grace, comme une malpropre ? Et puis, il était sympa, ce mec.

Teresa baissa les yeux et commença d'une voix lente :

— C'est vrai ce que dit Sharon. C'était quelqu'un de courtois, Mr Seaman, un peu comme Mr Caine. Ça nous a fait un drôle de choc, et puis un suicide, c'est affreux. Vous allez me dire qu'il n'y a pas de mort agréable, mais dans ces cas-là, on se sent toujours un peu coupable. On se demande si on n'aurait pas pu faire quelque chose. Parfois, il suffit de parler. Enfin, moi, c'est la question que je me pose depuis des mois.

Sharon y alla de sa consolation :

— Je t'ai déjà dit, Teresa, que tu pouvais rien y faire. T'as rien à te reprocher.

— Mais je t'ai expliqué, Sharon. (Elle se tourna à nouveau vers Morris et poursuivit :) Ce soir-là, Mr Seaman est descendu vers 19 heures. Il n'avait pas l'air au mieux de sa forme depuis quelques jours. Il m'a quand même fait un petit geste de la main et un sourire. Et puis, il est allé aux toilettes du bas, là (précisa-t-elle en tendant la main vers une double porte à l'autre bout du hall). Il est ressorti en courant quelques minutes plus tard. Il était décomposé. Je crois même qu'il pleurait, mais le hall est grand et je n'en suis pas certaine. Il s'est précipité vers le parking. J'ai eu peur, je n'ai pas réfléchi. J'ai couru aux toilettes des hommes. Je me suis dit que, peut-être, il y avait quelqu'un de mort ou je ne sais pas quoi. La porte d'une des cabines était ouverte. Il avait dû vomir par terre et il y avait une inscription à l'intérieur. On l'a enlevée le lendemain.

Elle se tut et baissa les yeux. Morris demanda d'un ton très doux :

— C'était quoi, cette inscription, Teresa ?

Elle soupira et serra les lèvres. Sharon lâcha, hargneuse :

— C'étaient des vraies saloperies et d'ailleurs, ça ne m'étonne pas, venant de cette poubelle !

Sharon prit une grande inspiration et jeta :

— C'était écrit, tu me dis si je me trompe, hein, Teresa, « Charles J. Seaman aime tailler des... enfin des pipes à des bites juteuses pour 200 dollars ». Il y avait aussi un dessin qui allait avec le reste, si vous voyez ce que je veux dire. C'était signé E.B. Il n'y a pas grand monde dans la boîte qui avait ces initiales, et pour faire une saloperie comme ça, y'en avait qu'un. Eddie Brown. Je peux même vous dire que personne ne l'a regretté lorsqu'il a été licencié.

Morris conserva un visage lisse. Eddie Brown, l'un des livreurs de fleurs après qui courait Bozella. Teresa reprit d'une voix terne, comme se parlant à elle-même :

— Je suis revenue au bureau. J'étais choquée. Je me demandais si je ne devrais pas effacer ces ordures avant que quelqu'un d'autre les voie. Je me suis assise quelques minutes et c'est à ce moment-là que le voyant lumineux signalant l'ouverture de la herse du parking souterrain s'est allumé. Ça veut dire que Mr Seaman était resté tout ce temps à réfléchir, à je ne sais pas quoi, que j'aurais pu descendre, lui parler, peut-être l'aider, je ne sais pas...

— Mais tu pouvais pas savoir qu'il était encore là, Teresa.

— Sharon a raison, Teresa. Vous ne pouviez rien faire. Et même si vous étiez descendue, rien ne prouve qu'il aurait accepté de vous parler ou que cela aurait changé quelque chose. Eddie Brown a été licencié, donc ?

Sharon reprit d'un ton pincé :

— Oui, il y a deux ou trois semaines, et je peux vous dire que c'est pas dommage. Même avant ce truc des graffitis, je ne pouvais pas le supporter. Le genre qui se croit irrésistible, vous voyez. Bon, c'est vrai qu'il est plutôt beau mec, mais c'est pas une raison pour foutre ses mains partout où elles doivent pas être.

— Quel genre, physiquement ?

— Un grand mec, baraqué. Des beaux cheveux blonds. Notez qu'il se les fait blondir, parce qu'on l'a vu plus foncé, hein, Teresa ? Yeux marron, joli nez. Non, c'est sûr, un beau mec, mais vulgaire, pas seulement dans ses paroles, mais dans sa façon d'être. Pis en plus, bon, ça encore, c'est peut-être des racontars, mais il n'empêche qu'il était toujours super-sapé, belles chaussures de marque et c'est pas son salaire de coursier qui pouvait les lui offrir. Paraît qu'il savait monnayer ses faveurs, si vous voyez ce que je veux dire. Un mec beurk, quoi !

— Je vois, oui. Et donc il n'est plus dans le coin ?

— Oh sans doute que si, puisque Katherine, du marketing, m'a dit qu'elle l'avait croisé le week-end dernier en faisant ses courses au supermarché. Elle a fait comme si elle ne le voyait pas.

Ils échangèrent encore quelques phrases et Morris prit congé après les avoir longuement remerciées. Il abandonna derrière lui une Teresa qui n'avait plus dit un mot et qui cherchait vainement une réponse qui n'existait pas.

James Cagney était encore à la base lorsqu'il l'appela un peu plus tard. Il lui relata son entrevue avec les deux femmes dans le détail.

— Qu'est-ce que je fais, monsieur, je rentre ?

— Non, vous restez à Randolph. Vous me localisez ce Brown. Contactez la police du coin. Vous ne faites rien d'autre pour l'instant. Nous serons là-bas demain en fin d'après-midi.

— Qu'en pensez-vous ?

— Sans doute la même chose que vous, nous en reparlerons.

— Bien, monsieur. À demain.

Ringwood et Dawn Stevenson s'installèrent en face de Cagney qui leur transmit les renseignements glanés par Jude Morris. Ringwood conclut d'un ton agacé :

— Donc, Mrs Parker-Simmons avait raison.

— Elle ne s'est jamais trompée, Richard.

— Je sais, commenta-t-il en claquant la langue.

Dawn hésita et se lança :

— Mais comment les choses s'enchaînent-elles les unes aux autres ?

— Repartons de la conclusion de Mrs Parker-Simmons. Le A, le point d'origine, est Oliver Holberg. Seaman a été le dernier compagnon d'Oliver Holberg qui, à l'époque, était déjà très malade, et faisait de fréquents séjours à l'hôpital. Je suppose qu'il devait laisser ses affaires chez Charles J. Seaman. On n'emmène pas son passeport et un flingue lorsqu'on entre dans un service de pneumologie. On sait qu'à l'issue d'un de ces séjours, sa condition s'est aggravée et qu'il est rentré chez son frère. On peut imaginer qu'il est décédé peu de temps après. Seaman aura gardé ses affaires, en souvenir ou parce qu'il les a oubliées dans un coin. Arrive le bel étalon qui monnaye ses faveurs.

Il est parfaitement plausible qu'il ait trouvé l'arme et le passeport chez Seaman. C'est tout à fait le genre à fouiller dans les tiroirs pour tenter de piquer des boutons de manchette ou un billet supplémentaire. *Et voilà*, conclut Cagney en français.

— Non, non, pas voilà ! intervint Ringwood. D'accord avec ce que vous dites, mais Charles J. Seaman s'est-il ou non suicidé ? On sait que le Smith & Wesson Sigma était dans sa boîte à gants et qu'il lui appartenait. Mais un ancien amant repentant, qui s'approche de vous, vous suppliant de l'écouter et qui connaît l'existence de l'arme, pouvait également le suicider à bout touchant.

— Seaman avait des traces de suie sur les doigts.

— Et alors ? Dès que le coup est tiré, Brown efface ses empreintes, met l'arme dans la main de Seaman et tire dans un bout de truc, de bois, je ne sais quoi. Il replace la balle manquante dans le chargeur. Il y a une lettre anonyme sur le siège, tout y est. L'hypothèse d'un suicide s'impose.

— C'est possible, mais cela ne cadre pas avec l'idée que je me fais de ce type, Eddie Brown. C'est un primaire, votre plan est beaucoup trop complexe.

— Et les draps qu'il a emmenés avec lui au Canada, il fallait y penser, non ?

— On a pu lui dire.

— Qui ?

— Ça, c'est la question à 1 000 dollars. Les deux têtes de liste les plus sérieuses sont Caine et Terry Wilde.

— Mais c'est lui qui l'a tuée.

— Et alors, il a pu paniquer, vouloir se venger, je ne sais pas. Mais voyez-vous, Dawn, Ringwood, la question à 10 000 dollars, c'est « pourquoi ? » et cela, nous n'en avons pas la moindre idée.

Dawn murmura :

— Caine sait-il que c'est probablement sa belle-fille qui a descendu sa femme, sa mère, quoi ?

Cagney réfléchit quelques instants :

— *A priori*, je voterais pour. Caine est un homme intelligent.

— Vous pensez que c'est lui qui a piloté les deux meurtres du Maine ?

— Je n'en sais rien et toute la gamme d'incitations existe : de l'insinuation à l'exigence.

Ringwood resta songeur quelques instants et déclara d'un ton triste :

— Bordel, quand je pense à cette pauvre fille ! Grace, si contente avec Son Prince, le grand amour ! Il la tringle et il lui explose la tête, putain !

— Et il la dépose doucement sur la neige pour qu'elle ne se blesse pas, parce qu'il l'aimait bien mais qu'il fallait la tuer.

— Vous croyez qu'il a toujours l'arme en sa possession, monsieur ?

— Rien n'indique le contraire, pourquoi me demandez-vous cela ?

Ringwood le fixa et Cagney vit ses maxillaires se crisper. Pour la première fois, il comprenait que Ringwood, aussi, pouvait héberger un tueur. Richard sourit et Cagney n'aima pas l'étirement mauvais de ses lèvres :

— Parce que ce serait sympa qu'il essaie de s'en servir contre nous.

[illegible]

pas la blesser les mots de [illegible]

Clara avait [illegible] de rire et [illegible] dans ses mains lorsqu'il [illegible] devant l'autre comme s'il hésitait entre chaque pas, sa longue queue de [illegible] l'herbe derrière lui [illegible]

[illegible]

San Francisco, Californie,
20 janvier

Gloria arrangea dans un vase chinois en porcelaine blanc et bleu l'énorme bouquet de tulipes blanches qu'elle venait de s'offrir. Elle monta le vase et le déposa sur son bureau.

Elle s'installa devant le gros ordinateur avec un soupir de soulagement et de plaisir. L'après-midi qu'elle venait de passer avec Clare l'avait apaisée. Le grand paon arrogant avait fini par accepter les offrandes obstinées de la jeune fille. Pour la première fois depuis le retour de Clare, il avait condescendu à attraper, d'un coup de bec violent mais parfaitement calculé pour ne pas la blesser, les bouts de gâteau qu'elle lui tendait.

Clare avait éclaté de rire et tapé dans ses mains, lorsqu'il était reparti, posant lentement une patte devant l'autre comme s'il hésitait entre chaque pas, sa longue queue de bleus en moire aplatissant l'herbe derrière lui.

— Pan-pan, plus fâché, plus fâché. Pas boude.

— Oui, ma Caille. Tu vois, je te l'avais dit. Tu lui avais beaucoup manqué alors il boudait, comme ma Caille parfois.

Gloria abandonna ses souvenirs de paix et se décida pour une autre dérive, une autre plongée.

La solution était à portée, tout près. Elle le sentait. Il ne manquait que quelques éléments pour comprendre. Cet enchevêtrement de faits était lié par un fil logique et ce fil n'était pas le meurtrier, ni ses obsessions subjectives, contrairement aux autres cas sur lesquels elle avait déjà travaillé avec le FBI.

Gloria ouvrit le fichier dans lequel elle avait entré les données et le scruta. Les équations de CAINE.DOC sécrétaient une ambiance bizarre, froide, étrangère. C'était si élusif qu'elle avait du mal à la définir.

Elle ferma les yeux et se laissa aller contre le haut dossier de son fauteuil.

Elle avait acheté un petit sachet de truffes à la crème fraîche et un ballotin d'orangettes. Elle se souvenait de cette grosse pluie froide dont elle s'était protégée sous l'auvent de la chocolaterie. Clare avait eu une crise de violence et elle avait arraché une pleine poignée de cheveux à Mme Morel qui sanglotait, parce qu'elle avait mal. Il avait fallu calmer Mme Morel qui voulait porter plainte, mais surtout il avait fallu apaiser Clare, digérer pour elle ce caillot de peur et de douleur. Gloria s'était enveloppée autour d'elle et elles étaient longtemps restées allongées. Puis, elles étaient allées donner à manger aux pigeons du jardin des Tuileries. Elles étaient rentrées lentement. Clare avait un peu souri et Gloria avait acheté deux journaux français. Ils étaient pleins de ces histoires de vaches que l'on abattait et que l'on incinérait. Gloria s'était, jusque-là, très peu intéressée à cette épidémie d'encéphalopathie spongiforme bovine, comme on l'appelait. Il n'y avait jamais eu de cas de vache folle aux États-Unis et un seul avait été mentionné au Canada. Les journaux évoquaient tous deux le démantèlement de réseaux qui continuaient à importer des farines animales d'origine anglaise. L'un des deux quotidiens s'étonnait, dans un entrefilet, qu'un homme, végétarien de longue date, ait pu présenter les symptômes de la maladie variante de Creutzfeldt-Jakob. L'angoissante question d'une contamination par l'intermédiaire d'une transfusion de sang issu d'un humain atteint était posée, sans réponse possible.

Gloria sauta sur le téléphone et forma le numéro d'Amy Daniels au Russell Building.

— Gloria, vous avez de la chance, j'allais fermer mon laboratoire. Deux minutes plus tard, vous ne me trouviez pas.

— Quelle heure est-il ?

— Chez nous, 20 heures. Que se passe-t-il ?

— Écoutez Amy, tout cela est très flou et paniquant. C'est quoi, au juste, la maladie de Creutzfeldt-Jakob ?

— Quoi ? Ça ne peut pas attendre demain ?

— Non.

— Bon. Je me rassieds. Alors... nous n'avons toujours pas de certitude absolue mais la théorie qui semble la plus sérieuse à l'heure actuelle est celle d'un ATNC, c'est-à-dire un agent transmissible non conventionnel, en d'autres termes ni une bactérie ni un virus. C'est la théorie de S. Prusiner. L'idée est qu'il s'agit d'une protéine prion, normalement présente dans le cerveau mais qui, dans certaines conditions, peut changer de forme. À ce stade, elle ne peut plus être détruite par les voies biologiques et elle commence à s'accumuler, provoquant la maladie. Chez l'animal, il semble qu'il faille l'arrivée de protéine prion pathogène en provenance d'un animal malade pour permettre le changement de forme de la protéine prion saine. Sans entrer dans les détails, on pense également que des facteurs génétiques interviennent, le fameux codon 129 du gène PrP, le gène de la protéine prion. On les retrouve dans tous les cas de Creutzfeldt-Jakob humains connus à ce jour. Ça vous va ?

— Oui, j'ai compris. La maladie se transmet à l'homme de quelle façon ?

— Si l'on exclut le point d'interrogation au sujet de ce nouveau variant de la maladie, donc d'un passage alimentaire via la consommation de viande bovine contaminée, c'est un problème très européen et je peux vous assurer que je ne voudrais pas être à leur place...

— On ne sait toujours pas ?

— Non, mais je dirais que les indices accumulés et les doutes qui pèsent n'ont pas de quoi rassurer. Les autres cas, bien documentés, de Creutzfeldt-Jakob peuvent se ranger en trois catégories, la forme sporadique, une forme familiale qui représente environ dix pour cent des cas, et une forme iatrogène.

— Qu'est-ce que cela veut dire ?

— Cela signifie « provoqué par des traitements médicaux ». En ce qui concerne Creutzfeldt-Jakob, ces cas ont été constatés à la suite de greffes de cornée ou de tympans qui avaient été prélevés sur des individus malades, ou d'implantation d'électrodes intracrâniennes, ou même d'injections d'hormones humaines hypophysaires, comme l'hormone de croissance. Il faut vous dire, Gloria, que ce prion est extrêmement résistant, contrairement à une bactérie, par exemple. Dernier cas qui s'apparente à un Creutzfeldt-Jakob, la maladie de Kuru observée chez une tribu de Nouvelle-Guinée. Là, il s'agit d'une transmission alimentaire, si je puis dire. La maladie est due à des rites anthropophages. Le facteur génétique déterminant existerait également dans ce cas puisqu'une tribu voisine pratiquant les mêmes rites, n'a jamais développé la pathologie. Ils n'ont sans doute pas le même génome. Voilà, c'est à peu près tout ce que je peux vous dire, mais pourquoi me demandez-vous cela ?

Gloria hésita mais n'eut pas le temps de s'expliquer. La voix, méconnaissable, d'Amy Daniels lui parvint dans un murmure :

— Oh merde ! Oh, non ! Le sérum de veau, c'est cela ?

— Oui.

— Non, non. Non, ce n'est pas possible.

Gloria demanda, soulagée :

— Selon vous c'est impossible, je me suis plantée, n'est-ce pas ?

— Non, attendez. Oh, merde ! Non, bien sûr que c'est théoriquement possible. Mais non, mais non. Nous n'avons plus importé de produits ou sous-produits bovins dès les premiers cas, bien avant les Européens. Les stocks suspects ont été détruits. Ça, je le sais, on y était.

...

— Gloria ?

Une voix très douce répondit :

— Comme les farines de viandes ? Il s'est constitué des réseaux clandestins qui faisaient quand même passer des bovins anglais ou des lots de farine en Europe. Allons, Amy, je ne vous apprendrai pas que lorsqu'il y a du fric, beaucoup de fric, à la clef, il y a toujours des petits malins pour essayer d'en tirer le maximum. Pourquoi croyez-vous que Caine ProBiotex payait certains flacons de sérum au dixième de leur prix ? Parce qu'il s'agissait de lots qui auraient dû être détruits. Et si ça tue des gens, c'est de la faute à pas de chance !

Je vous laisse, Amy. J'ai mal à la tête et je ne me sens pas bien.

— Non, non, attendez, Gloria ! Vous ne savez pas ce que vous venez d'initier. Ceci est une crise majeure ! Si vous avez raison, ces vaccins sont disséminés un peu partout, prêts à être injectés ou déjà injectés.

— Non, excusez-moi, je ne peux pas. Ça me fait trop peur, je ne peux pas. Je veux dormir...

— Mais bordel, je n'en ai rien à foutre ! On s'en tape, de vos peurs ! Il y a des gens dehors qui ne savent pas et c'est aussi bien parce que sans cela ils péteraient les plombs, tous en chœur ! C'est notre boulot de les protéger, on est payés pour cela !

La voix, presque enfantine, de Gloria murmura :

— Non, pas moi. Non, vraiment, je ne veux pas...

— Vous n'avez pas le droit ! C'est simple et c'est comme ça. J'ai, nous avons besoin de vous. Il y a le Juste d'un côté et le reste de l'autre. Vous existez à peine, dans cette histoire, comme nous tous.

— Vous parlez comme Cagney. Dans l'œil de l'ange, n'est-ce pas ? Je ne suis pas un ange, parce que j'ai toujours eu trop peur de tout.

— Ce n'est pas à vous de le décider. Et, Gloria, nous avons tous peur. J'appelle Matthew, j'appelle Cagney, j'appelle le *Center for Disease Control and Prevention*, j'appelle tout le monde !

Gloria resta, le combiné muet en main, durant de longues secondes. Tout avait fui son cerveau. Elle était très fatiguée, terriblement fatiguée. Le téléphone sonna, mais il lui fallut un temps fou pour préciser l'origine de ce son, puis tendre la main. Elle décrocha trop tard.

Elle sourit. Elle venait enfin de trouver pour quelle

raison l'ambiance de CAINE.DOC lui semblait si étrangère, si froide. Le fric. Il n'y avait là ni démence, ni passion, ni terreur, ni rien. Tout cela était une histoire de fric. Bravo, Gloria, gentil cerveau venait encore de fonctionner admirablement. Ça méritait un verre.

Elle descendit à la cuisine et se servit un grand verre de chablis, puis un deuxième, puis un troisième. Et une idée, une idée dont elle ne voulait pas se fraya quand même un chemin dans sa tête. Elle vomit le vin tiédi dans l'évier et se précipita vers le téléphone de l'entrée :

— Mrs Parker-Simmons, vous avez eu un problème en rentrant ?

Gloria fit un effort désespéré pour contrôler le tremblement de sa voix :

— Non, je vous remercie, Jade, je vais bien. Je me suis brusquement demandé si Clare était à jour pour ses vaccins ?

— Mais bien sûr, Mrs Parker-Simmons. Vous savez que notre médecin passe toutes les semaines, c'est une des premières choses qu'elle vérifie. Nous ne prenons aucun risque. Nous avons vacciné tout le monde, le personnel inclus, contre tout ce qui est imaginable, même l'hépatite B. Du reste, dans le cas de Clare, je m'en souviens, parce que le Dr White lui a fait tous ses rappels peu de temps après son retour de France.

— Merci, Jade. Bonsoir.

Gloria raccrocha. Elle se cramponna à la table en demi-lune parce qu'elle se sentait perdre l'équilibre et partir vers l'arrière. Et puis, la panique lui coupa le souffle. Elle s'étouffa dans les sanglots qui lui bouchaient la gorge. Elle dut s'y reprendre à deux fois pour parvenir à composer le numéro de Cagney. Il n'était plus à la base. Elle forma son numéro personnel et tomba sur son répondeur. Elle s'entendit hurler :

— Il faut que je sache si les lots de vaccins commercialisés dans le comté de San Francisco provenaient de chez Caine ! Vous entendez, il faut que je le sache !

Et elle éclata en sanglots, lâchant le combiné qui tomba avec un bruit sec sur le parquet. Une crise de nerfs lui coupa les genoux et elle s'affala en gémissant. Elle suffoquait. Le visage de cette femme anglaise, décharnée, qui mourait en bavant lui revint en mémoire. On ne voyait plus que la trace de ses dents collées à la peau grise de ses joues maigres. Terry Wilde n'avait pas assez souffert, non, c'était une mort trop douce.

La sonnerie du téléphone résonna à l'étage. Gloria regarda le combiné qui tournait sur lui-même, pendu à son fil, sans comprendre. Non, c'était l'autre ligne, sa ligne ultra-confidentielle. James. Elle monta quatre à quatre et décrocha en hurlant :

— Quoi, alors ?

— Calme-toi, calme-toi.

— Le numéro des lots, je veux le numéro des lots !

— On cherche, on les aura bientôt. Le centre de contrôle et de prévention des maladies d'Atlanta est sur le coup. Ils ont d'énormes moyens.

— Oh j'ai peur, j'ai peur !

— Viens ici. Je t'attends.

Elle hurla encore plus fort :

— Mais non, je n'en ai rien à foutre ! Je veux Clare, je veux qu'elle soit en bonne santé, qu'elle vive ! Je n'ai rien à foutre de vous, vous ne comprenez pas ? Vous ne représentez rien, ni vous, ni le reste, c'est clair, non ?

Un silence, puis, quelques mots très doux :

— Ce n'est rien. Je t'aime.

Le reste de la soirée passa dans une sorte de brouillard douloureux et instable. La nausée venait par vagues, pour décroître et resurgir. Gloria suivait le trajet des gouttes de sueur qui dévalaient de son visage, d'entre ses seins. Il faudrait prendre une douche, elle puait, tant pis. Lorsque la sonnerie retentit, plus tard, elle ne savait même pas l'heure qu'il était. Elle hésita et se força à décrocher :

— Gloria ? Le comté de San Francisco a son fournisseur attitré depuis des années et ce n'est pas Caine.

Elle fondit en larmes et raccrocha.

Randolph, Massachusetts,
21 janvier

Sharon leva brutalement la tête et cacha d'un geste instinctif sous l'annuaire interne le numéro de *Gourmet Cuisine* qu'elle lisait. Il lui fallut quelques instants pour comprendre que c'étaient bien quatre voitures de police, gyrophares allumés, balançant dans le hall des pulsations lumineuses, qui venaient de se garer devant la porte d'entrée. Deux policiers en uniforme ouvrirent les battants de verre d'un coup de poing et Sharon reconnut l'agent Morris, et puis l'autre dont elle avait oublié le nom. Elle ne connaissait pas les deux autres, un grand brun baraqué, un peu trop gros, et une fille qui avait l'air bien jeune. Elle les vit se diriger vers elle, leur carte plastifiée déjà sortie. Ils avaient des têtes de fin du monde et elle songea qu'elle préférait l'autre visage de Jude Morris.

— FBI, madame. Agents James Irwin Cagney, Dawn Stevenson, Richard Ringwood et Jude Morris.

— Euh oui, messieurs, mademoiselle. Je vous appelle...

— Inutile. Madame, ouvrez la porte intérieure, je vous prie. Tout refus de votre part se soldera par la destruction du matériel.

Sharon jeta un regard sur le fusil à pompe que tenait le flic derrière Cagney.

— Non, non, non, pas du tout ! J'ouvre !

— Merci, madame.

Elle les vit se précipiter vers les ascenseurs et se demanda si elle ne devrait pas quand même prévenir Patricia Park. Qu'elle se démerde, après tout ! Elle se remémora tout ce qui venait de se passer, en détail, pour être sûre de ne rien omettre. Teresa allait rester sur le cul ! Faut dire qu'il y avait de quoi. C'était impressionnant, ces quatre paires d'épaules qui déboulaient de front. Ça, ça lui en boucherait un coin, à Teresa.

Cagney et Morris pénétrèrent dans la salle de réunion obscure. Dawn et Ringwood se positionnèrent de chaque côté de la porte, dans le couloir.

Patricia Park se leva et ouvrit la bouche. Caine, à l'autre bout de la grande table de conférence ovale, les regarda. Il fit un petit signe de la main au jeune homme debout, qui, une règle à la main, commentait une diapositive.

— Mr Edward Caine, nous avons un mandat de perquisition concernant les locaux de Caine ProBiotex.

Caine répondit posément :

— Patricia, veuillez appeler mes avocats, et allumer en sortant, je vous prie. Gerald, ce sera tout pour l'instant.

Il attendit le départ de ses deux collaborateurs, jeta un regard à sa montre et reprit, un demi-sourire aux lèvres :

— Neuf heures dix, vous êtes en avance, messieurs. Je ne vous attendais pas avant 4 heures de l'après-midi. Mais asseyez-vous. Bien, et si vous me disiez ce qui se passe ?

— Nous avons un mandat de perquisition qui inclut votre matériel informatique. Un de nos agents est chargé de son analyse. Tout effort de votre part pour lui faciliter la tâche sera apprécié.

— Mais pourquoi pas ? Ce que j'aimerais savoir toutefois, c'est le motif pour lequel vous avez obtenu ce mandat.

— Nous avons tout lieu de penser que certains lots de vaccins provenant de Caine ProBiotex ont été préparés à partir de sérums bovins contaminés par l'encéphalopathie spongiforme.

Caine redevint sérieux et Cagney songea qu'il avait devant lui un homme remarquable et parfaitement maître de ses nerfs. D'un ton outré, nuancé de panique, Edward Caine s'exclama :

— Mais c'est invraisemblable, voyons ! Tous les sérums suspects ont été détruits au début des années 80, vous le savez fort bien ! Enfin, je ne suis pas un meurtrier, car il faudrait être un meurtrier pour faire une chose aussi abominable. Vous vous rendez compte de ce que vous impliquez !

— Très bien, oui. Ne me dites pas, Mr Caine, que vous ignorez l'existence de réseaux clandestins qui font passer n'importe quoi : de la drogue, des femmes, des enfants, et même des troupeaux de vaches.

Caine eut l'air affolé, et Cagney dut suivre le mouvement de ses mains pour se convaincre qu'il mentait :

— Mais enfin, d'où proviendraient ces sérums ?

— Mais d'Angleterre, bien sûr, grâce à la complicité de Guy Collins, l'ancien mari de Terry Wilde. C'est sans doute lui qui a racheté ou sorti des lots condamnés. Seulement, au bout d'un moment, il a eu peur. Il a fallu s'en débarrasser.

— Vous divaguez ! Aucun fournisseur de produits

de laboratoire, même des PME spécialisées dans un type de produit, ne prendrait ce genre de risque, ne commettrait ce genre de fautes. Il existe des contrôles, des vérifications...

— Qui vous dit qu'ils ont bien été effectués ? Guy Collins a travaillé pour deux de ces boîtes. Il n'y a rien de plus facile que de faire disparaître ce qui doit être détruit, donc sorti des inventaires, surtout lorsque l'on est chargé de la destruction. Les Anglais sont en train de vérifier. Nous parlons d'une économie de 150 dollars par litre de sérum. C'est colossal, et terriblement tentant.

Caine devint livide et se prit la tête dans les mains :

— Mon Dieu, mon Dieu ! Vous pensez que Terry aurait pu monter un truc comme celui-ci ? Ce n'est pas possible !

Cagney attendait cette sortie, parce que c'était pour la charger que Caine l'avait fait tuer par Eddie Brown. Il fallait coincer Eddie Brown, et vite. C'était le seul à pouvoir faire plonger Caine.

— Mr Cagney, tous mes livres vous sont ouverts. Je vais demander à l'un de mes collaborateurs de vous donner les codes d'accès. Vous retrouverez tous les numéros des lots de vaccins correspondants. Il faut arrêter cela.

— Parce que vous croyez que l'on vous a attendu ?

— Oh, mon Dieu ! J'avais toute confiance en elle. Je n'ai jamais vérifié les achats de consommables ou de matériel.

— Mr Caine, ne quittez pas l'État sans nous en avertir. Je crois que nous allons bientôt nous revoir. Dawn, Morris, avec moi. Ringwood, vous me passez tout cela au peigne fin.

— Bien, monsieur.

Cagney ressortit de la salle et son regard tomba sur Patricia Park qui attendait, adossée au mur, le visage fermé :

— Vous nous raccompagnez, madame.

Elle leur emboîta le pas et Cagney crut sentir qu'elle était presque soulagée de cet ordre. Arrivé devant l'ascenseur, Cagney se tourna vers elle :

— Vous êtes dans de très mauvais draps, madame.

Elle blêmit et il vit des cernes mauves se former sous ses yeux, ses lèvres se décolorer. Elle balbutia :

— Non, non. Attendez. Je me doute de ce que le personnel a pu vous raconter à mon sujet, de ma brève liaison avec Edward Caine. Ça, c'est vrai. Je sais qu'ils m'appellent « la voix de son maître ». Je m'en fous. Ce ne sont pas eux qui me versent mon salaire en fin de mois. Mais je ne suis pas au courant de ce dont vous venez de discuter. Je n'ai jamais rien eu à voir avec les décisions ou l'aspect scientifique de la compagnie. J'ai été amoureuse d'Edward, et croyez-moi que je ne suis pas la seule. J'ai cru... bref, des idioties. Je m'en suis vite remise. De toute façon, il n'aurait jamais toléré que je lui fasse des scènes ou même des remontrances. C'était la porte, et j'ai un bon salaire. Écoutez, je veux bien... enfin, je n'ai pas envie de plonger à cause d'Edward. Je n'ai rien fait, que tomber amoureuse et coucher avec le patron qui m'a récompensée en me nommant à la direction. Il s'est vite lassé. Je sais que c'est pathétiquement classique, mais il n'y a rien d'autre.

Cagney la détailla quelques instants puis demanda :

— Un bon début consisterait à nous raconter ce que vous savez.

— Pas grand-chose. J'ai cru à un moment que le

Dr Wilde et Edward avaient une liaison, mais non. Il a changé, récemment. Il est différent.

— Oui, on nous l'a dit. À votre avis ?

Elle se mordit la lèvre, baissa les yeux, et murmura :

— Je crois qu'il couche avec Vannera. Non, je ne crois pas, je le sais.

— Quoi ?

— Oui. Parfois, le week-end, je porte des dossiers à Edward chez lui, à Horning Cottages. Cet été, Vannera est revenue s'y installer dès le départ de sa mère pour Bar Harbour, plusieurs semaines avant sa mort. Elle n'y mettait plus les pieds lorsque sa mère était là. Elle, je ne l'ai pas vue, mais sa voiture se trouvait dans le garage lorsque je suis arrivée. Edward n'a rien dit et je n'ai pas posé de questions.

— Il s'agissait peut-être d'une visite ?

— Non, ça s'est reproduit. Et puis...

— Et puis ?

— C'est une histoire qui dure depuis pas mal de temps. Mrs Horning avait offert à Vannera un loft à Randolph. Elle voulait quitter la maison parentale soi-disant parce qu'elle ne s'entendait pas avec son beau-père. C'était une femme gentille, Mrs Horning. Une autre idiote, comme moi. Si quelqu'un n'a rien compris, c'est bien elle. À mon avis, Vannera a dû trépigner pour obtenir ce loft parce qu'il lui permettait de rencontrer Edward plus facilement. J'ignore si Edward l'aime vraiment ou si elle l'effraie, mais elle le tient, encore plus depuis qu'elle a hérité de la fortune Horning. Il faut vous dire que tout ce que possède Edward est investi dans la compagnie. Ça représente pas mal d'argent, mais à part cela, rien n'est à lui, sauf sa brosse à dents et ses caleçons. Et Edward adore le luxe, les jolies choses, l'argent facile.

— Comment savez-vous qu'ils se retrouvaient à Randolph ?

— Je vous ai dit que j'avais cru à un rêve. J'étais jalouse, ça va avec. Edward s'absentait parfois, des après-midi entiers. Des rendez-vous professionnels, disait-il, à ceci près que ce n'était jamais moi qui les avais notés. Je l'ai suivi. C'est aussi simple que cela. J'ai pleuré des nuits entières, mais la leçon a été salutaire. Voilà. C'est tout ce que je sais. Je vous le jure. Il faudra que je témoigne ?

— Sans doute. Vous connaissiez Eddie Brown ?

— Oui, c'est Terry Wilde qui l'avait engagé. Une ordure.

— Merci, Ms Park. Il n'est pas souhaitable de mentionner le contenu de notre entrevue à Mr Caine.

— Entendu.

Lorsque la porte de l'ascenseur se referma sur eux, Dawn se laissa aller contre la paroi et lâcha :

— C'est dégueulasse, cette histoire !

Morris rectifia :

— Non, ça pue la merde et c'est gerbant.

— Oui, et je crois que nous n'avons pas encore tout vu, renchérit Cagney. Bon, Morris, vous avez l'adresse du beau mâle ?

— Oui. Deux flics sont planqués devant chez lui.

— On y va.

La voiture de police les déposa en un temps record devant le pavillon assez plaisant qu'occupait Eddie Brown. Avec un peu de chance, il dormait encore. Ce serait plus facile. Les gens sont moins sur la défensive au réveil. La porte n'était pas fermée à clef et Cagney s'annonça haut et fort, parce qu'il n'avait pas encore de mandat d'arrêt. Rien ne bougea. Ils regardèrent autour d'eux. La maison semblait vide et pourtant les flics en planque n'avaient pas vu Eddie Brown sortir. Dawn progressa vers une pièce, un salon sans doute, et Morris s'avança vers l'escalier qui menait à l'étage. Une voix tendue jusqu'à l'hystérie éclata dans le silence :

— Tu bouges plus, connard, ou je t'explose !

Morris détacha les bras du corps, pour indiquer qu'il ne tenait pas d'arme. Il lâcha calmement :

— Allez, vas-y, coco, tire ! Tu sais combien ça va chercher, le meurtre d'un agent fédéral ?

— Rien à foutre ! Au point où j'en suis ! Je peux même vous buter tous les deux, rien à foutre ! Vous allez me laisser sortir d'ici ou je vous crève !

Il n'avait pas vu Dawn, et Morris entendit la jeune femme se rapprocher de la porte du salon. Ce qui se passa ensuite fut très rapide et pourtant Morris sut, à l'instant même, qu'il ne pourrait jamais le gommer de sa mémoire.

Il y eut un craquement. Brown leva l'arme et un corps fondit sur Morris pour le faire basculer. Dawn. Deux détonations, presque simultanées. Le corps d'Eddie Brown qui oscillait et s'affaissait dans l'escalier. Dawn, un regard surpris, un sourire indécis aux lèvres, un trou étrange et noirci à la tempe. Et puis le trou suintait et quelque chose de rouge, de lent, coulait le long de sa joue. Et Dawn s'écroulait et Cagney jetait son revolver et hurlait :

— NON !

Morris resta debout, pétrifié, incapable de comprendre ce qui venait de se produire. Il voyait les images, mais elles n'engendraient rien dans son cerveau. Cagney s'agenouilla à côté de Dawn et Morris se demanda s'il ne pleurait pas :

— Oh non ! Oh Dawn, non ! Petit lutin, tu ne vas pas me claquer dans les mains ! (Il recommença à hurler en la secouant par les épaules :) Agent Stevenson, c'est un ordre, bordel !

Morris s'entendit prononcer :

— Elle est morte. C'est fini, elle est morte.

Et puis, lui aussi, eut l'impression qu'il hurlait :

— Putain, je vous dis qu'elle est morte !

Cagney leva la tête et Morris comprit qu'il le détestait, et que rien ne pourrait soigner cette haine. Cagney articula, d'une voix précise :

— Elle est morte à cause de vous, Morris. Vous avez commis une erreur. Vous vouliez vous faire descendre, c'est cela ? C'était plus simple ? Elle n'a pas compris, comme Virginia, mais elle est morte. Vous êtes coupable de cette vie qui est morte, Morris.

Morris le contempla durant un long moment. Il sentit vaguement une larme dévaler le long de son menton :

— Je sais.

— Tirez-vous. Je ne veux plus vous voir. Foutez-moi la paix.

Cagney regarda les deux civières traverser le jardin, les corps indiscernables sous les grandes enveloppes de plastique noir. Il avait demandé deux ambulances parce qu'il ne voulait pas que Dawn côtoie Eddie Brown.

Il tourna dans sa main la cassette du répondeur sur laquelle la voix vulgaire d'Eddie Brown prévenait ses correspondants que « le gentil Eddie n'est pas à la maison mes chéris, mais pas de désespoir, il revient bientôt ». Tanaka en tirerait sans doute une empreinte vocale de comparaison.

Il soupira. Il ne saurait jamais si Eddie Brown avait abattu Charles J. Seaman et il allait être très difficile d'épingler Edward Caine maintenant, surtout avec son bataillon d'avocats. Au pire, il s'en tirerait avec une complicité de falsification de documents comptables.

Cagney rangea la cassette dans la poche de son pardessus et sortit de la maison, abandonnant la scène du crime aux policiers et aux gars du labo.

Il rentrait dans sa tanière. Il fallait réfléchir et il allait trouver, parce que ce serait son seul cadeau à Dawn.

Base militaire de Quantico,
Virginie, 22 janvier

Morris était absent et c'était le mieux qu'il puisse faire. La mort de Dawn avait plongé Ringwood dans une stupéfaction muette et douloureuse. Il avait conclu par :

— C'est la première fois que j'ai vraiment du chagrin depuis que ma femme est partie. Mais là, c'est pire, parce que c'est doux. Je la trouvais super-chouette. (Il hésita puis acheva :) Monsieur, je crois que vous avez tort au sujet de Morris. Ça n'aidera pas, ça ne sert plus à rien.

— Je sais, Richard, mais je ne peux pas m'en empêcher. Du moins pour l'instant. Richard, quand devrait-on recevoir le résultat de l'empreinte génétique de Vannera Sterling ?

— Oh, c'est assez long, pas avant trois, quatre jours, je suppose. Pourquoi ?

— Comme ça. Vous pouvez me ressortir son dossier psychiatrique, s'il vous plaît ?

— Oui, bien sûr, je vous l'apporte.

Cagney reposa le dossier, une heure plus tard, et ferma les yeux.

Edward Caine était responsable du meurtre de Terry

Wilde, sans doute parce qu'elle commençait à l'inquiéter et qu'il n'avait plus besoin d'elle depuis le dépôt du brevet. Il était responsable de la mort de Grace Burkitt et de Guy Collins, car même si Terry Wilde en était l'instigatrice ou l'auteur, c'était encore pour le bénéfice de Caine. Peut-être était-il indirectement responsable de la double boucherie du Maine, Vannera Sterling devenant son arme, sans regret, ni remords. Vannera avait la détermination des vrais tueurs. La vengeance, la haine, le goût de l'argent, l'amour aussi, sans doute, étaient pour elle des données brutes que rien ne contraignait, que rien ne civilisait.

Edward Caine était coupable. Il n'avait ni l'excuse de la folie, ni celle de la passion, ni celle de la peur. Il lui restait une chance, une seule : l'amour.

Cagney composa le numéro de la propriété Horning et demanda à parler à miss Vannera. La voix enfantine et douce lui répondit rapidement :

— Oh, bonjour, Mr Cagney. C'est affreux, ce qui s'est passé. J'ai appris pour votre collaboratrice...

— Oui, nous sommes très affectés. Malheureusement, l'enquête continue. C'est pour cette raison que je vous appelle. Je viens de recevoir la comparaison de votre empreinte génétique avec celle du sang trouvé chez Kim Hayden. Il n'existe aucune similitude. Je souhaitais vous prier de m'excuser pour cette fausse piste. Je sais que ce genre de choses est toujours très traumatisant.

— Ce n'est pas grave, vous faites votre métier. Il est vrai que cela m'a un peu choquée, mais Edward m'a raisonnée.

D'un ton ironique, Cagney commenta :

— Oh, ça, je m'en doute !

— Que voulez-vous dire ?

— Écoutez, mademoiselle, je ne devrais pas aborder ces détails avec vous, mais vous avez l'âge d'être ma fille. Je voudrais vous donner un conseil : votre relation intime avec votre beau-père serait du plus mauvais effet devant un tribunal, d'autant plus qu'elle a commencé il y a bien longtemps. Edward Caine est en très mauvaise posture. De surcroît, ce n'est pas un joli monsieur. Il a tendance à se débarrasser de ses culpabilités en chargeant les femmes qui ont eu la naïveté de le croire. En dehors d'Edward Caine, peu de gens étaient au courant de votre liaison. Comment l'ai-je apprise, selon vous ?

Cagney entendit pour la première fois la vraie voix de Vannera Sterling, coupante, sèche, dure :

— Pourriez-vous être plus précis ?

— Non mademoiselle, j'en ai déjà trop dit. Mais vous m'avez touché, lorsque nous nous sommes rencontrés. Il n'y aurait jamais eu d'empreinte génétique si Edward Caine ne nous y avait pas habilement conduits. Je ne vous ai rien dit. Au revoir, mademoiselle.

Cagney raccrocha avec un sourire. Il suffisait de laisser faire.

Base militaire de Quantico,
Virginie, 23 janvier

La nouvelle du meurtre d'Edward Caine attendait Cagney le lendemain, lorsqu'il sortit de l'ascenseur à 8 h 30. Il prit le fax des mains de Ringwood qui précisa :

— À coups de batte de base-ball, ça a dû drôlement tacher la moquette. Elle s'est rendue sans résistance.

— Une bien jolie journée en perspective, n'est-ce pas, Richard ? Deux de moins, quatre en tout.

Cagney s'enferma dans son bureau. Morris lui téléphona peu de temps après, pour solliciter un entretien.

— Asseyez-vous, Morris.

— Je souhaitais que nous discutions de mon futur dans l'équipe.

— C'est prématuré. Je crois que nous devons digérer cette histoire, d'abord. Faire notre deuil, comme disent les psychanalystes.

Morris le fixa et déclara platement :

— J'ai le sentiment que vous avez commencé sur les chapeaux de roues. Je me trompe ?

— Que voulez-vous dire ?

— C'est vous, Caine, non ?

Cagney sourit sans répondre. Morris insista :

— Vous êtes entré dans le cerveau malade de cette fille, vous l'avez manipulée, terrorisée.

Cagney répliqua d'un ton acide :

— Les sociopathes ont rarement peur. Ils se considèrent comme étant très au-dessus de la masse humaine. Par contre, ils sont en général hyper-violents. La vengeance est un de leurs plus forts stimuli. L'amour aussi, parfois, même s'il s'agit d'un amour redoutable. Il semble qu'Edward Caine ne l'ait pas non plus mérité. Mais si vous souhaitez que nous discutions de manipulation, allons-y, Morris. Je crois que vous êtes une mine de renseignements sur le sujet, n'est-ce pas ?

Morris se leva et se dirigea vers la porte. Il se retourna vers le bureau :

— Je crois que vous êtes un monstre.

— Mon ex-femme avait raison sur un point : j'ai toujours voulu être un ange, mais la chair est lourde et surtout, elle est rassurante. Les anges sont des monstres par définition, Morris, puisqu'ils ont rompu avec l'humain. Les humains, ça pue souvent trop.

Cagney resta là, un moment qu'il aurait eu peine à quantifier. Le temps passait, et il le regardait, sans avoir envie d'en rien faire. Lorsque la sonnerie du téléphone résonna, il se demanda s'il allait répondre, sans doute pas, mais il tendit la main :

— Bonjour, Amy. Comment allez-vous ? Non, ne me dites rien, mal, je suppose.

— Les dégâts sont moins étendus qu'on ne le redoutait. Les lots ont été pour la plupart achetés par des grossistes, avant d'être dispatchés. Ils sont déjà localisés ou en cours de destruction. Certains ont malheureusement été exportés. On prévient les autorités des pays concernés. Il faut dire que les prix de cette ordure étaient compétitifs, il y avait de quoi.

— Vous dites la plupart. Et les autres ?

Il y eut un silence. La voix du Dr Amy Daniels lui parvint, instable, et il sut qu'elle faisait des efforts désespérés pour rester professionnelle :

— Les autres ? C'est à la grâce de Dieu, James.

— Je vois.

San Francisco, Californie,
23 janvier

Gloria souriait lorsqu'elle rentra de Little Bend. Clare allait bien, sa vie avait repris son cours, lent et paisible, rythmée par la multitude de petits détails que Jade imposait adroitement, afin d'offrir à ses pensionnaires des repères rassurants et fixes.

Gloria avait raconté à Jade les atermoiements du grand paon, sa bouderie passée, et Jade avait souri et confié que Pan-pan, le paon d'avant, était mort de vieillesse, de gourmandise aussi. Elle avait fait incinérer le grand corps de l'oiseau et racheter un autre paon adulte, qui s'appellerait aussi Pan-pan, comme ses trois autres prédécesseurs. Elle avait conclu, un sourire en demi-teinte aux lèvres :

— Pourquoi faire subir aux autres des chagrins qui ne servent à rien ? Leur vie est tellement plus vraie avec Pan-pan. Qu'il soit une illusion a finalement fort peu d'importance.

Gloria s'attarda et contempla quelques minutes un grand Noir magnifique. Il jouait de la flûte traversière dans la rue, une suite de Telemann. Il portait un gilet et un minuscule slip en cuir noir d'où dépassaient les jarretières en dentelle noire d'un porte-jarretelles. Ses jambes, parfaitement musclées, étaient moulées dans des bas, noirs eux aussi. Il jouait comme les notes le suggéraient, avec cette gaieté raffinée, cette perfection sophistiquée qu'avait imaginées le compositeur. Gloria déposa un billet de dix dollars dans l'informe chapeau posé devant lui. Il s'interrompit, surpris :

— Eh, ma sœur, c'est 10 dollars que tu viens de mettre.

— Chuut ! Continuez.

En rentrant, elle trouva un fax manuscrit de Cagney. Elle avait déjà vu son écriture mais n'y avait jamais prêté attention. Les traits étaient indiscutablement masculins, âgés aussi parce qu'il était d'une génération où les maîtres prenaient les petites mains malhabiles pour leur apprendre à tracer de belles lettres. Mais Cagney avait une écriture large, ample, très lisible, assez peu fréquente chez un homme. Elle lut :

« Le Dr Charlotte Craven est une femme remarquable. Elle m'a confié quelque chose que je trouve important et auquel je souhaiterais que vous réfléchissiez. Elle a dit : Il n'y a que l'amour qui persiste. Tout le reste disparaît avec la mort, même si on ne s'en aperçoit pas. »

Gloria effleura du regard les deux dernières lignes et froissa la feuille. C'était un réflexe infantile parce qu'elle les avait parfaitement mémorisées.

« Je vous aime, j'attends. »

Germaine n'était pas venu l'accueillir. Il profitait de ses absences pour dormir sur son lit. Elle l'avait déjà trouvé profondément assoupi, enroulé dans sa couette. Il était maintenant presque complètement sourd et son corps, jadis nerveux, ralentissait. Les muscles parfaits qui saillaient sous la robe fine et bringée renâclaient, s'ankylosaient. Il dormait de plus en plus, d'un sommeil lourd parfois troublé par le rêve de ces chasses qu'il n'avait jamais connues.

Elle monta dans sa chambre et crut qu'il était mort. Il était allongé sur le flanc, trempé d'urine. Il haletait en gémissant, la gueule blanche d'écume. Il tenta de se redresser en la voyant et hurla. La panique. Elle se précipita vers le grand chien et le serra contre elle en criant :

— Qu'est-ce qui se passe... qu'est-ce qui se passe ? Où, où as-tu mal ? Mon bébé-chien, mon bébé-chien ! Viens ! on va chez le vétérinaire ! Germaine, je t'en prie, viens, je ne peux pas te porter ! Germaine, fais un effort, bordel !

Elle parvint à maîtriser la crise de sanglots qui la faisait trembler et tira le chien en bas du lit. Il tomba dans l'escalier et elle le poussa jusqu'à la voiture. Elle démarra en trombe, regardant sans cesse dans le rétroviseur. Il restait debout sur le siège arrière de la Mercedes, refusant de se coucher. Et soudain, il hurla et pissa tout droit. Le regard sombre et doux cherchait le sien dans la glace du rétroviseur et elle lui parlait sans discontinuer pour le supplier de ne pas mourir. Elle le laissa dans la voiture et fonça dans la clinique vétérinaire. Une jeune assistante tenta de l'arrêter, elle hurla dans ses larmes :

— Taisez-vous ! la ferme !

Elle ouvrit la porte du cabinet. Le vétérinaire calmait une petite chatte tricolore qui feulait.

— Venez, je vous en prie ! Germaine ne va pas !

— Mrs Parker-Simmons...

Elle hurla, les poings serrés :

— Venez, maintenant ! Il a mal, très mal !

Il porta le chien jusqu'à la clinique et le calma avec un antalgique. Elle resta assise par terre à côté du grand boxer, sa tête ronde s'alourdissant dans sa main. Il bavait, gueule ouverte, courant après son souffle.

— Mrs Parker-Simmons ?

Elle se tourna. La blouse du vétérinaire flottait dans ses larmes.

— C'est une crise d'urémie. Il vaut mieux en finir, le rein n'est plus fonctionnel.

Et Germaine mourut dans ses bras, comme un bébé. Elle lui murmura des mots d'amour, de tendresse et de mémoire jusqu'à ce que le sang qui coulait de sa gueule atteigne le creux de sa paume et macule la manche de son chemisier. Et même après encore.

— Vous voulez vous reposer un peu, Mrs Parker-Simmons ?

— Non, je vais rentrer, je vous remercie. Je passerai chercher les cendres, n'est-ce pas ?

— Entendu. Je m'en charge. Je vous appellerai.

Elle rentra sans trop savoir pourquoi, ni comment. Elle se retrouva chez elle, un verre à la main. La bouteille de chablis était presque vide et Gloria ne parvenait pas à se souvenir si elle venait juste de l'ouvrir ou si elle l'avait entamée hier. Rien à foutre, de toute façon. Ses larmes coulaient, sans qu'elle y prête attention, comme un réflexe. Elle monta dans sa chambre, fourra le couvre-lit souillé d'urine, les draps et la couette dans un sac poubelle et éclata en sanglots. Elle tomba à genoux sur le coussin bleu de Germaine et hoqueta. Toutes les histoires d'amour finissent-elles dans des sacs-poubelle ?

Son cerveau cogna contre cette certitude dont elle ne voyait pas le bout. Ça y était. Il ne lui restait personne, en dehors de Clare qui ne comprenait pas vraiment le vide puisqu'elle ne savait pas que Gloria pouvait mourir, ne plus être là, comme les autres, tous les autres.

Lorsque la fatigue fut totale, lorsqu'il ne lui resta d'énergie que pour résister au sommeil qui s'infiltrait dans ses cellules, la nuit san franciscaine était tombée, fraîche et hostile pour la première fois.

Elle ne pouvait pas rester ici. Il ne fallait pas qu'elle s'endorme sur le coussin du chien, dans cette odeur qui l'avait rassurée durant toutes ces nuits. Si elle ne partait pas, elle cesserait de respirer, sans doute.

Gloria se redressa en s'aidant des montants de son lit.

Elle venait soudain de comprendre qu'elle n'avait pas vraiment envie de mourir.

[illegible] comme les autres [illegible]
[illegible]

Lorsque la [illegible] fut [illegible], lorsqu'il [illegible] l'enfance que pour [illegible] ou s'enfuir [illegible] son [illegible] famille [illegible] pour [illegible].

Elle [illegible] il ne pouvait plus qu'il [illegible] dans cette [illegible] toutes ces [illegible] d'[illegible].

Alors [illegible] des [illegible] de son [illegible].

Elle [illegible] de quelque chose qui n'avait pas [illegible].

Fredericksburgh, Virginie,
24 janvier

Cagney alluma la chaîne laser et plaça le disque compact du *Messie* de Haendel sur la platine. Il s'installa très droit dans son canapé et avala une gorgée du troisième whisky de la soirée.

Merde, ce samedi soir se traînait en longueur et serait suivi, après une nuit pâle, par vingt-quatre autres heures, inutiles et importunes. Il aurait dû louer des cassettes vidéos, se faire une ventrée de vieux westerns ou peut-être de Hitchcock. Il y avait aussi ce film d'Abel Ferrara *The Funeral*, qu'il aurait bien regardé.

Il avait songé, un peu plus tôt, à sortir, prenant le prétexte de son dîner. Il serait allé au *Cat and Red Glove*, parce qu'il aimait bien ce restaurant qui s'essayait au chic branché new-yorkais avec assez peu de succès. Mais le souvenir des quelques dîners de célibataires qu'il y avait partagés avec Morris l'en avait dissuadé.

Cagney ignorait la façon dont il pourrait réaborder sa relation avec son adjoint. Quelque chose de très précieux s'était abîmé entre eux et c'était d'autant plus angoissant qu'il n'avait jamais su que c'était là. Le fantôme de Dawn, le sourire trop franc, trop imparfait de Virginia les séparaient maintenant et c'était sans doute un irrécupérable divorce. Le mieux serait que Morris demande sa mutation dans un autre service et le moins que Cagney pouvait faire était de le lui suggérer. Cette accommodation ne résoudrait rien, il le savait, mais il aurait le mérite de l'avoir affrontée.

Cagney reposa son verre sur la table basse et regarda autour de lui. Les voix du chœur « *All we like sheep have gone astray* » s'élevèrent. Déplaisante coïncidence. Le souvenir d'autres soirées solitaires lui revint et il se fit la remarque idiote qu'il se sentait moins... translucide, en quelque sorte. C'était comme si, maintenant, tous ses instants personnels étaient meublés d'une attente, pas désagréable, mais indéfinie. Il attendait le moment d'aller se laver les dents, de se coucher, de dormir, de se réveiller. Peut-être était-ce moins connement vide que de n'attendre rien ? En tout cas, c'était plus vivable. Il ferma les yeux et laissa sa tête aller contre le dossier du canapé.

Comment avait-elle fait pour enjamber cette nuit en Angleterre ? Un cerveau humain pouvait-il véritablement gommer toute une nuit, une sueur qui se mêle à une autre, le souffle de l'autre que l'on avale ? Il s'étonna de son hypocrisie. Combien de ses nuits méritaient sa mémoire ? De combien d'odeurs gardait-il le souvenir ? Non, ce qui le blessait c'était que Gloria ait pu nier cette nuit-là, la nuit que *lui* n'oublierait pas.

Il écouta la pluie qui se déversait avec hargne contre les fenêtres. Une pluie glaciale et mauvaise.

Comment avait-elle fait pour redevenir si lisse, si civilisée ? Une idée totalement folle surgit dans sa tête : il aurait tant aimé qu'elle accouche dans ses bras. Elle aurait serré ses doigts entre les siens, aurait hurlé dans son cou et il aurait tenu son regard jusqu'au bout. Il aurait ainsi gardé le souvenir de ce qu'il y avait de plus charnel chez elle, de moins courtois.

Le bourdonnement agressif de la sonnette le fit sursauter. Il soupira. Il n'avait pas trop envie que l'on envahisse son attente.

Son manteau beige était trempé. Il leva la main pour repousser une mèche de cheveux blonds assombrie par la pluie, collée à son front. Elle ne recula pas.

— Gloria ?

Elle réprima un rire :

— Oui, en effet, c'est moi.

— Qu'est-ce...

— Je peux entrer ? J'ai froid.

Il recula dans le couloir :

— Bien sûr, excusez-moi. Enlevez votre manteau. Elle refusa d'un signe de tête. Quelque chose dans son regard portait les traces d'un ravage. Cagney demanda doucement :

— Ça ne va pas ?

Elle sourit et il sentit qu'elle luttait pour ne pas éclater en larmes :

— J'ai eu envie de manger des tagliatelles au basilic, alors j'ai pris le premier avion et puis un hélicoptère.

Elle le fixa, bouche entrouverte, un pli vertical se formant entre ses sourcils. Elle poursuivit :

— Non, je crois que je ne vais pas bien. J'ai mal à la tête et puis j'ai froid, c'est fou ce que j'ai froid. C'est à cause de Germaine. Il est mort, je l'ai fait piquer. Tu sais, tu avais raison, il n'y a que l'amour qui persiste, le reste meurt avec la mort.

Elle fit un pas et il recula contre le mur. Il ferma les yeux lorsqu'il sentit son corps léger reposer contre lui, ses mains s'agripper aux pans de son sweat-shirt. Lorsqu'il l'enveloppa de ses bras, elle murmura :

— Oui, ça va mieux ici.